그라니트
용들의 땅
GRANITE

그라니트 : 용들의 땅 6

이경영 판타지 장편 소설

초판 1쇄 찍은 날 § 2016년 12월 15일
초판 1쇄 펴낸 날 § 2016년 12월 22일

지은이 § 이경영
펴낸이 § 서경석

편집책임 § 배경근
편집 § 조현우

펴낸곳 § 도서출판 청어람
등록번호 § 제387-1999-000006호
등록일자 § 1999. 5. 31
어람번호 § 제1-2584호

주소 § 경기도 부천시 부일로 483번길 40 서경B/D 3F (우) 14640
전화 § 032-656-4452 팩스 § 032-656-4453
http://www.chungeoram.com
E-mail §chungeorambook@daum.net

© 이경영, 2015

ISBN 979-11-04-91089-0 04810
ISBN 979-11-04-90405-9 (세트)

그라니트

용들의 땅

GRANITE

이경영 판타지 장편 소설

도서출판 청어람

GRANITE
그라니트

용들의 땅

CONTENTS

Chapter 66   무릎을 베개 삼아   7

Chapter 67   메타휴먼   49

Chapter 68   불길한 날씨   85

Chapter 69   도축과의 차이점   115

Chapter 70   사소한 징벌   149

Chapter 71   외상 후 스트레스 장애   191

Chapter 72   전등이 꺼졌을 때   229

Chapter 73   새로운 손님들   267

Chapter 74   일자리 소개   307

Chapter 75   의심받는 자   349

Chapter 76   편하게 죄를 짓는 방법   365

66
무릎을 베개 삼아

"혹시 모르니까 말이지."

건하운드 제어장치를 켠 채 등에 거치한 치프는 방금 전 자신이 만들어낸 기계 덩어리 신형 데토네이터에 탑승했다.

그가 과거에 쓰던 것보다 세 배 정도 크고 육중한 그 검은색 데토네이터는 수없이 덧대어진 장갑판으로 근육질처럼 꾸며진 두 팔을 벌려 알타이르 전사들 앞을 가로막았다.

"우릴 기습하지 않고 나타난 걸 보니 싸우자고 온 건 아닌 것 같은데?"

그러자 입안에 불꽃을 머금은 채 으르렁거리던 반달리온이 치프의 데토네이터를 돌아봤다.

"내 이마에 박혔던 건 뭐지?"

"자네가 너무 멋져서 그만 활시위를 놓쳤나 보지."

"……."

"넘어가자고, 좀."

반달리온은 그에게 분명 생각이 있을 거라 판단했다.

'단순하게 행동할 남자는 아니지.'

회색의 드래곤은 경계를 늦추지 않았다.

"용건이 있으면 확실히 말해달라고, 아가씨들. 이대로는 실력 행사로 갈 수밖에 없어."

데토네이터의 스피커를 통해 말을 한 치프는 곧바로 자신이 소유한 번역기를 껐다.

그가 데토네이터를 불러낸 이유는 싸우기 위함이 아니었다. 바로 번역기와 관련된 행동을 감추기 위해서였다.

알타이르 전사들 중 한 명이 앞으로 한 발자국 나섰다.

"실버로드와 오라클을 데려가겠다."

치프는 그녀의 말을 듣고는 눈썹을 위아래로 움직였다.

'알타이르 언어가 아니라 우주연합 공용어를 사용하는군. 발음이 아주 훌륭해. 그쪽에서 세뇌 내지는 훈련을 다시 받고 수많은 임무를 수행했을 가능성이 높아. 골치 아프겠어.'

그는 다시 번역기를 켰다.

"뭔가 오해하는 것 같은데? 반달리온과 실버로드, 오라클은 내 부하도, 친구도, 직원도 아니야. 내 허락을 받아야 할 필요는 없어."

"그럼 방해하지 마라, A—1730."

"물론이지. 하지만 내 뒤에 계신 분은 좀 다를 수도?"

치프와 대화한 알타이르 전사가 반달리온을 올려다봤다.

반달리온은 자신에게 얻어맞고 녹초가 된 실버로드와 치프의 자동차 안에 있을 것으로 생각되는 오라클에 대해 고민했다.

'이야기로만 들어온 우주연합 군부 비밀 부대의 구성원이 알타이르 전사라니, 놀랍군.'

잠시 생각해 본 반달리온이 머리에 있는 발성기관을 통해 말했다.

"실버로드를 구조하겠다는 말인가, 아니면 강제로 연행하겠다는 말인가?"

"우린 '어떻게든' 데려오라는 상부의 명령에 따를 뿐이다, 반달리온."

"누구의 명령이지? 헬터스크? 아니면 아르마다인가?"

"행정부 수장님이다."

행정부 수장이라는 그녀의 대답에 반달리온은 상당히 놀랐다.

"행정부의 수장? 하이시리스라고?"

"선택해라, 반달리온. 저항할 것인가, 아니면 따를 것인가?"

그녀가 즉시 물었다.

반달리온은 고민했다.

그는 상대가 아르마다가 아니라 하이시리스인 이상 이대로 실버로드와 오라클을 넘겨주고 싶지 않았다.

아르마다에게 좋은 감정이 있어서 그런 것은 아니었다. 아르마다의 곁에는 헬터스크가 감시 역처럼 붙어 있고, 그 덕분에 아르마다가 추종자들에게 함부로 손을 대는 일은 없었다.

하지만 하이시리스는 그렇지 않았다. 날개 달린 자들에게 있어서 창조주나 다름없는 그 신의 주특기는 우습게도 강력한 세

뇌였다.

'둘 다 좋은 취급을 받진 못하겠지.'

결론을 내린 반달리온은 발성기관에서 소리를 냈다.

"아르마다의 허락은 받았나?"

"우리는 답변을 해주려고 이곳에 있는 게 아니다, 반달리온."

그 대화를 통해 치프는 반달리온이 저 부대에 대해 명령 권한은커녕 정체조차 잘 알지 못한다는 사실을 확인했다.

'오라클은 저 부대를 두려워했지. 하지만 오라클은 군부가 나를 노린다고 했을 텐데, 어떻게 된 거지?'

치프는 확실한 상황 정리의 필요성을 느꼈다.

반달리온은 그녀들을 공격해서라도 실버로드를 구하려 했다. 하지만 치프가 어떻게 행동할지가 미지수였기에 공격성을 띠진 못했다.

"아, 잠깐."

데토네이터가 자동차를 향해 팔을 뻗었다.

"아무래도 우리 모두 당한 것 같은데? 오라클의 생체반응이 안 느껴져."

"뭐라고?"

반달리온이 깜짝 놀랐다. 쓰러진 채 자포자기하고 있던 실버로드도 움찔했다.

"우리가 확인해 보겠다, A—1730."

알타이르 전사들이 치프의 자동차를 둘러싼 후 문과 트렁크를 모두 열었다.

뒷좌석에는 오라클이 가만히 앉아 있었다. 하지만 그녀는 숨조차 쉬지 않았다.

알타이르 전사의 손에 닿은 오라클이 푸른색의 금속 입자로 변해 흩어져 자동차 바닥에 쏟아졌다.

"이런!"

알타이르 전사가 치프의 자동차 지붕을 주먹으로 후려쳤다.

말이 자동차지 적절한 장갑을 갖춘 4륜 경장갑 차량이었는데, 그 주먹질 한 방에 지붕이 주저앉고 방탄유리가 너덜너덜해졌다.

"이 자리에서 철수한다!"

그녀가 다른 전사들에게 바삐 손짓했다. 그들의 모습이 일제히 유령처럼 흐릿해지더니 그 자리에서 사라졌다.

대화를 이끌던 전사도 사라지려 하자 치프가 다급히 그녀를 불렀다.

"잠깐! 실버로드는?"

"네놈들이 키우던가, 아니면 죽이던가."

"어이, 분리수거를 왜 나한테 떠넘겨?"

치프의 항의를 깔끔하게 씹은 알타이르 전사는 그대로 사라졌다.

농담 삼아 소리를 친 치프는 이윽고 데토네이터에 설치된 모든 감지장치를 동원하여 주변에 뭔가 있는지 샅샅이 살폈다.

"반달리온 아저씨도 수색해 봐. 이 기계의 감지 범위는 보기보다 좁다고."

"수색? 오라클 말인가?"

"당연히 알타이르 아가씨들이지. 빨리 해줘. 시간 없어."

"시간?"

"닥치고, 어서!"

"쯧."

하늘로 떠오른 반달리온은 날개를 활짝 편 뒤 날개 전체를 이용해 지평선이 닿는 장소까지 정령의 움직임을 체크했다.

"무슨 수를 썼는지 모르겠지만 벌써 멀리 이동한 것 같군."

반달리온이 인간의 몸으로 변해 내려왔다. 그는 자신의 눈으로 주변을 둘러보며 자동차 쪽으로 걸어갔다.

"오라클은 정말 탈출한 건가?"

"저기 말인데, 기억을 좀 더듬어보는 버릇을 가지는 게 어때?"

중얼거린 치프의 데토네이터가 움츠리고 있던 다섯 손가락을 펴고 수신호를 보냈다.

그러자 자동차 옆에서 기척을 숨기고 있던 포프와 그녀에게 안긴 오라클이 모습을 드러냈다.

"아……."

포프가 치프와 함께 있었다는 사실을 잊고 있던 반달리온은 자신도 모르게 감탄했다.

'능력 사용의 능숙함이 이제는 모친을 방불케 하는군.'

상대가 알타이르 전사였기에 체력이 바닥난 포프는 역으로 오라클에게 부축을 받았다.

치프가 데토네이터에서 내려 포프를 공주님 안듯 들어 올렸다.

"수고했어, 포프."

"…이제 징크스는 끝이에요, 사장님."

그녀가 힘없이 웃고는 두 팔로 치프의 목을 껴안았다.

"응?"

"다친 사람이 아무도 없잖아요."

"크흠."

반달리온이 입가에 주먹을 대고 기침했다.

"이마에 뭐 맞은 분이 있어."

"…아, 제길."

포프를 자동차 안에 옮겨 앉힌 치프는 바닥에 앉아 있는 오라클 곁에 천천히 몸을 굽혀 앉았다.

"오라클, 난 널 보호해 줄 의향이 있어,"

"…실버로드 님은?"

"글쎄? 저 친구는 얘기가 다르지. 하등동물들이라고 소리치면서 무고한 사람들을 수없이 죽여 왔어. 어떻게든 그에 대한 책임을 져야 해."

오라클은 안경을 벗고 눈물을 훔쳤다.

"실버로드 님이 아니었으면 난 아직도 그 지옥에 있을 거야!"

"두 번 말하게 하지 마. 저놈은 죄 없는 사람들을 진짜 저승으로 보내 버렸다고."

"그, 그럼 내가 당신들을 위해 일할 테니 실버로드 님을 도와줘!"

"하아……."

치프가 한숨을 터뜨렸다.

"실버로드는 우리가 맡도록 하지."

반달리온이 말했다.

"우리? 호오, 뭔가 그럴싸한 조직이 생겼다는 투로 말씀하시는군."

"인원이 좀 채워졌거든."

"채워져?"

"A—1730, 드래곤 로크 사건에서 살아남은 3세대가 의외로 많다. 난 3세대의 어린 동포들과 함께 이 행성 전체를 수색하고 있지. 결과는 아주 좋아."

"그럼 그 일에 더 집중하시는 게 어때? 나 없을 때 우리 회사에 와서 거짓말을 신나게 하고 간 사람이 누구였더라?"

"흥, 사만다 카터에 관한 이야기를 여기서 꺼내도 되겠나?"

반달리온이 한판 붙어보자는 식으로 시비를 걸었다.

그러자 데토네이터가 저절로 움직이더니 반달리온의 몸을 기계손으로 움켜쥐었다.

반달리온은 경악했고 치프는 씩 웃었다.

"마침 잘됐군. 그거 말인데, 설계가 좀 특별해."

기계손의 관절 사이로 붉은색의 빛이 뿜어졌다. 기계손이 자신을 누르는 압력이 생각 이상이자 반달리온은 드래곤의 모습으로 변하려 했다.

그러나 그러지 못했다.

'이럴 수가……!'

치프는 데토네이터에게 완전히 붙잡힌 반달리온 앞에 섰다.

"너희들의 본체가 어디 있는지는 아직 모르겠지만 인간의 모습으로 변할 때 필요한 요소가 무엇인지 여러모로 조사해 봤어. 첫 번째 요소가 육체의 설계야. 두 번째는 육체를 이루는 재료지. 설계에 따라 주변의 유기물과 무기물을 절묘하게 섞어서 인간형의 육체를 '프린팅'한 뒤 거기에… 그래, 영혼이라고 하지. 그걸 전송하는 방식이더군."

"……."

"전송 속도가 워낙 빨라서 도중에 대처하기는 어렵지만 묶어 두는 건 가능해졌어. 정말 쉬웠지. 왜냐고? 너희들이 스스로의 설계대로 몸을 만드는 모든 과정은 건하운드의 프린팅과 그 기본이 동일하거든. 건하운드의 형태 유지용 에너지 파장을 쬐어 주는 것으로 너희들의 형태를 강제로 고정시킬 수 있게 됐지. 자, 기분이 어때?"

"…나도 모르는 걸 잘도 알아냈군."

"흠, 아무튼 싸우자는 뜻은 아니야. 대신 한 번만 더 내 주변 사람을 그딴 식으로 거론하면 박제해서 우리 회사 정문에 장식할 거야."

"네 말대로 하지. 약속하겠다."

"흠, 역시 자네는 말이 통하는 친구라니까."

데토네이터가 반달리온을 풀어준 후 금속 입자로 변해 사라졌다.

등에 거치한 건하운드의 전원을 내린 치프는 어렵게, 아주 어렵게 일어나 날개를 펼치는 실버로드를 반달리온과 함께 바라봤다.

"저 친구, 튈 분위긴데?"

치프의 말에 반달리온은 실버로드를 바라보며 고개만 저을 뿐 아무 말도 하지 않았다.

"리온, 날 걱정하는 건가?"

실버로드가 아직 덜 재생된 몸을 삐걱삐걱 움직이며 물었다.

"난 자네가 어디로 가서 무엇을 할 생각인지 전혀 모르겠군. 자네의 무모함을 두고 볼 수는 없네. 나와 함께 엠페라투스 님의 곁으로 가세, 실버."

"후후……."

실버로드가 쓴웃음을 지었다.

"날 아직도 친구라 생각한다면 나를 좀 더 존중해 주게, 리온."

"……."

"난 내 길을 가겠어."

실버로드가 똑바로 일어나 날개를 움직였다.

"실버로드 님!"

오라클이 치프의 곁을 떠나 실버로드를 향해 뛰어가려 했다. 치프는 말리지 않았지만 반달리온은 손으로 그 소녀의 앞을 막았다.

"그때 저를 구해주시며 말씀하셨잖아요! 함께 가자고 하셨다고요, 실버로드 님! 그러니 이번에도 함께 가요!"

"…그 길은 끝났어. 이제 갈림길이다, 오라클."

"네?"

"난 걸림돌이 싫어."

실버로드가 날아올랐다.

오라클은 하늘을 향해 팔을 허우적거리며 울었으나 반달리온은 그녀를 놓아주지 않았다.

치프가 다가와 오라클의 등을 두드려 주었다.

"네가 걸림돌이라는 말이 아니야."

"……."

"자신이 너의 걸림돌이라는 뜻이지. 남자의 언어로 해석해 보자면 그래."

반달리온은 그런 언어가 있느냐는 눈으로 치프를 쳐다봤다.

"우주연합에서 노리는 게 너라는 걸 인식한 순간 저 녀석의 마음도 꺾였을 거야."

"그럴 수가……!"

오라클은 무릎을 꿇고 흐느꼈다.

"실버로드가 무슨 일을 저지를지는 모르겠지만 적어도 너에게 해가 되지 않는 방식으로, 걸림돌이 되지 않도록 자신의 앞길을 선택하겠지. 아마 그럴 거야."

치프가 어깨를 으쓱했다.

"이야기의 흐름이 좀 그러네."

그의 이야기를 받아들일 수 없는 오라클은 하염없이 울었다.

"서로를 별명으로 부르는 걸 보니까 당신네들 정말 친했던 것 같은데… 아쉽게 됐네."

치프가 반달리온 앞에서 고개를 저었다.

"부탁… 그래, 부탁이었어."

"응?"

반달리온이 갑자기 넋 나간 표정으로 말하자 치프가 의아해했다.

"그녀가, 스위트 베르자르가 나에게 한 마지막 말 말일세. 가족들의 안전을 보장해 달라는 말, 그게 바로 부탁이었어."

"무슨 소리야, 갑자기?"

"당시 그녀가 무슨 마음이었는지 이제야 이해했다네. 모욕감, 죽음에 대한 두려움, 자존심을 내려놓을 때의 허탈감, 그리고 그 모든 것을 감수하고 원하는 것을 이루려는 절박함, 그것이 바로 부탁의 기본이야."

반달리온이 치프를 향해 허리를 굽혔다.

"그가 맞이할 운명을 바꿔주게, A—1730이여."

"……."

"이렇게 부탁하지."

치프는 당혹감을 느꼈다.

"저기, 엠페라투스에게 부탁할 생각은 안 해봤어? 나보다 더 깔끔하게 처리할 수 있을 텐데?"

"그분의 제압 방식은 오로지 죽음이다. 아마도 실버로드의 목숨을 거둬 가시겠지."

반달리온이 대답했다.

"근거는?"

치프가 짧게 물었다.

"실버로드는 엠페라투스 님께 사적으로 미움을 사고 있거든. 역사상 엠페라투스 님보다 앞서 운캄타르를 진심으로 분노하게끔 만든 자가 바로 실버로드다. 그리고 실버로드의 다음 목표는 바로 너였지. 네놈의 진정한 분노를 이끌어내는 것이 녀석의 목표였어."

대답을 들은 치프는 어이가 없었다.

"하, 뭔가 오해하는 것 같은데, 난 여전히 엠페라투스한테 화가 나 있는 사람이거든? 내일이라도 당장 갈아서 텃밭에다 뿌려 버리고 싶다고!"

"그렇게 농담을 하는 걸 보니 너 역시 엠페라투스 님과의 게임에 푹 빠져 있는 것 같군."

반달리온의 말은 치프가 입을 다물도록 만들었다.

"지금의 네놈은 누구와 싸워도 실망감만을 느낄 것이야. 하지만 상대가 엠페라투스 님이라면 다르지. 넌 조각 케이크 위에 놓인 빨간색 딸기를 대하는 꼬마들처럼 엠페라투스 님과의 결전을 미루고 있지 않은가?"

"……."

"극한의 상황에서 목숨을 걸고 모닥불을 피우듯 태울 수 있는 것을 모조리 불속에 때려 박으며 벌이는 최악의 싸움……. 넌 아마 그러한 싸움이 닥쳤다고 느꼈을 때 진심으로 일어나서 모든 것을 불태우겠지."

반달리온은 쓴웃음을 지었다.

"데스디아 브라토레, 사만다 카터, 포프 베르자르, 그리고 오랫동안 생사고락을 함께한 부하들까지 전부 연료로 삼아서 말이야. 그것이 엠페라투스 님과 아끼고 있는 '결전'의 개념이 아닌가? 인생에 다시는 없을 단 한 번의 놀이가 아까워 덧없이 시간을 보내는 느낌인데?"

"…말이 많네?"

반달리온을 노려보는 치프의 눈빛은 전과 달랐다.

오라클은 그 모습이 그냥 무서웠지만 차 안에서 쉬고 있는 포프의 눈에는 그냥 무서운 정도가 아니었다.

장난기, 여유, 그리고 태만함이 싹 사라진 진짜 살기가 치프의 상감색 눈동자 속에서 이글거리고 있었다.

그러나 그 눈빛은 서서히 잦아들었다.

"하, 흠, 하하."

평소처럼 웃은 치프는 고개를 흔들어 정신을 환기시켰다.

"아저씨는 엠페라투스의 부하 따위가 아니었네."

"뭐라고?"

"친구인 게 분명해. 그렇지 않으면 이렇게 걱정할 리가 없지."

친구라는 말에 살짝 충격을 받은 반달리온은 뭐라고 말을 할 수가 없었다.

'친구라니? 나와 엠페라투스 님이?'

그가 고민하는 한편, 바지 주머니에 손을 넣은 치프는 고개를 아주 살짝 삐딱하게 기울였다.

"좋아, 어떻게든 해보지. 하지만 실버로드를 반드시 구해준다는 보장까지는 못해."

"보장까진 바라지 않는다."

"저기, 진지하게 생각해 주면 안 될까? 녀석은 치러야 할 죗값이 너무 커. 테러를 소프트하게 저지른 놈이 아니라 행성의 내전을 부추기며 사람들의 목숨을 갖고 논 녀석이야. 하등동물이라고 비웃으면서 말이지."

치프가 어깨를 으쓱했다.

"그런 놈을 멀쩡히 살리라고? 내가? 난 비위가 약해서 그런 짓 못하는데?"

"내가 한 부탁을 과도하게 해석하는군. 난 단지 내 친구가 쓰레기처럼 죽어가는 걸 보고 싶지 않을 뿐이야. 아르마다나 하이시리스의 손에 유린당하지만 않게 해주면 돼."

반달리온이 자신의 부탁을 정확히 말했다.

"…뭐, 일단 잡아놓고 고민하면 되겠지. 알았어."

치프가 반달리온에게 손을 내밀었다.

반달리온이 악수를 하려 하자 치프가 인상을 쓰며 손을 뺐다.

"어이, 맨입으로 하라고?"

"……."

"난 내 일로도 바쁜 사람이야. 나보다 1% 부족한 능력자가
나와 내 회사를 노리고 있다고. 그런 상황에서 네 부탁까지 들
어주기 위해 뛰어다니면 난 과로로 쓰러질걸? 뒷목 잡는 건 시
간문제라고."

"영양제를 원하나?"

"장난해?"

반달리온은 자신이 말을 해놓고도 민망했는지 오른쪽 뺨을
손으로 긁었다.

"원하는 게 있다면 얘기해라."

"브리치와 관련된 자료, 정보, 사용법 등등을 전부 알아내서
나한테 가져와. 진 플레커나 빅시티의 신이 브리치를 멋대로 불
러내서 건전지처럼 써먹은 건 너도 기억할 거야. 그것 때문에 내
가 뭔가 작전을 세우고 싶어도 계산이 안 되는 부분이 많다고."

"…언제까지 가져다주면 되겠나?"

"네 친구의 목숨이 바람 앞의 등불이라는 건 잘 알 텐데?"

치프의 재촉에 반달리온은 작업 마감 시한이 내일 오전까지
라는 이야기를 들은 사람처럼 이마를 손으로 덮었다.

"최대한 빨리 처리하도록 하지."

"너무 부담 갖지 마. 기껏해야 실버로드밖에 더 죽겠어?"

치프가 실실 웃으며 부담을 안겨줬다. 옆에서 듣고 있던 오라클이 발끈해서 치프의 장딴지를 발로 걷어찼다.

"좋은 결과를 기대하지. 혹시라도 거짓 정보를 주면 알아서 해."

치프가 손을 내밀었다. 이번엔 정말 악수를 하자는 뜻이다.

"음."

반달리온이 그의 손을 맞잡았다.

한시름 놓은 반달리온은 옆에 있는 오라클을 돌아봤다.

"오라클."

그의 부름에 오라클은 대답 없이 시선만을 마주했다.

"이제부터 A―1730과 그의 친구들이 너를 보호해 줄 거다. 더 이상 오라클이라는 별명을 쓸 필요도, 사람을 죽이기 위해 고생할 일도 없을 거야."

"……."

"네가 실버로드에게 입은 은혜를 잊지 못한다는 것은 알고 있다. 하지만 가슴에 기억을 묻어두는 방법 정도는 배워놔야 해. 그래야만 너 혼자서도 세상을 살아갈 수 있어."

그 말에 오라클은 다시 눈물을 흘리며 고개를 마구 저었다. 도저히 그럴 자신이 없다는 뜻이다.

"고집 부리며 자기 자신의 과거를 뒤틀지 마. 그 거짓된 자기 합리화야말로 실버로드를 몰아세운 원인이다."

반달리온은 차 안에 있는 포프를 눈짓을 가리켰다.

"저기 저 아이는, 아니, 마스터 어쎄신은 자신의 어머니와 그

밖에 있던 모든 아픔을 가슴에 묻었지. 정직하게 잘 묻었기에 저렇게 강해질 수 있었어."

오라클이 포프를 돌아봤다.

"포프는 좋은 친구이자 선생님이 되어줄 거야."

오라클의 작은 등을 쓰다듬어 준 반달리온은 드래곤의 모습을 갖추기 위해 뒤로 물러났다.

"이봐, 반달리온."

치프가 그를 불렀다.

"할 말이 남았나?"

"실버로드보다 먼저 죽지 마."

치프는 진지했다.

쓴웃음을 지은 반달리온은 회색의 드래곤으로 변해 하늘 저편으로 사라졌다.

"하아, 집에 가자."

치프가 오라클의 작은 어깨를 토닥였다.

"집?"

오라클이 짧게 물었다.

"회사… 집… 그래, 집. 가족들이 있는 곳이 집이지."

"내 가족은 아니야."

"음, 뭐, 그렇지."

붕 뜬 느낌으로 말하던 치프가 반달리온이 날아간 방향을 다시 봤다.

"아, 느낌이 너무 안 좋네."

"반달리온이 걱정돼?"

오라클이 묻자 치프는 고개를 가로저었다.

"개죽음이라는 말이… 단순히 강아지의 죽음을 뜻하는 말이 아니라는 건 너도 잘 알 거야."

"응. 아무런 가치가 없는 죽음을 비유하는 말이지."

읽어주는 사전처럼 중얼거린 오라클이 이맛살을 살짝 찌푸렸다.

"A—1730, 당신이 반달리온을 걱정할 이유는 없을 텐데?"

"그냥 누군가가 개죽음을 당할지도 모른다는 느낌이 싫을 뿐이야."

"예상이잖아? 미신에 가까운 예상이라고."

"그래, 그래서 기분이 더러운 거야. 어떻게 될지 알면 시원하기라도 하지."

치프는 다시 오라클을 토닥였다.

"가자. 아, 오라클이라는 이름이 별명이라며? 본명은 뭐야?"

"본명… 날 입양한 부모가 지어준 이름 정도는 있어. 하지만 사용하고 싶진 않아."

"뭐였는데?"

"루이비통."

"……"

여러 가지로 심각한 표정이던 치프가 순간 입을 막고 웃음을 참았다.

한 번은 어떻게든 참아냈지만 차에 오르고 시동을 거는 와중에도 치프는 계속해서 킥킥 웃음을 터뜨렸다.

포프는 루이비통이 대체 뭔데 치프가 저리 웃는지 궁금했고,

뒷자리에 앉은 오라클 역시 포프와 비슷한 표정으로 치프의 모습을 바라봤다.

"네 진짜 부모님께서 지어주신 본명은 뭐… 요르엘이 알겠지."

미소를 지은 채 말한 치프는 머리를 흔들어 웃음 기운을 털어낸 뒤 차를 몰았다.

*　　　*　　　*

데스디아는 회사 본관으로 가는 계단에 앉아 시가를 피우고 있었다.

방금 전 헤이파에게 실종된 알타이르 전사들에 대한 이야기를 들은 그녀는 매우 착잡한 표정이었다.

'동포를 적으로 돌려야 한단 말인가?'

그녀는 뭔가 방법이 없을까 생각해 봤지만 딱히 떠오르는 것은 없었다.

때마침 회사의 정문이 열렸다.

특수합금으로 된 정문이 육중한 소리를 내며 좌우로 나뉘어졌다. 그리고 그 틈으로 치프가 모는 자동차가 들어왔다.

그가 오라클을 데리고 돌아온 것을 본 데스디아는 일이 뭔가 꼬였음을 감지했다. 포프는 지쳤고, 오라클의 얼굴은 우중충했으며, 치프는 그냥 담담했다.

차에서 내린 치프는 더플 백을 등에 메고 내린 오라클을 포프에게 맡겼다.

"힘들겠지만 숙소까지 안내해 주고 쉬어, 포프. 오늘 정말 잘

했어."

"징크스는……."

"응?"

"아, 아니에요. 죄송해요, 사장님."

포프는 반달리온과 실버로드에게 걸린 불길함을 떠올리고는
즉시 사과했다.

"흠."

치프는 선글라스를 벗어서 호주머니에 끼운 뒤 포프 앞에서
팔짱을 꼈다.

"네 징크스가 행운의 징크스라는 얘기를 내가 했던가?"

"예?"

포프가 깜짝 놀랐다.

"다들 무사히 돌아왔잖아? 항상 말이야. 넌 죽음조차 극복
했지."

"하지만 그건 사장님께서……."

"어찌 됐든 나한테는 행운의 징크스야. 됐으니 이제 따뜻한
음식 먹고 푹 쉬어."

"…네."

포프는 오라클의 손을 잡고 숙소로 향했다.

함께 걷던 오라클이 포프를 돌아봤다.

"징크스라니?"

"……."

포프는 대답 없이 눈가만 훔쳤다. 포프의 사정을 잘 모르는
오라클은 고개만 갸웃거렸다.

저편에서 롸켓이 치프를 향해 걸어왔다.

"방탄유리는 다 나갔고 차의 지붕은 찌그러졌구려. 운석이라도 맞은 거요?"

"그러면 얼마나 좋겠어. 수리나 좀 해줘, 아저씨."

치프는 자동차의 열쇠를 롸켓의 손에 직접 쥐어주었다.

"흠, 무슨 일이 있었는지 모르겠지만 마음 좀 편하게 가지시오."

"난 항상 편한데?"

"하, 정신까지 나갔구려."

치프의 등을 툭 쳐준 롸켓은 차를 몰고 정비창 쪽으로 향했다.

가만히 서 있던 치프는 자신과 마찬가지로 조용히 계단에 앉아 있는 데스디아를 돌아봤다.

치프는 양해 없이 그녀의 옆자리에 앉았다.

"오라클도 우리가 맡기로 한 건가?"

데스디아가 물었다.

"집에 돌려보내야지."

"요르엘과 함께?"

"그전에 오라클을 저 지경으로 만든 해적이라는 놈들부터 만져줘야지."

"당신이 그렇게 나올 줄은 알았지만 우리에게 그만한 여유가 있을까? A—1729가 때맞춰 습격해 오면 어쩌려고?"

그녀의 걱정을 들은 치프는 가만히 있다가 그녀의 무릎을 베개 삼아 옆으로 누웠다.

"그 부분은 협상하면 될 거야."

"협상? 누구와?"

"로젤라."

치프는 그녀가 어디 있는지 뻔히 안다는 투로 대답했다.

데스디아는 이상하게 화가 났지만 자신의 무릎 사이에 머리를 대고 있는 치프의 모습이 너무 피곤해 보였기에 꾹 참고 시가의 연기를 길게 빨아들였다.

"저기, 지금 내 머리에 떨어지는 게 담뱃재지?"

"아……."

움찔한 데스디아는 얼른 시가를 끄고 그의 머리를 바삐 털어 주었다.

어찌어찌 그의 머리카락을 수습해 준 데스디아는 자신의 어머니와 마찬가지로 느슨하게 팔짱을 꼈다.

"애당초 협상이 가능한 상대이긴 한가?"

"로젤라는 꽤 이성적이거든. 냉정하기도 하고."

치프의 대답에 데스디아는 어이가 없었다.

"그렇게 이성적이고 냉정하다면 협상하자고 만난 자리에서 당신 목을 날리겠군."

"글쎄?"

치프는 데스디아의 무릎 위에 머리를 댄 채 어깨를 으쓱했다.

"로젤라의 목적은 아마 내가 아니라 이 회사일 거야. 내 주변 사람들을 전부 죽이고 나 혼자만 남겨서 나를 자신의 것으로 만들려 하겠지."

그 말에 데스디아의 눈썹이 꿈틀했다.

"아, 그래? 그럼 셸리에게 그 얘기를 해주고 일을 맡기면 되겠네. 걔라면 A—1729가 뭔가 궁리하기 전에 뼈와 살을 분리시킬 테니까 말이야."

"좋은 생각인데?"

치프가 머리를 들고 똑바로 앉았다.

그의 온기가 무릎 위에서 멀어져 가자 데스디아는 아쉬운 표정을 지었다.

"더 기대지 그래?"

그녀가 묻자 치프는 편두통에 시달리는 사람처럼 머리를 만지며 고개를 저었다.

"미안. 네 무릎이 너무 딱딱해서."

근처에서 각종 감지기들을 점검하던 UNSMC 대원들이 일제히 웃음을 참았다.

치프의 대답과 그들의 미세한 웃음소리를 들은 데스디아는 마음이 팍 상했다.

"머리를 허벅지에 댈 생각은 안 해봤어?"

"그랬다가는 너무 행복해서 영원히 잠들어 버릴 것 같았거든."

데스디아는 '저 인간에게 말재주가 없었다면 짜증이라도 덜났을 것이다'라고 생각하며 입을 꾹 다물었다.

"아무튼 네 아이디어는 훌륭하지만 셀리는 셀리대로 할 일이 있어."

"뭔데?"

데스디아가 퉁명스럽게 물었다.

"실버로드와의 접촉 지점에서 반달리온을 만났어. 반달리온은 여태껏 이 행성의 미개척지를 돌아다니며 생존자들을 적잖

게 찾아냈고 그들을 규합한 것 같아."

"그들 전부가 엠페라투스의 부하가 됐단 말인가?"

"그럴 수도 있고, 단순히 보호받고 있을 수도 있고. 느낌상 후자 같아."

"어째서 그렇게 생각하지?"

"엠페라투스의 성향이지. 녀석에게 부하를 거느리는 취미가 있었다면 몸소 자신의 능력을 과시하여 상대의 심신을 제압한 후 거둬들였을 거야. 반달리온이 이리 뛰고 저리 뛸 이유가 없어."

"그쪽에 날개 달린 자들이 많이 모였다는 것은 사실이잖아?"

"규모도 모르고, 또 누가 모였느냐가 가장 큰 문제지."

치프는 호주머니에서 껌을 꺼내 입안에 넣었다.

"드래곤 로크 당시를 생각해 봐. 드래곤들이 브리치로 빨려 들어 가는 것을 막을 수 있는 조건은 단 하나였지."

"인간의 모습 말인가?"

"정확히는 본체를 다른 곳에 전송시키는 거야. 너도 알다시피 이 땅의 드래곤들은 변신을 하는 게 아니야. 자신의 진짜 육체를 다른 어떤 곳으로 이동시킨 뒤 보조 육체를 만들고 거기에 영혼을 심는 거지."

"저번에도 살짝 들은 것 같군. 드래곤들의 육체가 보관되는 미지의 공간이 있을 거라고 당신이 말했지."

"그 공간의 좌표는 드래곤들의 무의식 속에 있을 거야. 기술적으로는 우리가 게이트를 통해 우주와 우주 사이를 이동하는 것이나 브리치를 통해 브리치 저편의 생물체들이 이곳으로 넘어오는 것과 같을지도 몰라. 아니, 다시 말하지. 분명히 동일해."

말을 하며 껌을 씹던 치프의 입술 밖으로 분홍색의 풍선이 부풀었다가 푹 꺼지고는 그의 입안으로 다시 들어갔다.

데스디아는 시가를 다시 피웠다.

"당신, 그들의 칼로리 문제도 걱정했잖아?"

"맞아. 드래곤들은 평균 몸길이가 100미터에 달하지. 몸무게는 대강 2만 톤으로 잡자고. 그 정도 크기의 생명체는 누워서 숨만 쉬어도 엄청난 양의 칼로리가 소모되는데, 너도 계속 봐왔으니 알겠지만 인간에서 드래곤의 모습으로 변했을 때 신체적 부담을 느끼는 자는 아무도 없었어. 부담은커녕 물 만난 물고기처럼 펄펄 날아다녔지."

"그게 어떤 면에서 문제라는 거지?"

데스디아는 바닥에 재를 떨궜다.

마침 바람이 혹 불어오더니 치프가 만들던 풍선에 담뱃재들이 달라붙었다.

"……."

"…미안."

사과를 한 데스디아가 시가를 끄려 하자 치프는 괜찮다는 손짓을 한 뒤 껌 포장지에 껌을 뱉어 잘 감쌌다.

"지구에서 과거에 사용됐던 냉동 수면 기술의 경우를 예로 들게. 냉동 및 해동에 의한 체세포 파괴를 막는 게 해당 기술의 최대 난점이었어. 인체의 대부분은 물이고 물은 얼게 되면 팽창하는 성질을 갖고 있지. 그 팽창을 우리의 나약한 세포들이 견딜 리가 없거든. 냉동되는 순간 몸 전체가 엉망이 돼서 죽는 거야."

"흐흠."

"그걸 막아내는 기술이 개발된 게 지금으로부터 약 140여 년 전이야. 초장거리 우주 탐사에 주로 쓰였지만 후유증이 만만치 않았지. 냉동되기 전에 투여되는 특수 용액을 몸이 거부해서 신체 일부가 괴사하거나 영원히 일어나지 못하는 일이 빈번했다고 해."

"당시 사람들은 골치 아팠겠군."

중얼거린 데스디아는 하늘을 봤다. 벌써 노을이 식고 어둠이 드리워지고 있었다.

회사 본관 입구에도 불이 들어와 치프와 데스디아의 등을 나란히 밝혔다.

"아무튼, 결론은?"

그녀가 딱 자르듯 물었다.

뭔가 더 설명을 하려 하던 치프는 아쉬운 표정을 지었다.

"그 '안전한' 인체 냉동 기술을 개발한 과학자가 죽기 전에 이런 말을 했어. 가장 안전한 동결 방법은 단 하나. 시간이 정지된 '빌어먹을 공간'에 좆같은 희망자들을 처넣는 것뿐이라고 말이야."

"…그 사람, 스트레스를 제대로 풀고 갔군."

"그렇지. 근데 욕설이 좀 껴 있어서 그렇지 이론적으로는 사실이야. 난 드래곤들의 육체가 전송되어 보관되는 곳이 그 '빌어먹을 공간'이 아닐까 생각해."

"시간이 정지된 곳?"

"맞아. 그게 아니면 아무런 후유증 없이 뛰어다닌다는 게 말이 안 돼. 양자역학에 따르자면."

치프와 마주 보던 데스디아가 미묘한 미소를 지었다.

"우리 고향에 과학 시험 따위가 없다는 얘기를 내가 했던가?"

"…미안. 재미없었겠네."

사과를 한 치프는 머리를 긁으며 다음에 내놓을 이야기를 정리했다.

"결론을 얘기하자면 반달리온이 발견하여 규합한 3세대 드래곤 전원이 제대로 된 싸움꾼으로서의 마음가짐과 신체 설계 능력을 갖춘 젊은이들일 리가 없어. 애도 있고 노인도 있겠지. 호기심에 다른 모습을 갖추고 장난을 치던 어린애들이 다수일 거야. 아니면 인간의 옷을 입어보려고 시도하던 멋쟁이라던가."

"그럼 아까 당신이 말한 셸리의 일은 그들을 설득하는 건가?"

"맞아."

그러자 데스디아의 입에서 비웃음이 터졌다.

"퍽이나 잘되겠군. 셸리가 그들을 불쑥 찾아가서 '내가 당신들의 왕녀이니 모두 날 따르라'라고 얘기한다 치자고. 먹힐 것 같아?"

"길거리에서 전단지를 나눠 주려는 사람 보듯 하겠지."

치프가 어깨를 으쓱했다.

"아주 잘 아는군. 됐으니 A—1729에 대한 얘기나 해."

"…로젤라한테 정말 화가 났나 보네?"

"지금 당장에라도 그년의 뼈를 추리고 가죽을 떠서 회사 담장에 걸어버리고 싶을 정도라고! 그년은 내 엄마를 건드렸어!"

그녀는 '어머님'이 아니라 엄마라는 말을 무심결에 내놓고도 의식하지 못할 만큼 화가 나 있었다.

치프는 한숨을 쉬었다.

"음, 그래. 그럼 내일 오후에 나랑 같이 빅시티에 가자. 괜찮 겠어?"

"또 데이트인가? 저번처럼 동행인이 바글바글한?"

데스디아의 지적에 치프가 눈을 휘둥그레 떴다.

"그때 상처 입었구나?"

"……."

그 순간 데스디아는 치프를 진심으로 후려갈기고 싶었다.

"안심해. 내일은 너랑 나만 갈 거야."

"진짜로?"

그녀는 확언을 요구했다.

"예. 저 혼자 가면 정말 위험할 거 같거든요."

치프가 분명하게 말했다.

"어떤 면에서? A—1729가 상대라면 당신이 이길 것 같은데?"

"싸움을 하러 가는 건 아니지만… 으음."

"뭔가 더 있군? 혹시 알타이르 전사들 때문인가?"

"그건 절대 아니야."

치프가 한 번 더 분명한 어조로 말했다.

"우주연합 측의 알타이르 전사들과 로젤라는 아직 같은 편이 아닐 거야. 처음부터 같은 편이었다면 알타이르 전사가 내 목숨 을 직접 노렸을 리가 없어."

"……."

"그리고 로젤라가 써먹는 전술의 범위에는 알타이르 전사들 이 들어 있지 않아. 그 전사들이 각 행성의 전략전술에 능숙하 다고 해도 로젤라와 호흡을 맞추기란 쉽지 않겠지. 결정적으로 양측의 목표가 달라. 로젤라의 목표는 우리야. 그리고 알타이르 전사들은 오라클을 노리고 있어. 실버로드는 유기견 정도로 생각하는 것 같더라고."

"그럼 나와 함께 가는 이유는?"

"로젤라가 데리고 있을 것으로 추정되는 녀석들이 좀 위험할 것 같거든."

치프는 단말기를 꺼낸 뒤 복잡한 인증 과정을 거친 끝에 어떤 명단을 화면에 띄웠다. 그리고 그것을 데스디아에게 건넸다.

"명심해. 지구에선 최고급 기밀이야."

치프가 준 명단 및 그들의 신상명세를 본 데스디아는 인상을 구겼다.

"이런 존재들이 실제로 있단 말인가? 지구에?"

"그 녀석들에겐 공통점이 두 가지 있어. 지금은 전부 탈옥해서 행방불명 상태라는 것, 그리고 놈들 전부를 나와 알파 스쿼드가 잡아넣었다는 거지."

지구에서 1년 정도 지낸 데스디아는 지구의 언어를 어느 정도 알고 있었다.

그녀는 형이상학적 인간[Metaphysics—Human]이라는 분류를 이해하기 어려웠다.

"당신네들은 이들을 뭐라 불렀지?"

"초능력자, 돌연변이, 초인, MH, 마이크 호텔, 혹은 메타휴먼. 포획작전 시에는 NATO 음성 기호에 따라 마이크 호텔이라고 불렀어."

"메타휴먼이라……."

데스디아는 명단을 한 번 더 자세히 훑어봤다.

"능력들이 신기하면서 대단하군. 다른 행성인 사이에서 태어난 자들인가?"

"혼혈은 마이크 로미오, 즉 믹스드 레이스(Mixed—Race)로서 따로 분류해. 메타휴먼은 순수한 지구 태생의 능력자들이야."

"내가 지구에 있을 때는 메타휴먼이니 마이크 호텔이니 하는 소문조차 접하지 못한 것 같은데?"

"네가 지구에 관심을 갖기 전에 우리가 싹 청소했거든. 그 명단에 있는 놈들은 각 메타휴먼 집단의 보스들이었어. 일이 다 끝난 뒤에 지구는 물론 우주의 네트워크에 존재하는 정보들까지 철저하게 검열해서 완전히 묻어버렸지."

"그렇게 간단히?"

"응, 좀 특별한 케이스였거든."

치프는 명단을 손가락으로 가리켰다.

"녀석들이 태어난 해를 봐."

"…37년 전. 생일까지 거의 같군. 잘해야 하루 이틀 차이야."

"맞아. 특정 시점에 북미 지역의 여성들, 정확히 자궁 내 수정란이 뭔가에 노출되어 불가사의한 변이를 일으켰지. 누군가의 개입인지, 아니면 우주에서 우연히 내려온 현상인지는 아직 불명이야. 정확한 건 인간들의 수정란만 영향을 받았다는 거야."

"이들 말고 다른 이들은 어떻게 됐지? 실험 재료로 써먹었나?"

"설마? 신체 재구축 치료기에 처넣고 제대로 된 인간으로 바꾼 뒤 교도소에 가뒀지. 하지만 사망자들은 그렇지 않았어. 아마 이래저래 실험을 당했을 거야."

"흠."

데스디아는 긴 한숨을 내쉬었다.

"이 명단에 있는 자들은 왜 능력을 지우지 않고 가두기만 한 거지?"

"서류상으로 사망 처리된 자들이야. 정부에서 싱싱한 실험 재료로 찍어버린 거라고나 할까?"

"듣고 보니 불쌍하군. 자신이 원해서 이런 능력을 갖게 된 건 아닐 텐데?"

"그렇긴 하지만… 내 입장에선 그냥 좀 그래."

데스디아는 치프의 목소리에 분노가 섞였음을 느꼈다.

"왜지?"

"놈들이 샌 앤드레이어스 단층을 제대로 건드렸거든. 그로 인해 발생한 초 강진이 캘리포니아 주를 뒤엎었어. 북미 대륙의 지도가 바뀌었고 천문학적인 숫자의 사망자와 이재민이 발생했지."

"그 지진은 알고 있어. 우주연합에 속한 모든 행성에서 큰 뉴스로 다뤘잖아? 그런데 그게 녀석들이 저지른 일이었다고?"

"응."

짧게 대답한 치프는 그 즉시 한숨을 내쉬었다. 그와 동시에 데스디아의 표정도 심각해졌다.

치프가 이윽고 말했다.

"첫 번째 지진과 그 여진에 의한 북미 서부의 피해가 엄청났어. 옐로스톤이 폭발하지 않은 건 기적이었지. 성조기의 모든 별은 추모를 위한 회색으로 덧칠됐고 정치, 경제, 산업기반, 그리고 사람들의 목숨 등등… 모든 것이 망가지면서 세계 전체가 경제공황에 빠질 뻔했어."

"당신이 화를 낼 만하군."

"음, 맞아."

그때가 떠올랐는지 치프는 오른손으로 자신의 얼굴을 이리저리 쓸었다.

"녀석들을 제압하는 것보다 내 자신을 다스리는 게 더 힘들었어. 녀석들은 이재민들을 무차별적으로 고문하고 죽였을 뿐만 아니라 잡혀가는 와중에도 죽은 자들을 모욕했지. '하등동물'이라고 말이야. 그런데도 난 참아야 했어. 끝까지 참은 뒤 재건을 위한 계획에 참여해야 했지."

"혹시 그 계획이 식민지 청소인가?"

"응."

치프가 끄덕였다.

사건이 그렇게 맞물려 있음을 모르고 있던 데스디아는 치프의 어깨에 팔을 걸쳤다.

자세가 뭔가 어색했기에 UNSMC 대원들이 전부 그들을 쳐다봤다.

사실 데스디아 입장에선 치프를 껴안아주려 한 것이지만 남자를 위로해 주기 위해 껴안은 경험이 없었기에 괜스레 자세만 이상해진 것이다.

"당신은 대체 언제 쉴 수 있는 거야?"

"음, 아까 네 허벅지에 머리를 대야 했어."

"쯧."

데스디아는 혀를 차며 그의 어깨를 씩씩하게 토닥였다.

뭔가 진한 것을 기대하고 있던 UNSMC 대원들은 '저 여자도 문제다'라며 내심 격하게 한탄했다.

항상 일어나던 시간에 눈을 뜬 데스디아는 로젤라가 나타났을 때처럼 전투복을 입고 장비를 챙긴 뒤 치프와 사만다가 잠든 침실을 나섰다.

불과 한 달 전까지만 해도 회사의 새벽은 고요하기만 했다. 하지만 지금은 감지장치를 최고 수준으로 가동 중인 위스콘신의 소음과 불침번들의 발소리 때문에 약간 시끄러웠다.

'떠들썩해서 좋기도 하고 아쉽기도 하고.'

이 회사의 존재 목적이 보금자리는 아니지만 데스디아는 아쉬움을 감추지 못했다.

훈련장 한가운데에 선 데스디아는 조금 뒤에 탈리케이아와 함께 걸어나오는 헤이파를 맞이했다.

"편히 주무셨습니까?"

"음, 셸리의 힘은 확실히 대단하구나. 고질병이던 요통조차 말끔해졌어."

모친에게 요통이 있음을 전혀 모르고 있던 데스디아는 평소답지 않게 놀라서 눈을 크게 떴다.

"요통이라 하셨습니까?"

"당연히 농담이지."

"……."

데스디아와 탈리케이아는 가끔 자신들의 가슴을 철렁하게 만드는 헤이파의 농담을 항상 언짢게 생각했다. 그들에게 있어서 헤이파는 어머니 이상의 어머니이자 스승 이상의 스승이었기 때문이다.

하지만 밑도 끝도 없이 워치프로서의 마음가짐과 태도를 밀어붙이는 것보다는 나았고, 저돌적이면서도 냉철한 헤이파의 행동양식은 이미 UNSMC들 사이에서도 또 하나의 카리스마로서 인정받고 있었다.

"오늘은 아침 훈련 전에 얘기를 좀 해볼까?"

헤이파가 말했다.

"우리의 입장에서 현재 벌어지는 일들을 논하고 정리해 보자꾸나."

"예, 어머님."

"알겠습니다, 스승님."

셋은 정령교감을 통해 성인 남자의 가슴 높이까지 떠오른 뒤 정좌 자세를 했다.

훈련장 주변을 돌던 UNSMC 불침번들이 그 모습을 봤다. 그들은 딱히 흥미를 보이거나 놀라지 않고 자신들의 일에 집중했다.

하지만 얘기를 나누는 것은 잊지 않았다.

"나중에 지구로 돌아가면 좀 허전할 것 같은데?"

"허전하다니?"

"공중부양을 한 채로 조깅을 하는 아가씨들을 더 이상 볼 수 없을 테니까."

"그건 좀 아쉽네."

몇 걸음 더 걷던 그들 중의 한 명이 문득 다시 입을 열었다.

"며칠 전에 로빈이 이상한 말을 하던데?"

"그 친구는 어릴 때부터 이상했어. 지금도 이상하지만."

"아냐, 이번엔 그럴싸했어."

"무슨 말을 했는데?"

"젝스였나? 그 드래곤 여자애 말이야."

"그래, 젝스. 듀베리아 드워프 몇 명이 그 애의 발 냄새와 땀 냄새를 노리고 있지."

"그래?"

"안드레이 오티스 중사님께서 그런 놈들이 있다고 그러시더 군. 아무튼, 젝스가 왜?"

"로빈 말로는 요즘 젝스의 가슴이 조금 커졌다고 하더군."

"…하긴, 로빈은 포X노 영상을 볼 때도 배우의 근육 발달 수 준을 중심으로 리뷰를 하지."

"리뷰라니?"

"로빈은 익명으로 '각종' 영상물의 리뷰 사이트를 운영하고 있어."

"그건 또 몰랐네. 근데 가슴이 갑자기 커지는 게 중요한가? 드래곤의 모습으로 돌아가면 가슴둘레가 수십 미터에 육박할 텐데?"

"뭐, 로빈에겐 특별한 감이라는 게 있잖아?"

"쓸데없는 집착이겠지. 빌어먹을 로젤라가 완전히 적으로 돌 아선 판에 별걸 다 신경 쓰는군."

"나름 취미니까 내버려 둬."

대화를 끝낸 불침번들은 다시 경계에 몰두했다.

정령과의 교감 상태를 안정시킨 헤이파와 데스디아, 탈리케이 아는 눈을 뜨고 서로를 봤다.

"과거에 실종됐던 알타이르 전사들이 적대 세력으로서 움직이고 있다는 사실은 다들 알 것이야."

헤이파가 먼저 이야기를 시작했다.

"스승님, 설득의 여지가 없겠습니까?"

탈리케이아가 걱정스레 물었다.

"직접 접촉해 보지 못했으니 알 수 없지만 이미 수백 년 이상 우주연합의 비밀 부대 소속으로 활동해 온 자들이란다. 그 활동이라는 것이 결식아동을 위한 급식 제공 같은 건 절대 아니겠지. 그러니 발견 즉시 죽여도 상관없다. 모든 책임은 내가 지마."

"어머님, 정말 괜찮으시겠습니까?"

데스디아 역시 걱정을 드러냈다.

하지만 헤이파는 강경했다.

"정령과의 교감마저 문제가 없는 자들이니 만약 격돌한다면 아군의 피해가 상당하겠지. UNSMC 대원들이 제아무리 우리를 통하여 알타이르 전사들과의 싸움에 익숙해졌다고 해도 기습에는 어쩔 수 없을 거다. 만약 그들이 지금 당장 이쪽을 공격한다면 포프의 동생들과 켐리, 요르엘, 롸켓 정도는 대피하기도 전에 베이겠지."

헤이파는 다음 이야기를 꺼내기 전에 한숨을 쉬었다.

"우리만의 문제가 아니야. 브리치 처리를 위해 헌터들이 모이고, 그들이 알타이르 전사들의 기습 공격을 받았을 때 그에 버틸 수 있는 자는 극히 소수일 거다. 거기에 그치지 않고 빅시티의 민간인들까지 공격한다면?"

"……."

"그러니 망설임 없이 그들을 베어라. 특히 탈리."

"예, 스승님."

"넌 공항에서 고립될 수도 있으니 더더욱 조심하렴. 만약을 대비하여 누군가와 함께 가는 것도 좋겠구나."

탈리케이아는 자신과 UNSMC 대원들만으로도 충분하다며 고집을 부릴까 하다가 헤이파가 괜히 경고하는 게 아닐 것 같았기에 그녀의 말을 받아들이기로 했다.

"동행에 적당한 자가 있을는지요?"

"흠, 젝스라면 괜찮겠지. 그 아이의 능력이 최근 들어 좋아지고 있거든."

젝스의 이름이 나오자 탈리케이아는 약간 당황했다. 그럴 수밖에 없는 것이, 그녀는 젝스와의 관계가 그렇게 좋진 않았다.

험악한 건 아니었다. 단지 서로 붙임성이 없는 성격이라 낯선 것뿐이다.

"스승님, 젝스를 다룰 때 주의할 점이 있습니까?"

"다루다니? 그 애가 누구네 애완동물인 줄 아느냐?"

"…그런 뜻으로 여쭌 것은 아닙니다."

"그럼 이번 기회에 젝스와 얘기나 좀 하려무나. 오늘 아침식사 자리에 젝스를 초대해도 되겠군. 옆자리에 앉혀주지. 아니, 맞은편이 더 나을라나?"

"예, 스승님."

담백하게 대답하긴 했지만 탈리케이아의 속은 불편함으로 울렁거렸다.

친구인 탈리를 가만히 지켜보던 데스디아가 문득 헤이파를 돌아봤다.

"어머님, 고향에서는 브리치와 관련된 전설 같은 것이 없습니까?"

"흠, 그리 생각한 이유가 궁금하구나."

"지구에서 우리에게 준 칼이 신경 쓰여 그렇습니다. 스트라투스도 그렇지만 브리치에서 나온 희귀 금속으로 제련된 칼들이 대체 어떠한 원리로 우리와 반응하는지 궁금합니다."

"흠······."

헤이파는 팔짱을 낀 뒤 생각에 잠겼다.

"너희들, 왕가의 보검 '라 디슈'를 본 적이 있겠지?"

"그렇습니다. 모든 워치프는 라 디슈를 손에 쥐신 여왕 폐하께 의례를 받고 워치프의 명단에 이름을 올리게 되지요."

데스디아의 대답에 헤이파는 고개를 끄덕였다.

"그 라 디슈는 신룡의 유적에서 발견된 금속을 어렵게 제련하여 만들어진 물건이란다."

"그렇습니까?"

"전설에 따르자면 초월적인 정령교감 능력을 가진 자가 라 디슈를 사용할 경우 하늘이 갈라지고 산맥이 베인다고 하지. 너희들도 어릴 때 얼핏 들었을 텐데?"

"사실이라면 라 디슈는 우리 고향의 최종 병기로군요!"

탈리케이아가 흥분하여 말했다.

하지만 헤이파의 표정은 떫음 그 자체였다.

"그게··· 실은 왕가에서 보관 중인 라 디슈는 모조품이란다."

순간 탈리케이아가 집중력을 잃고 땅에 털썩 떨어졌다.

가까스로 교감을 유지한 데스디아는 그게 무슨 소리냐는 표정으로 헤이파를 쳐다봤다.

"진품은 내 고조할머니 대에서 아예 가루가 됐지. 이후에는 모조품으로 대신하고 있단다."

"그럴 수가……."

데스디아의 입에서 한탄이 터졌다. 탈리케이아는 알타이르 전체의 보물이 실은 모조품이었다는 사실을 받아들이지 못하고 흙바닥 위에 앉아 꿈틀거리기만 했다.

"흠, 아무튼 신룡의 유적이 드래곤 메이건과 메이건을 봉인한 브리치였음을 생각해 보자면 우리도 진 플레커처럼 브리치의 힘을 사용할 수 있을지도 모르지."

헤이파가 눈을 감으며 한숨을 쉬었다.

"치프가 반달리온에게 브리치에 대한 세부 정보를 알아오라고 했다지? 그럼 그걸 기다려 보기로 하자꾸나. 하지만 개인적으로는 왜 하필 반달리온인지 모르겠군."

"어머님?"

데스디아가 의아해했다.

"사실 그렇지 않느냐? 엠페라투스만큼 자세히 아는 존재가 있을까? 셀리네 아빠라던가. 그런데 왜 치프가 반달리온에게 그러한 조건을 걸었는지 잘 모르겠구나."

탈리케이아가 겨우 정신을 추스르고 일어나는 한편, 헤이파의 말을 생각해 보던 데스디아가 이윽고 입을 열었다.

"신뢰성의 문제가 아닐는지요?"

"반달리온이 믿음직하다고?"

"치프는 그자를 믿는 것 같았습니다."

"흠, 모르겠군."

헤이파가 고개를 저었다.

탈리케이아가 정령과의 교감에 성공하여 다시 떠올랐다. 셋은 그대로 눈을 감고 교감을 유지하는 훈련에 돌입했다.

67
메타휴먼

아침 식사 시간.

식당 한가운데에는 헤이파가 구입한 목재 대형 식탁이 자리 잡고 있었다. 진한 갈색에 부드러운 윤기, 그리고 곡선이 아름다운 그 10인용 식탁의 실제 가격은 의자까지 포함하여 최고급 승용차 한 대 값과 맞먹었다.

그 식탁의 사용은 극히 제한되었는데, 일단 UNSMC 대원들은 손도 대지 못했다.

물론 헤이파가 그들을 차별하는 건 아니었다.

일을 마친 대원들의 대부분이 식당 의자를 부술 기세로 착석하는 모습을 매일 봤기 때문인데, 대원들은 기분이 좀 상하긴 했어도 자신들의 그러한 매너를 모르진 않았기에 헤이파의 '양해'를 가볍게 받아들였다.

그 식탁과 의자 세트로 인해 가장 고생하는 사람은 다름 아닌 켐리였다.

　그는 매일 아침 식사 전에 식탁과 의자를 정성껏 닦아야 했고, 식사가 끝난 이후에는 특수 세제와 초극세사 수건을 통해 편집증적인 관리를 해야만 했다.

　원래는 포프가 맡기로 한 일이었지만 헤이파는 포프보다 켐리의 손이 더 섬세하다고 얘기했고, 실제 청소의 결과 역시 켐리가 압도적이었기에 일은 결국 켐리에게 맡겨졌다.

　그런 귀한 자리에 평소 포프와 함께 편히 식사를 하던 젝스가 앉게 되었다.

　그것도 회사에서 가장 어색한 관계인 탈리케아아와 마주 앉게 되었기에 젝스는 두 손을 무릎에 붙인 채 꼼짝도 하지 못했다.

　식사 시간에 그러한 모습을 볼 거라 생각지 못한 치프는 상당히 당황했다.

　"여사님."

　"응?"

　셀레스티아를 상석에 앉히고 자신은 그 옆자리를 차지한 헤이파는 고개를 들어 앞에 앉은 치프를 바라봤다.

　"이건… 젝스에 대한 벌칙 게임인가요?"

　"탈리와 젝스의 관계 개선을 위한 자리일세. 협조해 주게나."

　"……"

　치프는 어색함으로 인해 일그러진 식탁 저편의 공간을 두고 보기 힘들었다.

　"예, 뭐… 술잔을 나누며 친해지는 것보다는 그림 상으로 좋긴 하네요. 근데 너무 급진적인 느낌도 드는데요?"

"여자애들은 약간의 부조리 속에서 더욱 친해지는 법이라네."

치프뿐만 아니라 셀레스티아, 데스디아, 파울라, 그리고 식탁 옆에서 심부름을 하기 위해 대기 중이던 켐리까지 '뭐 그런 법이 다 있느냐'는 얼굴로 헤이파를 바라봤다.

"관계 개선을 꼭 오늘부터 해야 할 필요가 있을까요?"

치프가 물었다.

"젝스가 탈리를 도와주면 딱 좋을 것 같거든."

"…혹시 공항에서 탈리가 고립될 것에 대비하신 건 아니겠죠?"

"흠, 역시 잘 아는군."

헤이파가 끄덕끄덕했다.

치프는 젝스를 흘끔 봤다. 항상 쓰고 다니던 모자를 옆자리에 놓은 채 고개를 푹 숙이고 있는 그녀의 모습이 대단히 측은해 보였다.

'할 수 없지.'

치프는 좀 과감한 방법을 써보기로 했다.

"여사님, 죄송하지만 젝스는 지금 우리와 함께 일반적인 식사를 할 수 있는 몸 상태가 아니에요."

헤이파가 눈살을 찡그렸다.

"무슨 말인가?"

"요즘 젝스의 가슴이 갑자기 커졌거든요."

치프가 자신의 가슴 앞에서 손으로 아주 큰 원을 그렸다.

너무 당황한 나머지 웃음소리를 내고 만 켐리는 순간 젝스의 손에서 떠난 접시가 치프의 목을 향해 톱날처럼 날아가는 모습을 목격했다.

$$* \qquad * \qquad *$$

오전 10시 무렵.

롸켓은 수리가 끝난 치프의 자동차를 직접 몰아 정비창에서 빼냈다.

"크, 10기통 디젤엔진! 이 아가씨의 울부짖음은 절대 지나칠 수 없지!"

찬사를 보내긴 했지만 롸켓은 클러치와 수동변속기를 붙잡은 채 끙끙댄 뒤에야 가까스로 차를 몰 수 있었다.

익숙지 않아서가 아니었다. 지구인에 비해 다리가 짧은 탓에 클러치 페달을 제대로 밟을 수 없었기 때문이다.

"그래, 사장도 듀베리아의 수동 차량을 몰 때는 고생 좀 하겠지."

어렵사리 본관 앞까지 차를 몰고 간 롸켓은 나란히 서서 얘기 중인 치프와 데스디아를 발견했다.

치프에게 시선을 둔 채 차에서 내린 롸켓은 자동차의 열쇠를 치프에게 내밀었다.

"차의 멀쩡함은 내가 보장하오만… 사장은 괜찮소?"

목에 깁스를 단단히 한 치프는 깁스를 풀어 롸켓에게 건네주는 것으로 대답을 대신했다.

"아직 좀 삐걱거리긴 하지만 괜찮아."

"흠."

깁스와 열쇠를 교환한 롸켓은 쓴웃음을 지었다.

"접시에 맞아서 목뼈가 나갔다는 소리를 들었을 때는 정말 놀랐소."

"얘기를 제대로 못 들었군. 접시에 잘릴 뻔했어."

치프는 목젖 부근을 만지며 인상을 구겼다.

"접시가 닿는 순간에 셸리가 도와주지 않았으면 정말 잘렸을 거야. 잠도 덜 깬 마당에 영원히 잠들 뻔했지."

"흠, 그럼 그 접시를 던진 젝스는 어디 있소?"

"자기 방에 틀어박혀 있더라고."

"그렇구려."

별일 없을 것이라 생각한 롸켓이 본관 입구를 돌아봤다.

입구의 기둥 아래에는 루할트가 쭈그려 앉아 있었다. 그 금발의 영주는 정장이 더러워지는 것도 아랑곳 않고 침울함에 빠져 있었다.

"저분은 왜 저러고 계시오?"

"모든 게 자기 탓이라고 하는데… 얘기하자면 길어."

"흐흠, 어쨌거나 젝스는 사만다에게 맡기는 것이 나을 것 같구려. 이런 일이 일어날 때마다 젝스를 친동생처럼 아껴줬으니 말이오."

"그래? 그런 것치고는 냉정하던데?"

치프는 열쇠고리에 손가락을 끼우고 열쇠를 빙빙 돌렸다. 롸켓은 그것 참 신기한 일이라는 표정으로 고개를 갸웃거렸다.

"저녁 식사 전에 돌아오도록 할게. 회사 잘 부탁해, 아저씨."

"차는 얼마든지 망가뜨려도 좋으니 무사히 돌아오시오."

"하하."

데스디아와 나란히 앞좌석에 탄 치프는 능숙히 차를 움직여 회사 정문을 빠져나갔다.

"당신, 정말 괜찮나?"

"목? 아, 마침 잘됐군. 통풍구 아래에 있는 수납고에 진통제가 있을 거야. 그것 좀 줘."

진통제 요청을 받은 데스디아는 청각을 집중했다. 치프의 목 안에서 빠직빠직 하는 소리가 희미하게 들리고 있었다.

"뼈가 붙지 않았군."

"느낌상 최대 반시간 정도는 더 걸릴 것 같아."

데스디아는 치프의 요청대로 수납고를 열고 약을 찾았다.

"전부 주사제밖에 없는데?"

"파란색. 제일 작은 걸로."

데스디아는 분필처럼 생긴 주사 장치를 꺼냈고, 치프는 그걸 받자마자 부상 부위에 대고 버튼을 눌렀다.

내장된 스프링이 주사제를 밀어서 치프의 혈관에 욱여넣었다. 치프는 진통제의 멍한 느낌을 참으며 핸들을 고쳐 쥐었다.

"뎃디, 다 쓴 주사는 비닐에 넣어서 보관을……."

그러나 데스디아는 치프의 말이 끝나기도 전에 그가 사용한 주사기를 창밖으로 휙 던져 버렸다.

"아, 일회용이 아니었나?"

"…그냥 자연에 대한 나의 작은 책임감일 뿐이었어."

치프가 중얼거리며 앞을 봤다.

"그렇군."

데스디아는 창틀에 팔을 걸치고 바람을 즐겼다.

"젝스는 어떻게 할 거지?"

그녀가 묻자 치프가 샐쭉 웃었다.

"방법이 다소 폭력적이긴 했지만 나름 이유가 있었잖아? 게다가 원인 제공자는 루할트라고."

"흠, 그건 나도 예상 못했지."

데스디아도 피식 웃었다.

알파 스쿼드의 로빈으로부터 최근 젝스의 체형이 급격히 변했다는 이야기를 들은 안드레이는 그에 대한 조사에 착수했다.

치프는 젝스가 슬슬 그럴 나이이니 나중에 신경 쓰라고 말했으나 안드레이의 사전에 타협 따윈 없었다.

체형 변화의 이유는 루할트가 메이&노드에서 구입한 옷들이었다.

셀레스티아가 옷을 고르고 구입하면서 즐거워하는 모습을 보고 마음이 동요한 그는 나중에 따로 백화점에 가서 젝스가 새로 입을 여성용 스포츠웨어를, 그것도 속옷까지 세트로 구입했다.

그런데 그때 그가 산 옷들은 젝스가 평소에 입는 것보다 한 사이즈 정도 큰 것뿐이었다.

그럴 수밖에 없었던 것이, 루할트는 '애를 낳아도 이상할 것이 없는 나이다'라는 주변 사람들의 말 때문에 자극을 받아 성인용 사이즈를 구입하고 말았다.

하지만 그전까지 젝스는 청소년용의 스포츠웨어를 입고 있었다.

젝스는 이왕 이렇게 된 김에 인간형 육체의 설계를 다시 하자고 마음먹었고, 파울라 등의 조언을 받아서 전에 사용하던 육체보다 여러모로 강화된 육체를 완성하는 데 성공했다.

물론 신장을 제외한 신체 사이즈도 '여러모로' 커져서 루할트가 사준 옷을 입는 것에도 문제가 없었다.

하지만 새로 만든 육체는 운동을 할 때마다 '여러모로' 몰캉거렸기에 젝스가 받는 스트레스는 대단했다.

억눌려 있던 스트레스는 오늘 아침 치프의 한마디에 폭발했고, 이성을 잃은 젝스는 결국 그에게 접시를 투척하고 말았다.

"하지만 롸켓의 말이 신경 쓰이는군."

데스디아가 말했다.

"롸켓? 왜?"

"사만다 말이야. 당신이 다쳐서 그런 건지 모르겠지만 젝스를 너무 평소처럼 대하더군."

"그러게?"

치프는 오른손으로 목을 만졌다.

"뭐, 가끔은 그래야 인간답지 않을까? 사만다 카터는 항상 착하고 순해야 한다는 규정도 없잖아?"

"흠."

"난 나한테 날아온 접시를 막아준 셸리부터 시작해서 사고 과정을 목격한 사람들 모두가 젝스를 탓하지 않았다는 게 더 놀랍던데?"

"당신의 그 웃기는 손짓이 더 어이없었거든. 가슴을 표현하는 그 모습이 너무 저질이었지."

"……."

"물론 젝스가 아무 이유도 없이 그럴 아이는 아니잖아? 나중에 루할트 경에게 들은 사연이 너무 구구절절하긴 했지만 말이지."

데스디아는 창틀에서 팔을 뗀 뒤 문 안쪽에 위치한 핸들을 빙빙 돌려 유리창을 올렸다.

"당신도 창을 올리는 게 좋을걸."

"왜?"

치프가 질문한 그 순간, 지구에서 보기 힘든 거대한 빗방울 이 자동차의 방탄유리를 때렸다.

"제길!"

치프는 사력을 다해 핸들을 돌려 유리창을 올렸다. 그 와중 에도 차는 탄환세례를 받듯 굉음과 진동에 휩싸였다.

그라니트 행성에서 이만한 폭우를 처음 경험한 치프는 속도 를 늦추고 천천히 이동했다. 아예 멈추진 않았는데, 비포장도로 에서 괜히 멈췄다가는 바퀴가 진흙에 빠질 수도 있기 때문이다.

'만약 빠지더라도 뎃디가 들어서 건져주겠지만.'

치프는 차 안으로 확 밀려들어 오는 습도에 씁쓸해했다.

"이 정도의 기습 폭우는 처음 보는데?"

"계절에 한 번 정도는 있어."

치프가 없는 1년을 이곳에서 보낸 데스디아는 여유롭게 대답 했다.

"구름을 못 봤는데 어떻게 된 거지?"

"빗방울이 강력한 제트기류를 타고 날아오는 거야. 근방의 기류가 어떻게 흐른다는 것은 당신도 알 텐데?"

"…내가 아는 기상 현상의 상식을 넘어서는 일이군."

"이 폭우는 조금 뒤에 그치니까 걱정하지 마."

데스디아는 자신의 단말기를 꺼냈다.

"그보다 빅시티의 날씨가 그저 그렇군. 하루 종일 비가 내리겠어. 당신, 우산은 챙겨왔나?"

"군인은 우산을 안 써."

치프가 고개를 저었다.

데스디아는 그 태도가 믿음직하면서도 한편으로는 한심했다.

"당신이 군인이라는 건 기밀 사항 아니었나?"

"헌터들 사이에서는 소문 다 났잖아? 로젤라 덕분에 이젠 마스터 치프라고 부르지 말라는 말조차 못하게 됐다고! 나 혼자 경장갑 전투복을 녹색으로 도색해서 입어야 할 분위기야!"

"녹색을 강조하는 까닭을 잘 모르겠군. 아무튼 자존심 버리고 우산을 쓰는 게 나을걸."

데스디아가 조언했지만 치프는 고개를 저었다.

"흠, 목뼈가 다 나은 모양이군. 후회하지 마."

그녀가 피식 웃었다.

이윽고 빗줄기가 가늘어지자 치프는 다시 속력을 올려 빅시티로 향했다.

＊　　　　＊　　　　＊

"오, XX. 빌어먹을."

빅시티의 빈민가 웨스트 하모닉에 도착한 치프는 맨몸으로

비를 맞은 지 30초도 안 되어 욕을 쏟아냈다.

데스디아는 물의 정령과 교감하여 자신의 몸 위에 얇은 수막(水膜)을 만든 뒤 빗물을 흡수하는 식으로 비를 피하고 있었다.

그녀는 덜덜 떠는 치프의 모습을 보고 그것 보라는 듯 웃었다.

"빅시티의 빗물은 굉장히 차가워, 치프. 빗물의 영향만으로 도시의 기온이 영상 3도에서 2도까지 떨어지지."

"눈이 안 내리는 게 이상한데?"

"글쎄? 아무튼 다른 지역에 내리는 비는 별 이상이 없지만 빅시티의 영역에서 내리는 비만큼은 차가워. 내 입으로 말하긴 좀 그렇지만 꼭 마법에 걸린 것처럼 말이지."

"이유가 뭘까?"

"이 땅의 주인이 차가운 비를 좋아하나 보지."

데스디아는 치프에게 손을 뻗어 자신이 사용하고 있는 것과 똑같은 수막을 씌워주었다.

"난 네가 바람의 정령을 이용해서 튕겨낼 줄 알았는데?"

"튕겨내는 것도 방법이지만 그랬다가는 주변 사람들에게 피해를 주겠지. 이 수막은 야전에서도 효과가 좋아. 빗물이 옷에 튕기는 소리가 안 나거든."

"호오, 참고해야겠네."

차를 맡아준 사설 주차장 주인에게 손을 흔들어 인사한 치프는 데스디아와 함께 웨스트 하모닉 거리를 걸었다.

"봉고잭 사건 이후 오랜만에 오네."

"그리 긴 시간이 흐르진 않은 것 같지만… 아무튼 웨스트 하모닉으로 온 이유가 뭐지? 안드레이가 정보를 줬나?"

"아냐. 로젤라의 희망 사항이랄까? 아니, 꿈이었지."

"…빈민가에서 살아가는 게 꿈이란 말인가? 멋지군. 그 계집이 쓰레기더미 속에서 꿈에 취해 뒹구는 꼬락서니를 꼭 한번 보고 싶은데? 코끼리 분뇨 위에서 좋다고 뒹구는 사자랑 비슷할까?"

그녀의 독설에 치프는 빙긋 웃었다.

"북미 서부가 지진으로 뒤집힐 때였어. 로젤라 역시 현장에 투입돼서 브라보 스쿼드를 이끌고 있었는데, 어느 날 걔가 내 막사로 오더니 로스앤젤레스가 그렇게 아름다운 도시일 줄은 몰랐다고 하더라고."

"당신은 뭐라 그랬지?"

"웃기지 말고 잠이나 자라고 했지. 지진 때문에 완파된 도시의 모습을 보고 그러는데 화가 안 나겠어?"

치프가 짜증을 냈다. 데스디아도 인상을 썼다.

"그 계집, 원래 좀 '끼'가 있었나?"

"쯧, 아무튼 신경이 쓰여서 나중에 '왜 그런 말씀을 지껄였느냐'고 물어봤는데, 파괴된 도시의 모습에서 본원적인 자유를 느꼈다더라고. 그러고는 내 앞에서 재즈를 틀더군. 파괴된 로스앤젤레스에서 주워온 LP를, 그것도 턴테이블에 올려서."

"LP가 뭐지?"

데스디아가 순진한 얼굴로 물었다.

"롱 플레잉 레코드라고, 시커멓고 둥그런 원반이야. 지구에서 가장 오랫동안 생산된 저장매체 중의 하나지."

치프는 손까지 감싼 수막을 만지작거리다가 검지를 들어 자신의 입술에 댔다.

"이거야."

"이거라니?"

"재즈."

치프가 씩 웃었다.

"이런 곳에서, 그리고 이런 분위기에서 재즈를 들으며 시간을 보내는 게 로젤라의 꿈이지. 음질을 봐서는 역시나 LP인 것 같군. 어느 건물인지 알 수 있겠어?"

데스디아의 귀가 쫑긋 움직였다.

그녀는 모든 창문이 합판으로 못질된 술집을 가리켰다.

"저기 저 폐점된 술집의 2층이야."

"그럼 1층은 로젤라의 친구들이 잔뜩 있겠군."

"당신 말대로 사람이 많아. 체온이 이상할 정도로 높은데?"

"메타휴먼의 특징이지. 사냥 당시에 우리에게 들키지 않으려고 자외선 차단제를 몸에 바른 멍청이도 있었어."

치프가 데스디아의 허리 높이로 주먹을 슬쩍 내밀었다.

"응?"

"가위바위보. 지는 사람이 1층 쓸기. 어때?"

"그냥 내가 갔다 오지. 로젤라 그 개년은 건드리지 않을 테니 걱정하지 마."

그녀의 말에 치프가 실소를 지었다.

"메타휴먼들을 너무 만만하게 보지 마. 녀석들과의 실전은 처음이잖아?"

"그건 저들도 마찬가지지."

이윽고 데스디아가 술집의 문짝을 한 손으로 뜯고 안으로 들어갔다. 뜯은 문을 옆으로 날리는 기세가 호기로웠다.

하지만 그녀는 단 1초도 안 되어 문밖으로 튕겨져 나오고 말았다.

"어… 뎃디?"

치프가 길에 누운 그녀를 조심스레 불렀다.

용수철처럼 벌떡 일어난 데스디아가 어금니를 꽉 물고는 다시 술집을 향해 걸어갔다.

"당신은 방금 아무것도 못 본 거야."

"이 나이가 되니까 눈이 침침해지네."

치프가 눈을 만지며 어깨를 으쓱했다.

데스디아의 모습이 한 번 더 술집의 어둠 속으로 사라졌다.

모습으로만 보자면 데스디아가 자존심이 상한 나머지 이성을 잃고 뛰어들어 가는 것처럼 보였다.

하지만 치프는 그녀를 말리지 않았다. 그는 데스디아가 그처럼 간단히 집중력을 잃는 사람이 아님을 잘 알고 있었다.

실제로 데스디아는 자신이 방금 무엇에 어떻게 얻어맞고 튕겨나갔는지 냉정하게 되짚고 있었다.

'초고속으로 움직이는 자가 있었어. 추정치는 일반적인 지구인의 26배. 속도도 속도지만 움직임이 세밀했지.'

데스디아의 은색 눈동자가 자동차의 전조등처럼 빛을 발했다.

'그자의 공격은 피했지만 문제는 그다음이었어. 누군가가 나를 공중에 띄웠고 어떤 덩치가 나를 쳤지. 힘에 자신 있는 얼굴이었지만 주먹의 파괴력은 형편없었어. 기술부터가 뒷골목 수준이었지. 하지만 압력이라고 해야 하나? 그건 무시할 수 없었지.'

눈동자의 빛이 갈색과 녹색, 파란색을 거쳐 붉은색으로 고정됐다.

'근데 치프는 저놈들을 무슨 수로 사냥한 거지? 총으로? 격투 기술로?'

데스디아는 술집 안에 들어가자마자 상체를 살짝살짝 움직였다.

어느 순간 그녀의 앞에 나타난 깡마른 여성이 술집 내의 공기가 흔들릴 만큼 빠른 속도로 주먹을 휘둘렀다.

복장은 아주 얇고 몸에 딱 달라붙는 보라색의 전신 타이즈였다. 초고속 움직임에 특화된 복장이었는데, 그 얇음의 정도가 상당했다. 늑골의 굴곡은 물론 사타구니 사이의 형상까지 그대로 드러날 정도였다.

신고 있는 신발도 얇았고 복숭아뼈 위로 올라오지 않았다.

'이 계집이야. 속도가 점점 빨라지는군. 지금은 지구인 기준 38 배속.'

주먹이 세 개로 보일 만큼 빠른 정권지르기가 데스디아의 안면을 노리고 들어왔다.

'역시 격투 기술이 형편없어.'

데스디아는 모기를 잡듯 왼손으로 상대의 주먹을 후려쳤다.

제아무리 인간의 38배속이라 해도 날아오는 총알을 눈으로 보고 피하는 것보다는 쉬운 일이었다.

한순간에 중심을 잃은 상대의 관자놀이에 데스디아의 주먹이 꽂혔다.

2미터가 조금 넘는 키의 데스디아가 160㎝의 여성에게 내리꽂는 주먹은 그야말로 벼락같았다.

급소를 제대로 얻어맞은 보라색 타이즈의 여성은 바람개비의 날개처럼 제자리에서 두 바퀴를 돌더니 바닥에 얼굴을 부딪치며 쓰러졌다.

뒤이어 이상한 힘이 데스디아의 몸에 닥쳐왔다.

'나를 띄우려 하는군. 중력 조작? 아냐. 이건… 사람의 땀 냄새야. 습도도 느껴져. 몸에서 발산하는 수증기를 고도로 압축시켜 방향을 조작, 목표물을 포위하여 움직이는 건가?'

데스디아의 몸 주변의 온도가 확 올라가더니 바닥에서 떨어지려 하던 그녀의 발이 다시 땅에 닿았다.

불의 정령과 교감하여 자신을 포위한 수증기를 증발시킨 것이다.

그녀가 아까처럼 대책 없이 떠오를 줄 알고 있는 자가 있었다.

사람이라기보다는 코뿔소가 아닐까 싶을 정도로 덩치가 큰 남자였는데, 머리만큼은 일반인의 크기였기에 그 모습이 상당히 기이했다.

그는 데스디아가 다시 내려오자 당황하면서도 온 힘을 다해 주먹을 뻗었다.

데스디아는 그가 손목에 끼고 있는 두툼한 팔찌를 주목했다.

'무쇠로 된 고리인가? 타격을 위한 도구는 아닌 것 같군. 저대로 뭔가를 치면 손목뼈가 나가겠지.'

데스디아는 뻗어오는 상대의 주먹을 향해 손을 내밀고는 그

팔찌를 확 잡아 위로 들어 올렸다.

그녀의 가공할 만한 힘과 남자의 힘, 그리고 체중이 맞물렸다.

천장을 향해 붕 뜬 남자는 천장 인테리어를 박살 내고 그 안의 콘크리트 구조물에 부딪친 뒤 그대로 기절하여 바닥에 떨어졌다.

'남은 자는 열한 명, 아니, 열 명이라고 해야겠군.'

데스디아는 몸의 수분을 쥐어짜서 자신을 띄우려 한 여성이 빈혈 환자처럼 비틀거리며 쓰러지는 걸 목격했다.

'탄창 하나 분량의 탄환만 갈기면 칼로리가 바닥나서 기절한다는 치프의 말이 사실이었군.'

데스디아는 술집 구석에서 열기가 발생하는 것을 감지했다.

평범한 체구의 남자가 손바닥 위에 불덩어리를 만들고 있었다.

'불을 사용하는 메타휴먼인가?'

신체 분비물을 이용해 화염 덩어리를 만들어 던지려 한 남자는 자신의 몸이 붕 뜨는 것을 느꼈다.

어느새 그의 뒤편으로 이동한 데스디아가 그의 뒤통수를 잡아서 들어 올려 테이블에 내리꽂았다.

두꺼운 목재 테이블의 탄력은 남자의 뇌를 제대로 흔들었다.

"호오, 훌륭한 식탁이군."

테이블이 부서지지 않은 점에 감탄한 데스디아는 즉사할 뻔한 남자를 뒤로 던진 뒤 다음 상대를 찾았다.

찾는 것은 쉬웠다. 정전기를 감지한 데스디아는 바닥에 고정된 테이블을 뜯어 자신에게 고압전류를 쏘려는 여성에게 집어 던졌다.

테이블에 맞은 그녀는 술집의 골목 쪽으로 튕겨나갔다.

만약 날아가 부딪친 곳이 합판으로 막힌 창문이 아니라 콘크리트 벽이었다면 즉사할 뻔한 상황이었다.

데스디아의 도움을 받지 못해 비를 그대로 맞고 있던 치프는 마침 술집 밖으로 튕겨 나온 그녀를 보고는 아랫입술을 비죽 내밀었다.

"흠, 마담 스파크. 여전하군."

뒤이어 술집 안쪽으로부터 들려오는 소리는 살벌하면서도 묵직했다.

누군가의 공격적인 괴성은 망치로 고기를 패는 듯한 소리에 묻혔다. 인간이 아닌 것의 울부짖음, 그리고 폴터가이스트 현상에 의한 소음 역시 마찬가지였다.

치프는 차가운 빗물에 식은 몸을 손으로 만지며 미적지근한 미소를 지었다.

'기본 능력이 하늘과 땅 차이라서 뎃디 눈에는 그냥 기예단의 곡예처럼 보이겠지.'

이윽고 아주 긴 쇠말뚝 두 개를 손에 쥔 남자가 코피를 길게 뿌리면서 술집 정문을 통해 밖으로 날려갔다.

마침 치프 앞에 쓰러진 그는 말뚝을 쥐고 다시 일어나려 했으나 만취한 사람처럼 비틀거리기만 했다.

그 와중에 남자의 팔다리가 문어의 다리처럼 늘어났다. 하지만 치프는 놀라기는커녕 딱하다는 표정으로 그를 쳐다봤다.

"캡틴 스퀴드(Squid), 오랜만인데?"

치프가 인사를 건넸다.

치프가 있는 것도 모르고 비틀거리던 남자가 서둘러 치프 쪽을 돌아봤다.

"잠깐, 그 재수 없는 목소리……! A—1730?"

"아, 나랑 맨얼굴로 만난 건 처음인가? 생각해 보니 그러네? 잘 지냈어?"

"으아아아아!"

고함을 지른 남자는 어떻게든 치프로부터 멀어지기 위해 땅을 기었다. 악몽 속에서 죽음의 사자를 만난 듯한 그의 표정이 머리뼈가 출렁거리면서 기괴하게 변했다.

치프는 그의 목을 밟아서 기절시킨 뒤 술집 안으로 들어갔다.

"밖이 너무 춥네. 좀 어때, 뎃디?"

데스디아는 온몸이 돌처럼 변한 남자의 머리를 붙잡고 있었다.

"아직 다섯 명 남았어."

그녀는 대답을 하자마자 그 남자의 머리를 벽에 두어 번 찧어 금이 가게 만든 뒤 옆으로 내던졌다.

"다음은 누구지? 너희들도 관심이나 좀 끌어보려고 여기에 온 건가?"

주변을 돌아본 데스디아는 의식이 있는 메타휴먼들이 자신보다 빗물에 쫄딱 젖은 치프에게 정신이 팔려 덜덜 떨고 있는 것을 목격했다.

"빌어먹을! A—1730……!"

"다, 다시 만날 거라 생각은 했지만……!"

"제길, 그냥 감옥에서 실험이나 당할 걸 그랬나?"

그들의 넋 나간 중얼거림을 들은 데스디아는 불쾌감을 느꼈다.

'이것들이……'

하지만 그것도 잠시, 위층으로 가는 계단에서 누군가가 내려오는 소리가 들렸다.

"역시 혼자 온 게 아니었네. 데스디아 브라토레, 엄마는 잘 계시니?"

오른손에 권총을 든 까까머리 여성 로젤라가 지그시 웃으며 데스디아를 바라봤다.

데스디아는 그녀 쪽으로 돌아서서 시선을 마주했다.

"살려달라고 애원하기엔 늦었어, A—1729."

"후후, 네가 내 은신처에 쳐들어왔을 때는 조금 놀랐어. A프로젝트 떨거지들을 총동원해서 빅시티를 전부 뒤지고 다닐 줄 알았거든. 하지만 치프가 함께 있었네? 역시 치프는 나와 통하는 남자야."

로젤라의 말에 치프가 인상을 썼다.

"은신처라는 건 뻔하지 않은 장소를 뜻하는 거야, 로젤라."

치프는 자신을 피해 술집 벽에 붙어 있다시피 한 메타휴먼들을 돌아봤다.

"이 친구들, 상태가 영 아닌데? 뎃디 손에 죽지 않은 게 다행이야. 혹시 무슨 수작이라도 부렸나?"

"다들 다이어트를 심하게 당했거든."

로젤라는 자신의 군복 바지에서 구시대에 쓰이던 건전지 비슷한 물건을 꺼냈다.

"그들은 이 캡슐로 영양분을 공급해 주지 않으면 본래 능력의 10분의 1도 발휘 못해."

데스디아는 그 캡슐의 정체를 알지 못했지만 치프는 대번에 알아차렸다.

"그것보다는 뭘 좀 먹이는 게 낫지 않겠어? 돈이 없으면 내가 줄까?"

"홍, 연구소에서 저들의 위를 적당히 절제해 버렸지. 다들 햄버거 하나는커녕 그사이에 끼워진 토마토 조각만 먹어도 배가 불러서 굴러다닐걸."

씩 웃은 로젤라는 그 캡슐을 가볍게 던졌다가 다시 받아냈다.

"하지만 캡슐 시스템의 이점은 너도 잘 알 거야, 치프. 영양분, 아니, 동력만 제대로 확보되면 메타휴먼들은 자신의 능력을 300% 이상 발휘할 수 있어. 총알을 막다가 쇼크사하는 일 따윈 없다 이거지."

"하, 그렇군."

벽에 붙어 있던 메타휴먼 중 한 명이 갑자기 풀썩 쓰러졌다. 치프의 권총에 머리를 맞아 즉사한 것이다.

"저 친구, 리펄시브 포스(척력) 사용자였지? 다른 놈들은 그 300%의 힘으로 지랄을 해도 탄산음료를 마시며 죽일 수 있으니 이제 좀 안심이네."

권총을 집어넣은 치프는 약간 긴장한 얼굴의 로젤라를 다시 봤다.

그가 권총을 뽑는 순간을 미처 보지 못한 로젤라는 겉으로만 그런 것이 아니라 진짜로 긴장하고 있었다.

'저 속도, 원래 빨랐지만 더 빨라졌어. 치프의 신체능력이 전반적으로 강화됐다는 소문이 사실이었군.'

그녀는 손에 쥔 캡슐을 다시 주머니에 넣었다.

"좋아, 치프. 이 자리에서 날 죽이지 않을 만큼의 용건이 뭘까?"

"그전에 능동위장 장치부터 끄면 안 될까?"

"훙."

로젤라가 자신의 몸 어딘가를 누르자 그녀의 모습이 흐릿해졌다. 까까머리에 반팔 회색 셔츠 차림의 모습 대신 경장갑 전투복과 헬멧으로 중무장한 모습이 드러났다.

데스디아가 치프를 흘끔 봤다.

'어떻게 알아차렸지?'

그녀의 모습에서 미약한 위화감을 느끼긴 했지만 능동위장 장치일 줄은 생각 못한 데스디아는 치프가 능동위장을 눈치챈 비결이 궁금했다.

"눈썰미 하나는 여전하네, 치프. 역시 내가 반한 남자다워."

"됐으니 얘기나 좀 하자고."

"흠, 그래. 올라와."

로젤라가 무장을 유지한 채 계단을 올라갔다.

치프는 단검을 빼든 뒤 데스디아에게 따라오라는 손짓을 보냈다.

그는 계단과 계단 벽에 설치된 부비트랩들을 마치 바닥에 붙은 껌을 떼듯 단검으로 툭툭 떼어 제거했다.

데스디아는 그의 그 모습이 그저 신기하기만 했다.

"어떻게 그렇게 알아차릴 수 있지?"

"저번에 말했잖아? 로젤라는 내가 할 수 있는 일의 99%를 해낼 수 있는 능력자야."

그는 거미줄보다 얇은 부비트랩의 와이어를 단검으로 훌훌 걷어냈다.

"반대로 말하자면 나머지 1%의 차이랄까? 로젤라는 그 벽을 넘어선 적이 없어."

"흐음."

데스디아가 고개를 끄덕였다.

"다 들리거든?"

위층에서 로젤라의 목소리가 크게 들려왔다.

그들이 올라오자 나무로 된 흔들의자에 앉아 있던 로젤라는 턴테이블 위에서 돌아가고 있는 LP 위에 픽업을 올렸다.

작은 스피커에서 재즈가 고요하게 흘러나왔다.

"그래, 치프. 네가 나한테 무슨 얘기를 할지 궁금한데?"

"그럼 조용히 들어줘."

치프는 픽업을 LP 위에서 떼어 거치대에 올려놨다. 음악이 꺼지자 로젤라가 불만스럽게 어깨를 으쓱했다.

"우주연합 군부… 내지는 행정부에서 왜 오라클을 노리는지 알고 있어?"

"실버로드의 오라클을 말하는 거야, 아니면 다수의 오라클을 말하는 거야?"

"흠, 얘기가 통할 것 같군. 실버로드의 오라클에 대해 얘기해 봐."

"후후."

웃음소리를 낸 로젤라가 헬멧을 벗고는 그것을 옷장 위에 올려놨다.

화장 용품으로 그린 것처럼 진하고 형태가 좋은 로젤라의 눈썹이 그녀의 이목구비를 더욱 강조해 주었다.

"그 꼬마는 특별해. 아니, 특별해졌지. 그 멍청한 실버로드 덕분에 말이야."

"그래?"

치프는 앉은 채로 바지 뒷주머니에 손을 댔다.

로젤라는 조금 긴장했지만 데스디아는 그의 손에서 뭐가 나올지 알고 있었기에 팔짱을 낀 채 가만히 있었다.

치프가 꺼낸 것은 비닐 팩에 담긴 탄산음료였다. 로젤라는 어이가 없다는 얼굴로 그를 쳐다봤다.

"별일이군. 탄산음료 따위는 쳐다보지도 않았을 텐데?"

"해군 정보부에서 음료와 관련된 보고는 안 올렸나 봐? 이건 나를 위한 생명수나 마찬가지니까 너무 까다롭게 보지 마."

"그렇게 마셔대다가는 킹처럼 거대해질 거야."

"킹은 전역 이후에 민수품 초콜릿을 너무 많이 먹어서 그런 거야. 넌 킹이 왜 초콜릿을 겁나게 좋아하는지 모르지?"

"킹과 그다지 친하진 않았거든. 친해지고 싶지도 않았지만."

"왜? 킹이 흑인이라서?"

"웃기는군. 킹이나 죠니, 안드레이 같은 A프로젝트 멤버들은 정치적 타협이 만들어낸 찌꺼기에 불과해. 왜 알파 프로젝트 멤버가 A프로젝트 멤버와 어울려야만 하지?"

"…역시 넌 일찌감치 전역해서 너에게 어울리는 인생을 찾아야 했어."

치프는 손에 든 비닐 팩을 건배하듯 슬쩍 들었다. 로젤라는 그게 무슨 대수냐는 듯 피식 웃었다.

"아무튼 로젤라, 네가 실버로드를 대놓고 멍청이라 부를 줄은 몰랐네. 혹시 전부터 알고 지내던 사이였나?"

"글쎄?"

간단한 대화 같았지만 그렇지 않았다.

데스디아는 치프가 '무엇을 믿천 삼아서 여기까지 왔느냐'는 질문을 했고, 로젤라는 그것을 얼버무렸다는 사실을 어렵지 않게 알 수 있었다.

'치프는 저 계집이 우주연합의 알타이르 전사들과 아무 관계 없이 행동했다고 말했지. 그 예상이 사실이라면… 대체 여기엔 왜 온 거지?'

데스디아는 로젤라의 저의가 궁금했다.

로젤라가 침대 위에 권총을 내려놓은 뒤 검지로 치프를 가리켰다.

"아무튼 실버로드는 널 상대로 만용을 부렸어. 자신의 방식이 아니라 우리의 방식으로 널 상대하려 했지. 결과는 시체뿐이었고."

"음, 그냥 그런 식으로 행동하는 게 실버로드의 방식이야."

"그래?"

로젤라가 의아해했다.

"똑같은 일을 하더라도 날개 달린 자들이 우리 같은 하등동물보다 우월한 결과를 내야 한다는 것이 녀석의 생각일 거야. 실버로드나 그 친구인 반달리온 모두 하등동물이라는 말을 입에 달고 살았지. 얻어터지기 전까지는 말이야."

치프의 말에 로젤라가 씩 웃었다.

"둘이서 당신을 고립시켜 죽인다는 생각은 왜 못했을까? 메타휴먼들에게 포위당하는 것과는 차원이 다른 문제인데?"

"자존심일 수도 있고, 머리가 나빠서 그럴 수도 있고. 어쨌거나 말 돌리지 말고 오라클에 대해서 얘기해 봐. 그 애의 특별함이 대체 뭐지?"

"벌써 잊었나?"

로젤라는 권총을 다시 손에 쥐며 말을 이었다.

"실버로드가 얼마 전에 재구축 치료를 받은 자들을 대상으로 테러를 하려고 했잖아?"

"내가 돌보는 여자애 한 명이 큰 아픔을 겪었지. 대책은 세워졌으니 상관없어."

"후후, 치프. 그게 말이지, 실은 실버로드가 윗선의 계획을 어기고 독단적으로 한 짓이야."

그녀의 말에 치프가 고개를 갸웃했다.

"독단적으로?"

"재구축 치료를 받은 자들의 명단은 우주연합 보건기구가 아니라 군부와 행정부가 공동으로 관리하는 곳에서 보관하게 되어 있어. 그 명단은 지금 이 시간에도 갱신되고 있겠지."

"비밀 자료실이라 이건가?"

"말하자면 그렇지. 재구축 치료의 비용이 엄청나게 비싼 이유는 너도 알 거야, 치프."

"모르는데?"

"……."

치프가 시치미를 떼자 로젤라의 표정이 구겨졌다.

데스디아는 상대의 그 표정을 보고 내심 생각했다.

'나도 저런 얼굴이었겠지.'

그녀는 로젤라의 기분을 이해하는 자신이 어쩐지 우스웠지만 표정만큼은 마네킹처럼 단단하게 유지했다.

"…내 입을 통해 듣고 싶다 이거군. 뭐, 좋아. 너와 대화하는 건 내가 가장 좋아하는 일이니까 말이야."

치프는 미묘한 미소를 지으며 고개를 움직였다. 긍정이 아니라 말의 재촉이었다.

"재구축 치료기는 처음부터 협박용으로 설계됐어. 그 가격에 치료를 받을 수 있는 사람은 각 행성 평균으로 따졌을 때 수준 이상의 재력이 있는 부자거나 큰 후원을 받을 수 있는 정치인들뿐이지. 군주제가 존재하는 행성에는 왕족 한정으로만 사용할 수 있게끔 재구축 치료기가 제공됐어."

"영향력이 있는 사람들에게만 제공됐다는 말인데, 지구에선 복권에 당첨된 어떤 할머니도 젊음을 되찾겠다며 사용하지 않았나?"

어떤 사례를 얘기한 치프가 음료수를 홀짝 마셨다.

"맞아. 돈의 가치가 우선이고 사용도 자유로운 장소에선 그러한 경우가 흔했지. 특히 지구에서는 기업총수나 정치인뿐만 아니라 돈만 있으면 누구랄 것 없이 재구축 치료를 받았어. 재구축 치료기와 안마기를 구분 못하는 부잣집 아가씨도 수없이 많지. 아무튼 사회적으로 영향을 끼칠 수 있는 자들에게 재구축 치료기가 사용된 건 사실이야."

로젤라의 말을 들은 데스디아는 재구축 치료기 도입에 반대한 자신의 어머니에게 한층 더 깊은 존경심을 품었다.

음료수를 반쯤 마신 치프가 자신의 턱을 만졌다.

"그래, 우주연합이 그리려 한 그림은 이제 잘 알 것 같아. 그런데 실버로드의 협박이 왜 독단적이라는 거지?"

"자료를 멋대로 빼내서 사용해 버렸거든."

"자료?"

"하, 여태까지 뭘 들은 거야? 재구축 치료를 받은 자들의 인적 사항을 빼낸 것도 부족해서 널 겁주기 위해 써먹어 버린 거야. 각 행성에서 설마설마 했던 일이 공개적으로 터진 거지."

"성명서를 내며 항의한 행성은 아직 없는 걸로 아는데?"

"게이트의 사용권 때문에 침묵하고 있는 것뿐이야."

"으흠."

치프는 고개를 끄덕끄덕했다.

거기까지는 치프의 예상과 딱 맞아떨어졌기에 데스디아는 별다른 반응을 보이지 않았다.

"아까 우리 회사에 있는 오라클이 특별해졌다고 했는데, 그일과 관계있는 건가?"

"그 꼬마가 바로 실버로드의 데이터베이스야."

"응?"

"명단은 실버로드의 머릿속에 존재하지 않아. 그 오라클의 머릿속에 있어. 심지어는 미지의 수단을 사용해서 명단을 갱신하고 있지."

치프는 턱에 둔 손을 유지한 채 잠시 생각해 봤다.

"드래곤들의 능력이라면 그 정도의 데이터를 자신의 머릿속에 넣는 건 어렵지 않을 텐데?"

"그건 네 착각이야, 치프."

로젤라가 어깨를 으쓱했다.

"드래곤들의 사고 능력은 분명 대단해. 그들은 운영 체제 및 하드웨어에 상관없이 해킹이 가능하고 데이터 역시 거의 완벽하게 바꿔치기할 수 있어. 우주연합 주요 시설은 대응책이 마련되어 있지만 그 외의 행성은 그렇지 않아. 셀레스티아라고 하나? 그 여자애가 마음만 먹으면 지구의 모든 시설을 해킹해서 최종 권한을 손에 쥘 수 있을 거야. 월면기지까지도 말이야."

"그래서, 내가 뭘 착각했다는 거지?"

"드래곤들의 기억 용량이야."

기억 용량이라는 로젤라의 말에 치프도, 데스디아도 인상을 찌푸렸다.

"새대가리란 말이야? 그건 아닌 것 같은데?"

"하, 네 입에서 그런 말이 나올 줄은 몰랐네. 실망이야, 치프."

로젤라가 고개를 절레절레 저었다.

"드래곤들이 다른 생물들의 기억을 읽을 수 있다는 사실은 알지?"

"물론이지. 겪었으니까."

"그래? 그럼 네 기억을 읽은 드래곤이 네 모든 것을 이해했어? 특정 사건 당시에 네가 품은 감정이라던가, 가치관이 바뀌는 그 순간의 기분이라던가, 네가 왜 민간인들의 사망을 그토록 싫어하는지에 대해서라던가. 으흠?"

"……."

그 말에 치프가 대놓고 정색했다.

'로젤라의 말대로 셀레스티아는 그러지 못했지.'

치프는 눈을 감고 고개를 저은 뒤 다시 로젤라를 봤다.

"기억 용량이라는 그럴싸한 말로 단정 짓는 근거가 뭐지?"

"응? 실제로 그렇잖아?"

"…네가 말하는 '실제'라는 게 뭔지 난 잘 모르겠네. 드래곤과 우리는 다른 생물이야. 의사소통이 된다는 이유로 만만히 보거나 우리의 눈높이로 해석해선 안 돼. 강제해서도 안 되고."

"못 본 사이에 드래곤 박사가 되셨군."

로젤라가 그를 비웃었다.

"아니, 친구가 됐지."

치프는 씩 웃는 것으로 응수했다.

로젤라가 할 말을 잃자 치프는 음료수가 아직 남은 비닐 팩을 흔들며 어깨를 으쓱였다.

"아무튼 실버로드가 왜 오라클을 그토록 애지중지했는지, 심지어는 죽여서라도 남이 가질 수 없도록 하려 했는지 이제 좀 알겠군. 소아성애자가 아니라 다행이네."

"그것만 물어보려고 왔어?"

로젤라의 질문에 치프는 고개를 저었다.

"여태까지 얘기를 들어보니 오라클이라고 불리는 애들이 꽤 많은 것 같은데, 그에 대해서도 알고 있어?"

"물론이지. 치프 넌 엠피레오 행성인에 대해 어디까지 알고 있지?"

"피망이랑 당근을 엄청 싫어하더군."

"……."

로젤라는 치프다운 대답이라며 쓴웃음을 지었다. 데스디아
도 가만히 웃었다.

"엠피레오 행성인은 이 우주에서 가장 뛰어난 기억력과 계산
능력, 감지 능력을 갖고 있어. 걸어 다니는 슈퍼컴퓨터에 아주
좋은 저장 장치와 레이더가 달려 있다고 생각하면 돼. 하지만
제어가 어려워서 어린 나이에 수술을 시켜야만 하지."

"수술?"

"뇌가 성장하기 전에 뉴론 전산망을 뇌 전체에 깔아야 해. 그
래야 진짜 오라클로서 다룰 수 있어."

"……."

치프가 마른침을 삼켰다. 데스디아는 살기가 확 느껴지는 그
의 표정이 걱정스러웠으나 로젤라는 기다렸다는 듯한 미소로
상대의 살벌한 분위기를 즐겼다.

로젤라는 그를 더욱 자극하기로 마음먹었다.

"우주연합에서 오라클들을 만드는 이유는 간단해. 같은 성능
의 슈퍼컴퓨터 시스템 세트보다 크기도 작고 유지 보수도 간단
하거든."

"음, 그래. 그럼 엠피레오 행성인들을 우주연합에 납품하는
놈들에 대해서도 알고 있어?"

치프의 질문에 로젤라는 손에 든 권총을 흔들며 웃었다.

"그건 좀 비싼데?"

순간 툭 소리와 나면서 로젤라의 권총이 주인의 손을 떠났다.

그리고 그 권총의 끝이 로젤라의 이마에 닿았다. 치프에게 권총을 강탈당한 로젤라는 아쉬운 표정으로 자신의 빈손을 쥐었다가 폈다.

　"이 정도면 할인이 될까?"

　치프가 묻자 로젤라는 미묘한 미소를 지었다.

　"하, 치프, 그 권총은……."

　치프는 그녀가 보는 앞에서 손에 쥔 권총의 탄창을 빼고 새로운 탄창을 끼워 넣었다. 더불어 장전하는 것도 잊지 않았다.

　데스디아는 치프가 뺀 탄창이 비어 있는 것을 보고 '역시 그냥 넘어갈 사람이 아니다'라고 생각했다.

　로젤라는 치프가 자신의 권총에 맞는 탄약과 탄창을 미리 준비했다는 사실에 상당히 놀랐다.

　"내가 D50을 쓸 걸 알고 있었어?"

　"넌 내가 D50을 얼마나 싫어하는지 잘 아는 사람이거든."

　"아아, 기뻐!"

　로젤라가 촉촉한 눈으로 소리쳤다.

　"역시 나와 함께할 사람은 너밖에 없어, 치프! 정보는 공짜로 가르쳐 줄게!"

　"…고맙군. 어떤 놈들이지? 해적이라는 얘기를 들었는데?"

　"웰스록 해적단이야. 네그라트 제도를 거점으로 삼고 있어."

　그 정보를 들은 치프가 인상을 구겼다.

　"혹시 해군 정보부 애들한테 들은 거야?"

　"개인적으로 수집했어. 위험한 루트로 말이야."

　"그렇군. 어떤 루트인지 쥐어짜 내고 싶지만 관두지. 대신 내가 돌아올 때까지 우리 회사를 건드릴 생각은 하지 마. 그랬다가는 밑에 있는 메타휴먼들이 왜 내 목소리만 들어도 똥오줌을 지리는지 알게 될 테니까."

치프는 권총을 창밖으로 집어 던진 뒤 데스디아와 함께 아래층으로 내려갔다.

흔들의자에 가만히 앉아 있던 로젤라가 이윽고 침대 밑에 숨겨놓은 소총을 꺼내고는 창밖으로 몸을 내밀었다.

"널 죽이고 나도 죽……!"

로젤라는 말을 다 하지 못했다.

건물 밖에는 죠니, 안드레이를 포함한 UNSMC 대원 다수와 주력전차 다섯 대가 제대로 자리 잡고 있었다.

술집 밖으로 나온 치프는 죠니 쪽을 향해 걸어갔다.

"어이, 집이나 잘 지키라고 했잖아?"

"집주인이 횡사하면 곤란하지 않습니까?"

죠니와 주먹을 맞댄 치프는 안드레이에게 손짓했다.

"안드레이는 네그라트 제도의 웰스록 해적단에 대해 알아봐줘. 놈들을 좀 만져줘야 할 것 같아."

"예, 원사님."

대답한 안드레이는 소총으로 로젤라를 조준했다.

치프가 로젤라를 향해 손을 흔들었다.

"그럼 다음에 보자고, 로젤라."

"흠."

로젤라는 뒤로 물러나 창문을 닫았다.

UNSMC 대원들이 능동위장 장치를 사용해 조용히 철수하는 가운데, 다시 치프와 단둘이 된 데스디아는 점점 약해지는 빗줄기를 손으로 만지작거렸다.

"당신, 해적 사냥은 해봤어?"

"그다지. 태양계에서 해적질을 했다가는 어디에 숨지도 못하고 가루가 되거든. 너는?"

"파병 시절의 주된 임무였지."

데스디아가 자랑스레 웃었다.

그녀는 치프에게 제대로 된 도움을 줄 수 있다는 생각에 기뻐했다. 하지만 그에 정신이 팔린 나머지 자신의 어머니가 해적 사냥의 우주 기록 보유자라는 사실을 미처 떠올리지 못했다.

68
불길한 날씨

'아뿔싸.'

사장실에 많은 이들이 모인 가운데 데스디아는 해적 사냥이라는 말을 듣자마자 소녀처럼 활짝 웃는 자신의 어머니를 보고 눈을 질끈 감았다.

'어머님께서 현역 시절에 처리하신 해적들의 숫자를 잊고 말았군.'

데스디아는 이번에도 어머니에게 자신의 역할을 빼앗길 것이라 생각했다.

'경험 면에서 내가 어머님을 능가할 수는 없어. 치프는 다른 그 무엇보다 팀원의 생존 확률을 중요시하는 면이 있으니 분명 해적에 대한 대처법을 잘 아시는 어머님과 같이 가겠지.'

찡그린 표정을 애써 풀고 마음을 수습한 그녀는 자신의 옆자리에 앉아 있는 헤이파의 이야기를 조용히 듣기로 했다.

그러나 그녀의 생각과 달리 헤이파는 자신이 갖고 있는 경험의 값어치를 잘 알고 있었다.

"해적은 꽤 귀찮은 상대라네, 치프. 규모가 있는 범죄 조직들이 다들 그렇듯 그들 역시 동업자들과의 연결고리가 있지. 아, 해적도 범죄 조직이니 굳이 강조할 필요는 없었나?"

헤이파가 고개를 갸웃하자 치프는 쓴웃음을 지었다.

"여사님 말씀대로 범죄 조직이긴 하지만 종류가 다르죠. 그리고 저와 제 동료들은 해적들에 대한 개념조차 잘 몰라요. 태양계는 해적들의 거점이 만들어지기에 너무 좁은 곳이거든요."

"그렇군. 어쨌거나… 안타깝게도 나 역시 해적에 대해서는 잘 모르네."

그녀가 아쉽다는 표정으로 말하자 데스디아가 경악했다.

"어머님? 어머님께서 소탕하신 해적단의 숫자가 무려 세 자릿수입니다!"

"그래, 현역 때 정말 정신없이 때려잡았지. 박살을 낸 해적단은 140여 개, 격침시키거나 몰수한 해적들의 배는 일천 척이 넘었어. 그때는 해적단 하나당 기본 열 척 정도의 배를 보유하고 있었으니까 말이지."

과거를 잠깐 회상한 헤이파가 지그시 웃었다.

"하지만 어디까지나 옛날얘기란다, 첫째야."

그녀는 손을 뻗어 데스디아의 터번 뒤쪽을 쓰다듬었다.

"내가 은퇴한 이후 긴 세월이 지난 지금은 해적들의 장비와 조직 체계가 아예 다르지. 가장 최근에 해적을 토벌한 사람은 네가 아니더냐? 난 과거이고 넌 현재이니 실제로 도움이 될 사람은 너일 것이야."

"아… 예, 어머님. 명심하겠습니다."

데스디아는 어머니의 얼굴을 마주하기가 어려웠다. 다른 사람도 아니고 어머니와 자리를 다툴 생각을 한 자신을 용납할 수 없었기 때문이다.

냉정함을 되찾은 데스디아는 사장석에 앉아 있는 치프를 봤다.

"현재의 해적들은 규모보다는 기동력을 중시하고 있어, 치프. A—1729의 정보가 명확하다는 보장이 없는 상황에서 그들을 타격했다가는 다른 해적들이 이 행성을 공격할 수도 있지. 녀석들이 대기권 밖에서 무차별로 포격을 날린 뒤 도망치면 큰 피해를 면할 수 없을 거야."

"음, 뭐, 정보의 교차 검증은 안드레이가 맡고 있긴 하지만……."

치프는 포포, 오라클과 함께 소파에 앉아 있는 요르엘에게 눈을 돌렸다.

"정보의 사실 여부는 지금 이 자리에서도 알 수 있지."

치프와 눈을 마주친 요르엘이 움찔했다.

"요르엘, 이제부터 우리에게 뭔가 숨길 생각은 하지 마. 혹시라도 말을 돌렸다가는 한 달 내내 네가 싫어하는 피망이랑 당근만 먹여줄 테니 진심으로 협조 좀 해줘."

"아, 알았어, 사장."

피망과 당근이라는 농담 섞인 체벌이 아니라 치프의 분위기에 압도된 요르엘은 몸을 움츠리며 대답했다.

"너희 고향을 공격한 게 웰스록 해적단이라고 하던데?"

"반델 빈 웰스록이라는 자를 두목으로 한 웰스록 해적단이 맞아."

"흠, 그럼 녀석들과 너희 고향 사이에 정확히 무슨 일이 있었는지 들을 수 있을까?"

"응, 얘기해 줄게."

요르엘은 자신의 단말기를 들어 이리저리 조작했다. 단말기의 화면 밖으로 브리핑 등에 쓰이는 입체 영상이 출력되었다.

"붉은색의 행성……?"

포프가 나직이 중얼거렸다.

"저 색은 일종의 보호막이야. 보호막 때문에 지상에서도 붉은 하늘을 볼 수밖에 없어. 사건이 일어나기 전에는 아름다운 녹색의 별이었지만……."

요르엘이 고개를 저었다.

"엠피레오 행성에는 게이트가 없어. 만약 우주를 여행하고 싶으면 게이트가 있는 인근 행성까지 우주선을 타고 가야만 해. 하지만 우린 그럴 필요가 없었지. 우주연합의 근원에 신들의 잔재가 존재한다는 것을 일찌감치 알고 있었거든."

"그래? 누가 알려줬는데?"

"운캄타르 님이야."

치프의 질문에 요르엘이 즉시 답했다.

그녀는 셀레스티아와 젝스, 알케온, 파울라가 놀라기도 전에 다음 이야기를 이어갔다.

"우리의 고향 엠피레오의 이름은 지구 쪽 말로 번역하자면 오토마톤이라 할 수 있어. 우리의 선조 오토마톤은 원래 날개 달린 자들을 사냥하기 위해 만들어졌지만 운캄타르 님에 의해 자유를 얻은 뒤 지구를 떠나 지금의 고향에 정착하게 된 거야."

요르엘은 단말기 위에 떠 있는 엠피레오 행성에 눈을 돌렸다.

"우리는 인간과 마찬가지로 언제든 자유롭게 번식이 가능하지만 인구는 크게 증가하지 않았어. 우리는 이론상 날개 달린 자들과 마찬가지로 영원히 살 수 있기 때문에 딱히 후손을 볼 필요가 없었거든. 무엇보다 인구가 많아지면 식량 문제와 정치적 다툼 등이 발생하잖아?"

치프는 참 극단적으로 살아간다고 생각했을 뿐 다른 환경, 다른 가치관을 가진 다른 종족의 문제였기에 특별히 말을 하진 않았다.

"하지만 16년 전에 고향의 인구가 대폭으로 줄어드는 일이 발생했어. 지구의 표준 우주순양함 급의 전투선이 갑자기 나타나서 우리 행성에 포격을 가했거든."

"궤도 밖에서의 포격이었어?"

치프가 물었다.

"맞아. 그뿐만 아니라 타격 지점으로부터 퍼진 산화우라늄이 우리 고향의 수도를 뒤덮었어. 동족의 절반 이상을 잃고 중금속 중독까지 걸린 우리 종족은 어쩔 수 없이 안전한 장소로 수도를 옮겨서 다음 세대를 낳았어."

"그 이후에 폭격은 없었고?"

"정확히 3년이 지난 뒤에 우리에게 포격을 가한 함선이 다시 나타나서는 어린아이들을 무차별로 납치했어. 우리의 부모님들은 필사적으로 저항했지만 모든 아이를 지켜낼 수는 없었지. 오라클은 그렇지 못한 경우야."

"납치된 아이들이 전부 오라클이 되진 못한 것 같던데?"

"맞아. 오라클의 기준을 충족시키지 못한 아이들은 온갖 장소로 팔려 나갔지. 예쁜 어린아이가 필요한 사람, 좋아하는 사람, 키우고 싶은 사람 등등에게 말이야. 우리는 운캄타르 님께 도움을 청했고, 우리를 공격한 자들의 정체가 웰스록 해적단이라는 사실을 알아냈어. 그리고 그들에 의해 팔려간 아이들을 되찾기 위해 온갖 노력을 다했지."

거기서 요르엘의 목소리가 가라앉았다.

"물어보자니 미안하지만… 결과는?"

"좋은 가정에 입양된 아이들은 극소수였고 그 외의 아이들은……."

요르엘은 대답을 마무리하지 못하고 고개를 저었다.

오라클은 양부모에게 당한 폭행 등이 떠올랐는지 요르엘의 손을 꼭 잡은 채 바들바들 떨었다.

"죽어 마땅한 자들이 있었군."

헤이파가 팔짱을 끼며 분노를 드러냈다. 사장실에 있는 다른 사람들 역시 그녀의 분노에 공감하여 온갖 말을 쏟아냈다.

하지만 치프는 요르엘의 답변이 그다지 마음에 들지 않았다.

'무려 날개 달린 자들과 싸우기 위해 만들어진 존재를 슈퍼 컴퓨터 시스템으로 쓰기 위해 그런 수작을 썼다고? 기준에 미치지 못하면 버리고?'

치프는 웰스록 해적단과 그 배후에 있는 자들의 생각을 이해하기 힘들었다.

'애들을 버린 방식도 이상해. 인신매매는 사실 급전을 만들기 위한 아마추어적인 수단일 뿐이야. 웰스록이라는 놈들은 아무래도 엠피레오 행성인에 대한 자세한 정보를 몰랐던 것 같군. 만약 일을 저지른 사람이 나였다면 뒷골목이 아니라 각 행성 강대국의 연구개발센터에 팔았을 텐데 말이지.'

책상을 손끝으로 톡톡 두드리며 생각하던 치프가 다시 요르엘을 봤다.

"요르엘, 그 웰스록 해적단 말인데, 살아 있어?"

"응?"

"시간도 시간이고, 일도 일이고⋯ 도무지 살아 있을 것 같지 않은데?"

"무슨 말이야, 사장? 그들은 우리 종족의 원수라고!"

그녀가 버럭 화를 냈다.

치프는 그들이 엠피레오 행성인 사건을 완전히 덮기 위해 처리됐을지도 모른다는 말을 할까 하다가 말을 조금 돌리기로 했다.

"그래, 아주 고약한 해적들이야. 16년, 아니, 13년이라는 세월 동안 그런 짓을 반복하다가는 사냥을 당하거나 수준급의 우주 함대를 동원할 수 있는 어떤 행성에게 걸려서 박살 날 수도 있어. 내부 균열로 자멸할 수도 있고 말이야. 너희 종족에게 죗값을 치르기 위해서 드라마틱하게 살아 있어줄 리가 없어."

"그건⋯⋯!"

요르엘은 항변을 하고 싶었지만 그럴싸한 말이 떠오르지 않아 고개를 푹 숙였다.

반면 데스디아를 포함한 '어른들'은 치프가 적당히 말을 돌리고 있음을 직감했다.

'우주연합이 끼어 있는 일이야. 웰스록 해적단이 단순한 용역에 불과하다면 우주연합의 함대에 의해 진작 처리되어 각종 증거와 함께 사라졌겠지.'

치프의 말을 정답에 가깝게 해석한 데스디아는 치프의 생각을 뒤집어보기 위해 고민했다.

'그렇다면 저 오라클은 어떻게 설명해야 하지?'

데스디아는 웰스록 해적단을 비롯한 모든 증거가 일찌감치 소멸됐다고 가정했을 때, 실버로드가 대체 어떤 경로를 통하여 오라클을 찾아내고 자신의 곁에 두게 됐는지가 궁금했다.

'우연히 찾아내서 확보했을 리는 없어. 실버로드와 오라클 사이에는 분명 어떤 인연이 있는 게 분명해.'

그녀가 그 말을 치프에게 하려는 찰나였다.

안드레이가 사장실의 자동문을 통해 안으로 들어왔다.

"원사님, 네그라트 제도와 웰스록 해적단에 대한 정보를 입수했습니다."

"빠른데?"

치프는 물론 모든 이가 가볍게 놀라 안드레이를 돌아봤다. 로젤라를 만난 이후 세 시간이 채 지나지 않았기에 그런 것이다.

"사실 정보라고 할 만한 것이 없었습니다."

"무슨 말이지?"

"웰스록 해적단이 네그라트 제도에 있었다는 것은 분명합니다."

"과거형이네?"

"그렇습니다."

안드레이가 단말기를 꺼내어 자신이 조사해 온 자료를 모든 이에게 보여줬다.

"네그라트 소행성 제도와 해적단의 본거지, 그리고 해적단의 구성원 모두가 핵융합 폭발로 추정되는 빛과 함께 사라졌습니다. NASA 관측 자료에 따르자면 지금으로부터 약 8년 전의 일입니다."

"쯧."

치프는 신경질적으로 의자 등받이에 몸을 기댔다.

"완전히 당했군. 오라클의 위치가 적에게 드러났어."

"치프?"

데스디아가 무슨 소리냐는 듯 그를 불렀다.

"이걸로 로젤라가 우주연합 측에 사용할 카드가 완성된 거야. 내가 협상을 한답시고 오라클의 위치를 로젤라에게 말해버렸잖아? '우리 회사에 있는 오라클'이라고 말이야."

치프가 힘없이 말했다.

"로젤라는 내가 해적들부터 손대려고 할 거라는 사실을 계산에 넣고 있었어. 납치, 인신매매, 그리고 어린아이와 관련된 모든 범죄를 내가 얼마나 싫어하는지 잘 알거든. 해적들에 대한 정보에 익숙지 않다는 것마저도 말이지."

"하지만 메타휴먼들 따위를 앞세워서 이곳으로 오진 못할 텐데?"

"그 쓰레기들 말고도 당장 동원할 수 있는 수단이 두 가지가 있어."

치프는 말하기에 앞서 죠니와 안드레이에게 최고 비상 상황을 알리는 수신호를 보냈다. 둘은 즉시 사장실을 빠져나갔고, 치프는 이런저런 자료를 사장실 내의 대형 스크린에 띄웠다.

"하나는 알타이르 전사들이야."

"그럼 다른 하나는?"

데스디아가 묻자 치프는 화면을 보라는 듯 고개를 움직였다.

스크린에 떠 있는 것은 붉은색 중장갑 전투복을 입은 병사들이었다.

포프와 데스디아는 그들이 얼마 전 진 플레커에 협조하여 자신과 치프를 습격한 자들임을 단숨에 떠올렸다.

"이놈들은 로젤라의 입맛에 딱 맞겠지. 이 인스턴트들의 장비와 전술은 지구의 특수부대와 비슷했거든."

치프는 고개를 설레설레 저었다.

"머리싸움은 싫은데 말이지."

그가 그렇게 난감해하는 모습을 오랜만에 보는 셀레스티아는 뭔가 도울 일이 없을까 생각하다가 오라클이라도 제대로 지켜주자고 마음먹었다.

"진정해, 치프."

데스디아가 일어나 말했다.

"셀리와 장로님에게 맡기고 싶은 일이 있어."

"셀리에게?"

"셀리라면 그 누구보다 빠르게 실버로드를 찾아낼 수 있을 거야."

"실버로드? 그 친구는 왜?"

"해적단이 사라진 게 8년 전이야. 그런데 실버로드는 그 이후에 오라클을 정확히 찾아냈어. 뭔가 있지 않을까?"

"음……."

치프는 데스디아의 말에 일리가 있다고 판단했다.

"그럼 맡기지. 사만다는 회사 전체와 위스콘신에 비상경보를 발동시켜. 위험 수준은 최고로."

"예, 아저씨."

"그리고 포프는 나를 따라와."

"네?"

붉은색 중장갑 전투복의 병사들이 적이 된다는 사실에 조금 긴장하고 있던 포프가 벌떡 일어났다.

"상대가 상대인 이상 문고리라도 잡아서 집어 던지고 싶은데, 그러려면 네 허락이 필요하거든."

"저, 정말 급한 상황인 거죠? 그런 거죠, 사장님? 목숨이 오락가락하는 일인 거죠?"

포프는 정말 겁에 질려 질문했다.

치프가 밝게 웃었다.

"내가 널 어른 취급할 때가 항상 그렇지, 뭐."

"아오, 진짜!"

포프는 자신의 더벅머리 좌우를 꽉 쥐며 괴성을 질렀다.

치프는 그녀의 등을 두드려 주는 한편, 어느새 의자에서 일어나 있는 젝스와 알케온을 돌아봤다.

"아, 거기 있는 두 명도 이제 좀 바쁠 거야."

몸매가 드러나지 않도록 일부러 헐렁한 옷을 입은 젝스가 눈을 번쩍 떴다.

"뭐든 얘기해, 사장."

치프는 그녀의 파란색 눈동자가 초롱초롱하게 빛나는 것을 보고 약간의 부담감을 느꼈다.

'칼을 갈고 있었다는 말은 이런 경우에 쓰이는 거겠지.'

그는 헛기침을 한 뒤 젝스와 알케온에게 가까이 다가오라는 손짓을 했다.

젝스의 몸이 다시 설계됐음을 증명하듯 현재의 그녀는 알케온보다 키가 좀 더 컸다.

'그보단 알케온이 작은 거지만.'

내심 여유를 가져본 치프는 바짝 다가온 둘에게 자신이 원하는 것을 설명했다.

"현재 우리가 맡고 있는 구역 중에서 가장 위태로운 곳이 공항이야. 적들이 화력과 숫자를 앞세워 작정하고 공격할 경우 공항에 배치된 대원들과 탈리는 뭔가 해보지도 못하고 포위되겠지. 둘이 가서 지원해 줘."

"현 상황에서 공항이 그렇게 중요한 시설이라 볼 수 있나?"

알케온이 묻자 치프와 젝스가 무슨 소리냐는 표정으로 그를 봤다. 옆에서 괴로워하고 있던 포프마저도 당황하여 그를 볼 정도였다.

"우리 쪽 사람뿐만 아니라 민간인의 밀집도가 가장 높은 구역이 공항이잖아? 사람들을 지켜야지?"

치프의 지적에 알케온은 자신이 말을 지나치게 생략해 버렸음을 깨달았다.

"그런 의미가 아니야. 만약 우주연합이 제대로 된 전력을 동원한다면 공항 시설에 얽매이지 않고 병력을 낙하시키겠지. 자네가 1년 전에 UNSMC 대원들을 낙하시킨 것처럼 말이야."

알케온의 말을 들은 치프는 아무런 악의 없이 담백하게 웃었다.

"녀석들이 이번 일에 제대로 된 전력을 동원하진 않을 거야."

"그렇다는 보장이 있나?"

"우주연합에서 로젤라를 그만큼 믿진 않을 테니까. 아무튼 이번에는 수비가 중요해."

"수비라고? 새삼스럽군. 자네가 지금껏 해온 것이 수비가 아닌가?"

알케온이 계속해서 질문했다.

젝스는 이렇게 얘기할 시간에 그냥 공항으로 가는 것이 낫지 않을까 생각하면서 유리벽 밖을 봤다.

빅시티 쪽에 낀 비구름이 여전히 두꺼웠다.

'비가 올 거라는 예보는 있었지만 내 느낌과는 좀 다른데?'

1,000년에 가까운 시간 동안 이 행성에서 살아온 만큼 젝스가 가진 날씨에 대한 경험과 직감은 어지간한 기상 위성보다 나았다.

그런 그녀의 눈에 비친 빅시티의 비구름은 그야말로 기상 이변 수준이었다.

'오라버니께 상담해 볼까?'

그녀가 고민하는 한편, 치프는 알케온에게 설명을 해주고 있었다.

"들어봐, 알케온. 이전까지는 상대의 노림수가 뻔해서 우리가 해야 할 일도 단순했지만 지금은 아니야. 적들은 오라클을 노릴 수도 있고 우리 회사를 직접 노릴 수도 있어. 아니면 우리를 끌어내고 전력을 분산시키기 위해 빅시티의 사람들을 공격할 수도 있지. 무엇이 됐든 한 가지 정도는 완벽에 가깝게 수행할 수 있는 사람이 바로 로젤라야."

"최소한의 대비를 하겠다는 말이군."

"그래. 그러니 좀 서둘러서 공항으로 가줘."

알케온이 고개를 끄덕였다.

"아, 그래도 탈리케아이아 워치프 정도의 전사라면 제대로 된 대응을 할 수 있을 텐데?"

알케온이 또 말을 걸자 치프는 자신의 뒷목을 잡았다.

"알타이르의 전사들은 실내 전투에 취약해. 특히 공항처럼 구조가 복잡한 곳에서는 사격을 피하지 못할 거야. 그러니 빨리 좀 가."

"그랬나? 흠, 알았네. 가자, 젝스."

그러려니 하는 표정으로 납득한 알케온은 젝스와 함께 사장실 밖으로 나갔다.

하지만 그 자리에 있는 알타이르 전사들, 헤이파와 데스디아는 치프의 말을 듣고 경악했다.

"우리가 실내 전투에 취약하다니, 무슨 소린가? 공항 따위보다 더 복잡한 밀림에서도 문제없이 싸울 수 있는 존재가 알타이르의 전사들일세!"

"숲이랑 공항은 다르죠. 실제로 콘크리트 같은 인공 구조물은 알타이르 사람들에게 있어서 말이 통하지 않는 장애물이잖아요?"

말이 통하지 않는 장애물이라는 치프의 말이 헤이파의 가슴에 비수처럼 꽂혔다.

실제로 알타이르 사람들은 숲을 이동할 때 온갖 자연물, 심지어 바위와도 감응하여 전방위로 주변을 인식하여 마치 작은 곤충처럼 초고속으로 과감하게 움직일 수 있었다.

하지만 치프의 말처럼 콘크리트나 합성수지로 된 인공의 장애물과는 감응이 불가능하여 순수한 시각과 청각, 순발력에 의지해 움직여야만 한다.

치프는 지금까지 그녀들과 함께 시행한 모의훈련을 통하여 알타이르 전사들의 약점을 거기까지 파악하고 있었다.

"A—1729도 그에 대해 알고 있나?"

"다행히 모르죠. 아니면 저보다 잘 알지도 모르고요."

"자네보다 더 잘 알다니?"

"요즘 라이트스톤 사장이 절 피하더라고요. 저번에 인사도 없이 사라져서 안부가 궁금했는데 말이죠."

항상 헬멧을 쓰고 다니는 쓴 상인 라이트스톤의 위험성을 항상 염두에 두고 있던 데스디아는 고개를 끄덕여 치프의 말에 동의했다.

"어머님, 이번 일이 만약 전면적인 싸움으로 번진다면 우리는 아주 하찮은 변수조차 놓치지 말아야 할 만큼 처절하게 싸워야 할지도 모릅니다."

"음……."

한숨을 쉰 헤이파는 치프의 어깨를 툭 두드렸다.

"가보게. 우리도 우리 나름대로 생각해 보겠네."

"예, 여사님."

치프는 포프와 함께 사장실을 나섰다.

뒤이어 셀레스티아가 오라클을 껴안고 안심시켜 준 뒤 사장실을 떠나려 했다. 그전에 데스디아, 헤이파와 인사를 나누는 것도 잊지 않았다.

"무슨 일이 있으면 날 불러, 뎃디. 하늘에 대고 내 이름을 부르면 언제 어디서든 널 도와줄게."

"너무 걱정하지 마, 셀리. 무리하지도 말고."

"응."

자신보다 키가 큰 데스디아와 포옹한 셀레스티아는 헤이파와도 체온을 나눈 뒤 사장실을 나섰다.

데스디아는 하늘 저편을 향해 날아가는 젝스와 알케온, 그리고 뒤를 이어 상승하는 셀레스티아와 파울라를 가만히 지켜봤다.

"어머님."

"얘기하렴."

얼마 전에 빅시티에서 구입해 온 페트병 녹차로 목을 축이던 헤이파가 소파에 앉으며 말했다.

"어머님께서는 의도가 분명치 않은 적과 싸워보신 일이 있으십니까?"

"후후, 무슨 생각을 하는지 제발 좀 알고 싶은 자들과 매일같이 대결했지."

"여러 명이었습니까?"

"세 명."

"누구였습니까?"

"너와 둘째, 그리고 셋째. 최강의 적이지."

헤이파의 대답에 데스디아는 가벼운 실소를 터뜨렸다.

"첫째야, 넌 A−1729의 목적이 뭐라고 생각하느냐? 직접 만나서 얘기하는 모습을 봤을 테니 뭔가 느낀 바가 있을 텐데?"

"예, 어머님."

데스디아는 작은 의자를 들어 헤이파의 앞에 곱게 놓은 뒤 조용히 앉았다.

"그 계집은 치프를 자극하는 방법을 알더군요. 며칠 전 이곳에 침입한 것도 오로지 치프를 흔들기 위한 포석에 불과했습니다."

"그 말인즉 치프에 대해 우리보다 잘 안다는 뜻이구나."

"사적인 부분은 분명치 않지만 치프가 할 수 있는 일의 99%를 그대로 실현할 수 있는 존재란 말은 허언이 아닙니다. 장애물이 없는 곳에서 정면으로 맞닥뜨려도 방심은 금물입니다."

"흠."

헤이파는 녹차를 훌쩍 마신 후 페트병을 흔들었다.

"그럼 그 '분명치 않은 사적 부분'은 무엇이냐?"

"일단 치프가 그 계집을 진심으로 혐오하지요. 그리고 치프와는 다른 방향으로 미친 것이 분명합니다."

"치프가 그 계집을 혐오하는 이유가 뭘까?"

"치프와 함께 세상에서 사라지고 싶은 꿈을 꾸준히 꿔온 것 같습니다."

"음, 지구의 드라마에서 그런 계집들이 가끔 나오지. 하지만 치프가 고작 그런 이유로 그 계집을 혐오하진 않는 것 같은데?"

"어머님께선 그렇게 생각하십니까?"

"느낌이 그래. 죠니에게 들은 오메가 스쿼드에 대한 이야기도 혐오감의 근본은 아닌 것 같아. 치프가 누군가를 죽일 때를 생각해 보려무나. 그는 아주 약간의 명분만 있어도 망설임 없이, 그리고 확실하게 죽여 버리지. 그런데 A—1729만은 여태껏 죽이지 않았어. 대체 왜지?"

"……."

듣고 보니 그랬다. 데스디아는 대체 왜 치프가 로젤라를 죽이지 않고 여태껏 내버려 뒀는지 궁금했다.

그녀의 시선이 아주 자연스럽게 사만다 쪽으로 향했다.

"사만다, 혹시 아는 것이 있느냐?"

"그 부분은 잘 모르겠습니다, 부사장님."

각종 자료 및 안드레이에게 받은 정보를 정돈하던 사만다가 가볍게 고개를 저었다.

"여사님께서 방금 명분을 얘기하셨지요. 아마도 그 명분이 없어서 그러신 게 아닐까요?"

"…그렇구나."

데스디아는 그 사만다치고 치프의 일에 대해 꽤 냉정하게 얘기한다는 느낌을 받았다.

'요즘 들어 너무 차분하군. 원래 침착한 성격이긴 하지만 그래도 가족의 일인데……. 사만다에게 무슨 일이 있었나?'

사만다를 보는 데스디아의 표정을 가만히 살핀 헤이파가 페트병을 놓고 자리에서 일어났다.

"오늘은 비가 참 차갑게 내리는구나. 어지러울 정도야."

데스디아의 시선이 다시 헤이파 쪽으로 움직였다.

"예. 빅시티에만 내릴 줄 알았던 차가운 비가 어느새 여기까지 내리고 있습니다. 이런 경우는 처음이군요."

"느낌이 안 좋아. 일반적인 비가 아니야."

헤이파가 고개를 저었다.

"이 비가 누군가의 장난이 아니길 빌고 싶구나. 탈리가 걱정이야."

"예, 어머님."

데스디아는 확인을 할 겸 단말기를 들어 탈리케이아에게 연락을 했다. 하지만 들려오는 소리는 통신사 사정으로 통화가 불가능하다는 기계의 목소리뿐이었다.

*　　　　*　　　　*

와이어를 이용해 빅시티의 호텔 옥상으로 올라간 A—1729 로젤라는 호텔의 펜트하우스 입구를 열고 안으로 들어갔다.

불이 완전히 꺼진 펜트하우스 시설의 온도는 로젤라의 코와 입에서 김이 나게 만들 정도로 차가웠다.

그녀는 쓰고 있던 헬멧을 벗은 뒤 시설 내의 큼직한 벽난로에 불을 넣었다.

"우리끼리 왜 그러지? 내가 너희들의 뒤통수를 치는 건 먼 미래의 일인데?"

"오라클의 위치를 확인해 준 것은 칭찬해 주지."

다른 여성의 목소리가 들리면서 시설 내의 전등이 모조리 켜졌다. 그리고 정령의 가호를 받아 몸을 숨기고 있던 알타이르 전사들도 모습을 드러냈다.

"하지만 우리가 널 믿는 것은 네 말대로 먼 미래의 일일 거야."

로젤라의 턱 아래에 환도의 날을 댄 알타이르 전사가 경고했다.

"그러시군. 아무튼 나갈 준비는 됐나? 치프가 드래곤들을 보내기 전에 공항을 맡은 UNSMC와 워치프를 쳐야 해."

로젤라가 환도를 밀며 말했다.

"거부하지."

알타이르 전사가 환도를 거두며 말하자 로젤라가 눈을 부릅떴다.

"무슨 개소리지? 너희들 역시 치프의 '치' 자만 들어도 똥오줌을 지리는 부류였나?"

"오늘은 성공 확률이 낮아."

"하, 집단으로 생리하는 날이라도 되나? 지금 나랑 장난하자는 거야?"

복면으로 눈가만 드러낸 알타이르 전사는 차가운 녹색의 눈동자로 로젤라를 쏘아보다가 눈을 지그시 감았다.

"양해를 구하지. 지금 내리는 비가 문제야."

"비? 그냥 차가운 비일 뿐이잖아. 빌어먹을! 내가 대체 누굴 상대로 빈틈을 만들어냈는지 모르냐고!"

로젤라는 들고 있던 헬멧을 빈 소파 쪽으로 집어 던지며 고함을 질렀다.

그녀를 상대하는 알타이르 전사가 고개를 저었다.

"단순한 비가 아니야. 이 비는 정령과의 교감 능력을 괴이하게 방해하고 있어."

"뭐라고?"

"워치프 정도의 전사라면 가벼운 두통으로 끝나겠지만 우린 아니야. A—1730을 상대로 틈을 만든 능력은 인정하지. 그 능력을 날씨 좋을 때 한 번 더 발휘해 봐."

상대의 뻔뻔한 태도에 로젤라의 주먹이 부르르 떨렸다.

"이년들이⋯⋯!"

로젤라가 화를 내려는 순간 그녀의 몸 곳곳에서 반사광이 번쩍였다.

고속으로 움직인 다섯 명의 알타이르 전사들이 로젤라의 목과 등판, 왼쪽 겨드랑이 아래, 사타구니 사이, 그리고 아킬레스건 부위에 단검을 댄 채 자세를 유지했다.

그들은 마음만 먹으면 경장갑 전투복의 장갑판 정도는 간단히 절단할 수 있었다. 들고 있는 단검 자체가 일반적인 단검이 아니라 히트 블레이드였기 때문이다.

"아, 좋아. 이제부터 얌전히 말할 테니까 등에 댄 칼만큼은 떼어주지 않겠어? 몇 년 전에 칼을 맞은 곳이거든."

로젤라는 치프에게 찔린 당시를 떠올리며 두 손을 활짝 편 채 팔을 반쯤 들었다.

로젤라와 마주 선 알타이르 전사가 턱을 움직이자 로젤라를 포위한 전사들이 단검을 떼고 뒤로 물러났다.

"A—1729, 넌 네가 A—1730을 교란할 수 있다는 사실을 분명히 증명했어. 약속대로 군부에서 관리하는 인스턴트 부대의 사용권을 주지."

알타이르 전사가 옆으로 손을 내밀었다.

뒤에 있던 다른 전사가 그녀의 손에 주사기를 올려놨다. 그 투명한 주사기 안에는 붉은색의 빛을 자체적으로 발산하는 액체가 들어 있었다.

"이 나노머신을 정맥에 주입하면 돼. 너의 뇌와 신경조직에 침투할 거다."

"호오, 난 내 단말기에 인스턴트 사용 인증 및 컨트롤 데이터만 옮기면 되는 줄 알았는데?"

"목줄도 없는 고양이에게 생선을 맡길 순 없지. 허튼짓을 했다가는 콧구멍으로 뇌수를 쏟게 될 거야."

"신뢰받기 힘드네."

"영원히 불가능할 거다."

"후후."

주사기를 받은 로젤라는 그것을 목에 대고 액체를 주입했다.

"피부에 부작용은 없겠지?"

"내가 얘기를 덜했군. 뇌수는 귓구멍으로도 나올 거다."

"……."

나노머신 주입을 마친 로젤라는 상대에게 주사기를 돌려줬다. 알타이르 전사는 받은 주사기를 벽난로에 던져 불태웠다.

로젤라는 주사바늘이 꽂혔던 목덜미를 만지며 쓴웃음을 지었다.

"너희들 말인데, 맑은 날이면 알타이르의 워치프를 죽일 수 있긴 해?"

"불가능해."

알타이르 전사가 팔짱을 꼈다.

"네가 '위대한 브라토레'를 쓰러뜨리는 모습을 봤을 때는 정말 놀랐지. 우리에게 있어서 그분은 넘을 수 없는 산이었거든."

"위대한 브라토레? 헤이파 브라토레 말이야?"

"그분의 첫째 딸 데스디아리아 헤이파 알타이르 브라토레는 훌륭한 워치프지만 아직 모친과 어깨를 나란히 할 정도는 아니더군."

"적인데도 '그분'이라 부르네?"

"그분은 우리의 적이 아니야. 우리에게 주어진 목표는 실버로드의 오라클뿐이다."

"그렇구나."

로젤라는 그들의 말에서 위화감을 느꼈다.

'누군가에게 세뇌된 게 분명하네. 역시 믿을 가치가 없는 계집들이었어.'

속으로 알타이르 전사들을 비웃은 로젤라는 목에 대고 있던 손을 허리로 옮겼다.

"받을 건 받았고, 너희들의 의사는 분명히 확인했고……. 그럼 공항은 내가 알아서 치도록 할게. 방해하지나 마."

"고집스럽군. 그만한 가치가 있는 일인가?"

"물론이지. 치프의 집중력을 흐트러뜨릴 최고의 기회야."

말을 하던 로젤라가 손목에 찬 아날로그시계를 봤다.

"아, 유효 시간은 좀 지났네. 아무튼 그쪽은 내가 알아서 할 테니 너희들은 여기서 비나 피하고 있어. 난 가도록 하지."

로젤라는 헬멧을 다시 쓴 뒤 펜트하우스 밖으로 나갔다. 이 어서 다이빙을 하듯 호텔 옥상 밖으로 뛰어내렸다.

전투복에 설치된 중력식 완충기를 이용해 안전하게 착지한 로젤라는 근처에 있는 골목으로 들어갔다.

"내가 좀 늦었지? 위에 있는 계집들이 어처구니없는 말을 지껄여서 말이야."

그는 골목 안에 있는 누군가를 향해 말했다.

"그들이 비에 대한 말을 했소?"

"응? 잘 아네? 설마 당신의 수작이야?"

"그럴 리가."

골목의 그늘 속에서 헬멧으로 얼굴을 감춘 큰 키의 남자가 걸어나왔다.

라이트스톤이었다.

그는 손바닥을 골목 밖으로 내밀어 빗물을 조금 받았다.

"과거 지구에는 '채프'라는 이름의 전파 교란 및 기만 수단이 있지 않았소?"

"지금도 수단 자체는 현역이야. 다만 소재가 달라졌지. 그게 왜?"

"이 빗물은 좀 특별하다오."

라이트스톤의 손에 맺힌 물이 푸른색 불꽃과 함께 증발되었다.

"A—1729, 당신은 경도가 높은 물을 좋아하오, 아니면 낮은 물을 좋아하오?"

"낮은 물. 지구에 있을 때는 따로 연수기를 달아서 쓸 정도였어."

"그렇구려."

"그게 왜?"

"당신도 알다시피 물의 경도는 물에 함유된 미네랄, 즉 칼슘과 마그네슘의 합산 수치에 따라 결정된다오."

"물에 미네랄이 섞이는 건 자연스러운 일이잖아?"

"그렇소만… 이 물은 그렇지 않소. 칼슘 같은 물질과 마그네슘 같은 물질이 교묘하게 섞여 있소. 차가움을 빼면 인간을 포함해 그 어떤 식물이나 동물에도 무해하지만 알타이르 행성인에게는, 정확히 정령과 관계된 자들에게는 그렇지 않소."

로젤라는 빼곡히 떨어지는 빗줄기를 바라봤다.

"그 계집들에게 있어서는 이 빗방울 하나하나가 교란용 소재와 같단 말이지?"

"이해가 빠르구려."

라이트스톤이 코트 뒤쪽으로 뒷짐을 졌다.

"하지만 수준 이하의 존재들에게만 교란 수단으로 작용할 뿐, 워치프처럼 고차원의 교감이 가능한 존재들에겐 뒤끝이 안 좋은 술보다 못하오."

"하, 그래?"

로젤라의 헬멧에서 웃음소리가 흘러나왔다.

"이 비를 알타이르 행성에 뿌려 버리면 볼 만하겠는데? 그 갈색 계집들을 싹 쓸어버릴 수 있을 거야."

"흠, 아마도 그럴 것이오."

"당신이 도와주면 내가 할 수 있을 텐데, 어때?"

"불가능하오."

라이트스톤은 아주 천천히 고개를 저었다.

"왜?"

"이 비는 내 지식을 뛰어넘은 자가 만들어낸 것이 분명하오. 그래서 난 지금 매우 기쁘면서도 불쾌하다오."

그가 솔직히 대답하자 로젤라의 자세도 바뀌었다.

"나에게 유리한 일은 아니라는 소리네?"

"그렇소. 당신에게 뭔가 작전이 있는 것 같소만 오늘은 그만두는 게 좋을 거요. 이 비를 내리게 만든 자가 당신을 지켜보고 있다는 뜻과 같으니까."

"...쯧."

로젤라가 혀를 찼다.

그녀는 골목의 벽을 주먹으로 가볍게 두드리며 비가 내리는 빅시티의 거리를 말없이 지켜봤다.

이윽고 벽을 두드리는 그녀의 손이 천천히 아래로 내려갔다.

"어쩔 수 없지. 뭐, 괜찮아. 복잡한 건 저쪽도 마찬가지겠지."

그녀가 단말기를 들고 어딘가에 전화를 했다.

"지금 어디야? 한가해?"

―알아서 뭐 하게?

단말기에서 치프의 목소리가 들려오자 라이트스톤의 턱이 꿈틀했다.

"하하, 제대로 열 받았나 보네? 이제야 내가 어떻게 움직일지 알아차렸나 보지? 드래곤은 몇 마리나 보냈어?"

―용건이나 말해.

"별거 아냐. 오늘은 다 집어치우고 쉬기로 했어. 진담이니까 오늘은 안심하고 자도 돼."

―그렇군. 좋은 말을 해주려고 전화했다면 미안하게 됐네.

"흠?"

―넌 내 친구들을 이용해서 사만다와 날 죽이려고 했어. 그런데도 네가 여태껏 두 다리 뻗고 LP를 틀어재끼며 잠들 수 있던 건 결코 네가 잘났거나 내가 착해서 그런 게 아니야. 너와 나의 관계를 '법'이 지켜줬기 때문이지. 하지만 이젠 아니야. 오늘부터 안심하고 잘 생각 하지 마. A―1729, 행운을 빌지.

전화가 끊겼다.

"그래, 난 널 잘 알아."

시원하게 코웃음을 친 로젤라는 단말기를 거뒀다.

"하지만 넌 나를 몰라, 치프."

뒤에서 그녀를 지켜보던 라이트스톤은 그녀가 대체 무슨 배짱으로 그러한 말을 하는지 궁금했다.

다만 확실한 것은 그녀가 상실감에 슬퍼하거나 안타까워하기는커녕 오히려 환희하고 있다는 사실이다.

"안심하고 쉴 곳을 마련해 주겠소, A―1729."

"그곳에 내 LP를 가져가도 될까?"

"그게 있어야 내 의뢰를 수행할 수 있다면 얼마든지."

"그래, 가자고. 당신 의뢰는 꼭 해결할 테니 걱정 마."

두 사람은 비를 맞으며 걷다가 어느 순간 홀연히 사라졌다.

69
도축과의 차이점

로젤라와의 통화를 일방적으로 끊은 치프는 화면이 꺼진 단말기를 미간에 댄 채 가만히 시간을 보냈다.

　그와 함께 회사 본관 로비에 서 있는 포프는 치프의 무거운 분위기를 배려해 주기 위해 꼼짝도 않고 있었다.

　"하아, 가자, 포프."

　치프가 뭔가를 털어내듯 머리를 흔들며 말했다.

　"어디로요, 사장님?"

　"지하에 있는 냉동수면실."

　그의 말에 포프의 눈이 활짝 커졌다.

　"키드의 스승을 깨울 생각이세요? 그래서 제 허락이 필요하다고 말씀하신 건가요?"

　"아니, 그놈 말고 키드."

"……."

치프는 포프를 데리고 로비에 있는 대형 소파에 앉았다.

"포프 넌 키드가 어째서 스스로 냉동수면장치에 들어갔는지 알고 있어?"

"…그냥 키드가 필요하다고 말씀해 주세요. 사장님 말씀을 듣고 고민하는 것도 하루 이틀이어야죠."

"음, 그래. 사만다도 딱 네 나이 무렵에 그런 식으로 말했지."

치프의 말에 포프는 어이가 없었지만 자신이 실례가 되는 말을 휙 던진 것 같기도 해서 그냥 가만히 있었다.

"그럼 간단하게 가자. 네가 싫으면 키드를 깨우지 않을게."

"아뇨, 키드가 들어 있는 수면장치의 잠금 해제 번호를 저에게 가르쳐 주세요."

"응?"

의외의 요구가 나오자 치프가 놀랐다.

"저에게 고민할 틈도 주지 않고 허락을 요구하시는 건 좀 아니라고 생각해요."

"하긴 그렇지."

치프는 자신의 턱을 만졌다.

"작년엔 그냥 긍정적인 애라고 생각했는데 실제로는 자존심이 세구나. 정직원이라서 그런가?"

"…그것도 아니라고 봐요."

"실제로 작년까진 고분고분했잖아?"

"그땐 모든 게 다 신기했으니까요. 사장님에 대해서 잘 모르기도 했고요."

"지금은 좀 알 것 같아?"

"이젠 같은 집에 눌러 사는 삼촌 정도의 느낌이죠."

"나쁘지 않은 표현이네. 그럼 단말기나 줘봐."

치프가 손짓하자 포프는 군말 없이 단말기를 꺼내어 그에게 건넸다.

"단말기는 왜요?"

"수면장치가… 사명감에 젖은 표정으로 버튼을 꾹꾹 눌러서 잠금을 해제하는 방식이 아니거든."

그는 서른다섯 줄짜리 특수 바코드를 포프의 단말기에 전송시켰다.

"이걸 수면장치 단말기에 대면 잠금이 풀릴 거야. 대신 명심해, 포프. 냉동수면의 특성상 일어나자마자 바로 싸우거나 하지는 못해. 그리고 잠금을 풀자마자 다섯 발자국 정도 뒤로 떨어지는 걸 잊지 마."

"다섯 발자국이요?"

"대충 그 정도 범위로 구토를 하거든. 냉동수면 적응 훈련을 받지 않은 사람들은 어김없이 좍좍 뿜지. 인체의 신비를 느낄 수 있어."

"……."

"냉동수면 전에 투여하는 신체조직 보호제가 좀 그래."

치프는 바지의 옆 주머니에서 작은 케이스를 꺼냈다. 그 반투명의 플라스틱 케이스 안에는 노란색과 붉은색, 보라색의 주사기가 들어 있었다.

"뿜을 거 다 뿜었다고 생각되면 이걸 주사하도록 해. 노란색은 신체활성화 물질이고 붉은색은 각성제야. 반드시 노란색 주사부터 놔야 해. 붉은색부터 놓으면 미처 냉동에서 풀리지 않은 조직이 팽창해서 깨질 수도 있어."

"보라색은요?"

"시안화칼륨 기반의 주사제야. 키드가 너한테 이상한 짓을 하려고 하면 즉각 쓰도록 해."

시안화칼륨이 뭔지 모르는 포프는 그게 뭐냐고 물어볼까 하다가 왠지 모를 자존심이 발동하여 가만히 있었다.

"그럼 이걸로 끝. 장비 단단히 갖추고 켐리랑 동생들 곁으로 가."

"예, 사장님."

단말기까지 돌려받은 포프는 훌훌 털고 일어나는 치프를 바라보다가 이내 목소리를 냈다.

"이번에도 괜찮겠죠?"

"글쎄? 날씨부터 영……."

대답하는 도중 그의 단말기가 진동했다.

단말기를 든 치프는 화면에 뜬 전화번호의 복잡한 패턴을 보고 눈을 찡그렸다.

'엠페라투스잖아?'

포프는 단말기를 바라보는 치프의 표정을 보고 전화를 건 상대가 심상치 않은 자임을 알았다.

"나쁜 일인 거죠?"

"작년까지는 최악이었는데 지금은 그냥 한물간 아저씨지."

"누군데요?"

"엠페라투스."

포프는 그의 이름을 농담처럼 말하는 치프의 모습에 할 말을 잃었다.

'뭐, 사장님 스타일이긴 하지.'

치프는 통화 버튼을 눌렀다.

"무슨 일이지? 나 요즘 엄청 바쁜데?"

―알고 전화했다, 운캄타르의 도구여.

"그 별명으로 불리는 것도 오래간만이네."

―얼마 안 됐는데… 흠, 정말 바쁜가 보군.

"아무튼 무슨 일이지?"

―내 예상을 벗어난 일이 발생했다.

예상을 벗어난 일이라는 엠페라투스의 말에 치프가 싱겁다는 듯 웃었다.

"경마라는 게 항상 그렇지."

―헛소리에 대응해 줄 기분이 아니다. 네놈, 반달리온에게 브리치에 대해서 알아오라고 했나?

"그건 녀석과 나 사이의 거래야. 너와는 관계없어."

―넌 그저 브리치를 부수기만 하면 된다, 운캄타르의 도구여. 브리치에 대해 알아볼 필요는 없어.

"그 말을 들으니 더더욱 알고 싶어지는데?"

―네놈이 브리치와 관련하여 유용하게 쓸 수 있는 물건은 브리치의 파편에서 추출한 금속들뿐이다. 웃기는 경험을 하기 싫으면 그저 브리치를 부수는 것에만 집중해라. 행성에 널린 브리치들의 완전한 파괴가 이 땅의 날개 달린 자들을 해방하는 조

건이라는 것을 잊었나?

"뭔가 있긴 있나 보군."

—적어도 보물이나 천국의 일부는 아니지.

치프의 귀에 들리는 엠페라투스의 목소리는 정말 진지했다.

"뭐, 좋아. 예상을 벗어난 일은 대체 뭐지?"

—빅시티에 내리고 있는 비다.

"뎃디는 별일 아니라고 하던데?"

—조사해 보면 더 재밌을 거야. 난 비의 정체를 알자마자 정말 놀라 자빠질 뻔했지.

"참 모양 빠지게 얘기하는군. 그런데 그 정도로 대단한 일이야?"

—신수 때보다 더 큰 일로 번질 수 있지. 종국에는 미쳐서 날뛰는 존재가 하나 나타날 거다. 아무튼 나는 관전자로서 지켜보도록 하지.

"흠, 아저씨가 날 이렇게 걱정해 줄 줄은 몰랐는데?"

—미쳐 날뛸 자가 네놈이 될 수도 있거든. 그럼 수고해라, 운 캄타르의 도구여.

신호는 거기서 끝났다.

치프는 자신의 단말기를 한 번 꽉 쥐어본 뒤 주머니에 넣었다.

"비가 대체 어쨌다는 거야? 포프, 혹시 알고 있어?"

치프와 엠페라투스의 대화를 옆에서 가만히 듣고 있던 포프는 더벅머리를 긁으며 생각해 봤다.

"음, 빅시티에 내리는 차가운 비 말씀이시죠?"

"맞아."

치프가 끄덕였다.

"되짚어보니 사장님께서 우주연합에 연행되신 이후부터 내린 것 같아요. 처음에는 보안국장님께서 비의 성분 조사 때문에 고생하셨지만 아무런 해가 없다는 결론이 난 이후에는 빅시티만의 특징이 되었죠."

"타이밍이 기가 막히네."

치프는 다시 사장실로 올라가서 데스디아와 헤이파에게 상담을 해보기로 마음먹었다.

"그럼 넌 네 동생들이랑 켐리를 잘 돌봐줘."

"예, 사장님."

포프는 우산 없이 회사 본관 밖으로 뛰어나갔다. 손으로 머리를 가리지 않고 빗속을 힘차게 뛰는 모습이 영락없는 군인이었다.

'로젤라가 어렸을 때 딱 저랬을라나?'

치프는 훈련소에서 성장할 당시를 떠올려 봤다.

그때 로젤라는 그리 눈에 띄는 존재가 아니었다. 재능적인 면에서 그녀는 중간에도 미치지 못했고 훈련의 결과 역시 그저 그랬다.

둘은 알파 프로젝트 멤버들이 온갖 이유로 숫자가 급격히 줄어드는 시기에 접어든 뒤에야 서로를 인식했다.

서로 딱 붙은 번호의 소유자들임에도 불구하고 그랬던 것은 알파 프로젝트 멤버의 숫자가 그만큼 많았고 훈련 등으로 인해 정신적인 여유를 가질 틈도 없었기 때문이다.

자살, 그리고 '변형'으로 인한 사살로 인해 알파 프로젝트 멤버의 수가 두 자릿수가 될 무렵, 알파 멤버들은 다음에 죽을 차례가 누구이며 또 누가 남게 될 것인지를 예상해 봤다.

그 시점에서 로젤라는 그 누구도 생각지 못한 행동을 했다.

자신을 로젤라라는 이름으로 불러달라고 한 것이다.

치프가 궁금하여 이유를 묻자 로젤라는 자신이 가장 먼저 죽을 것 같으니 이름이라도 예쁘게 남기고 싶어서라고 대답했다.

그때까지도 로젤라는 그저 그런 능력자였다.

시간이 흘러 결국 알파 프로젝트 멤버의 생존자가 한 자릿수로 줄었다.

놀랍게도 로젤라는 끝까지 살아남았고, 실전 투입 가능 판정을 받은 뒤 치프를 비롯한 몇 명과 함께 비로소 계급을 받고 실전 배치가 됐다.

평범함 이하이던 로젤라가 부각되기 시작한 것은 그 직후였다.

군사적 흐름은 물론 정치적 흐름까지 꿰뚫는 그녀의 재능은 알파의 생존자 가운데에서 가장 빠르게 승진하는 것으로 빛을 발했다.

물론 치프는 그때도 로젤라에게 관심이 없었다. 다른 사람들이 그 이유를 묻자 치프는 이렇게 대답했다.

'뭔가 꺼림칙하다.'

사람들은 그의 말에 대체로 동의했다.

높은 사람들의 입맛에 딱 맞는 주제와 결과를 내놓는 것까진 좋은데 문제는 너무 무차별적이었던 것이다.

사장실로 향하는 엘리베이터에 탑승한 치프는 로젤라에 대해 다시 생각해 봤다.

'정말 걔가 날 노리고 우주연합에 붙은 걸까?'

약간 로젤라답지 않다. 그러한 생각이 치프의 뇌리를 얼핏 스쳤다.

치프가 다시 사장실로 들어오자 헤이파와 데스디아가 동시에 그를 돌아봤다.

"포프와의 일은 다 마쳤나?"

헤이파가 물었다.

"선택권은 포프에게 줬어요."

"선택이라면… 키드 말이겠지?"

데스디아가 연이어 물었다.

"그렇지. 키드는 우리가 놓치고 지나갈 만한 것들을 알아볼 수 있을 거야."

"그렇지 않다면?"

"아니면 그냥 계약직으로 고용해도 좋고 식당에서 피자나 굽게 해도 상관없겠지. 피자를 굽게 되면 셸리가 좋아하겠네."

치프의 농담에 넷디가 쓴웃음을 지었다. 사만다 역시 살짝 웃었다.

사장석에 앉은 치프는 헤이파 쪽으로 의자의 방향을 틀었다.

"여사님, 지금 내리는 비에 대해서 뭔가 느껴지는 게 있나요?"

"개인적으로는 걱정스럽군. 음, 하지만 생각이 잘 나질 않아. 나도 단 걸 먹어봐야 할까?"

그녀가 다리를 꼬고 팔짱을 꼈다. 그녀가 발끝을 까딱거리는 모습이 치프의 눈에 확 띄었다.

데스디아 역시 터번을 풀거나 망토를 만지작거리는 등 가만히 있지 못했다.

"하아."

한숨을 쉰 치프는 의자에서 일어나 어딘가로 걸어가더니 한참 동안 쓰지 않던 어떤 물건을 창고에서 꺼내 둘 앞에 가져다 놓았다.

연기 흡입 장치가 달린 대형 재떨이였다.

"마음껏 피우세요."

"진짜?"

헤이파가 물었다. 데스디아의 눈도 초롱초롱 반짝거렸다.

"날씨가 이러니 어쩔 수 없죠. 얘기도 길게 해야 하고 말이죠."

"자네는 좋은 부인을 둘 걸세."

헤이파와 데스디아는 거의 동시에 시가를 꺼내어 불을 붙였다. 끝을 자르고 다듬는 절차는 깔끔히 생략했다.

"…니코틴과 알타이르 여성들의 생리적 관계를 연구해 보고 싶네요."

"자네가 탄산음료를 광적으로 즐기는 것과 비슷하지 않을까?"

"단지 그것뿐이라면 좋겠지만요."

일어난 김에 냉장고에서 음료를 꺼낸 치프는 작은 탄성을 지르며 시가의 연기를 즐기는 모녀를 지그시 바라봤다.

"사만다, 뭐 마실래?"

치프가 사만다를 불렀다.

사만다는 대답 대신 지금 쓰고 있는 간이책상 밑에 놓아둔 생수병을 들어 가볍게 흔들었다.

다시 사장석에 앉은 치프는 음료를 마시며 유리벽 밖을 봤다.

"로젤라가 오늘 공항을 공격할 계획인 건 확실했었어요."

"응?"

재떨이를 중심으로 작은 행복을 즐기던 브라토레 모녀가 그를 돌아봤다.

"확실했었다니?"

"오늘은 다 집어치우고 쉴 거라고 저에게 전화를 했어요."

그러자 데스디아의 미간이 구겨졌다.

"과거 지구에 '보이스피싱'이라는 수법이 있었다고 들었는데?"

"음……."

치프는 여기서 쓰일 말이 맞나 하며 고개를 갸웃거렸다.

"드래곤을 몇 마리나 보냈냐며 묻기도 했는데… 아무튼 계획을 중단한 원인이 뭔지 모르겠어. 혹시 이 비 때문인가?"

모녀는 침묵했고 사만다는 가만히 있었다.

"만약 로젤라가 알타이르 전사들과 연합하고 인스턴트들까지 동원해서 공항을 공격할 계획이었다면 아마 우리에게 확실한 타격을 입힐 수 있었을 거예요, 여사님."

"그렇게 생각한 이유는?"

"로젤라와 알타이르 전사들의 움직임은 지금껏 철저히 분리되어 있었죠. 로젤라는 이곳에 직접 쳐들어왔을 뿐만 아니라 메타휴먼들을 이용해서 뭔가를 보여주기 위해 노력했어요. 더불어 알타이르 전사들은 오라클만을 노렸고요."

"그렇게 빈틈을 만들어서 언젠가 뒤통수를 친다는 전략은 누구나 짤 수 있지. 자네가 드래곤… 날개 달린 자들을 파견할 것까지 그 계집이 계산하고 있었다면 정말 계획을 세워뒀을 수도 있겠군. 하지만 탈리는 물론 젝스와 알케온 경은 절대 만만한 존재들이 아닐세. 공항에 배치된 UNSMC들도 허수아비는 아니지 않나?"

헤이파가 지적하자 치프는 고개를 저었다.

"로젤라는 워치프를 무력화시키는 수단과 드래곤을 무력화시키는 수단을 알고 있어요."

"어떻게?"

"제가 개한테 보고서를 올렸으니까요."

치프의 그 말에 헤이파와 데스디아는 크게 당황했다.

"하긴, 그 계집은 얼마 전까지만 해도 자네의 직속상관이었지."

헤이파가 씁쓸히 말했다.

"당신이 할 수 있는 일의 99%를 해낼 수 있는 존재란 말이 그 보고서에 기초한 건가?"

데스디아의 지적에 치프는 쓴웃음을 지으며 어깨를 으쓱이는 것으로 답을 대신했다.

"탈리는 약으로 제압한다고 치고… 젝스와 알케온은 무슨 수로 제압한다는 거지? 지구에서 만든 복제 최루탄은 그 효과가 형편없다고 들었는데?"

데스디아의 질문에 치프가 활짝 웃었다.

"내가 올린 보고서 안에는 라이트스톤의 연락처까지 들어 있었어. 굳이 복제품을 쓸 이유가 없지."

"…당신, 짜증 날 정도로 성실했군."

데스디아는 기가 막힌 나머지 힘없이 화를 냈다.

"당신 말대로라면 공항 수비에 있어서 가장 강력한 전력이 무력화된 상태로 UNSMC 대원들만이 고립되어 싸울 뻔한 거잖아?"

"방독면이나 헬멧 등으로 약의 영향에서 벗어난 알타이르 전사들이 그 친구들을 간단히 도륙했겠지. 젝스와 알케온은 본체가 따로 있으니 목숨의 영향은 없었겠지만 탈리는… 인질로 잡히지 않았을까? 우리가 구할 틈도 없이 세뇌가 된 후 적으로 돌변했을 수도 있지."

"당신이라면 그랬을 거다 이거로군."

"맞아."

치프는 부정하지 않았다.

때마침 데스디아의 단말기가 진동음을 냈다.

급히 단말기를 손에 쥔 그녀는 화면에 탈리케이아의 이름과 회사 본관을 배경으로 찍은 그녀의 사진이 떠 있자 그 즉시 통화 버튼을 눌렀다.

"탈리! 무사해?"

―응? 아, 머리가 많이 아프긴 해. 교대할 정도는 아니지만.

"그래……"

데스디아와 헤이파가 동시에 안도하며 한숨을 내쉬었다.

―그런데 무슨 일로 전화한 거야? 통화 시도가 있었다는 메시지가 떠서 연락한 건데 말이지.

"A―1729가 공항을 습격하려고 했던 것 같아."

―그래? 딱히 이렇다 할 요소는 없는데?

"그러면 다행이군. 젝스와 알케온 경은 어때?"

―무슨 말이야?

탈리케이아의 대답에 데스디아가 흠칫했다.

"지원을 위해 파견했어. 아직 못 만난 거야?"

—글쎄? 각 스쿼드 대원들도 못 봤다는데?

"음, 아니, 곧 도착할 거야. 예상되는 습격 방식에 대한 정보를 단말기로 전송할 테니 참고해 줘."

—그래, 둘이 도착하면 연락할게. 대원들을 재배치할 테니 일단 끊어.

"알았어, 탈리. 수고해 줘."

데스디아는 자신의 직감이 틀리기를 바라며 전화를 끊었다.

비구름 때문인지 몇 시간 지나지 않아 날이 어두워졌다.

그러나 탈리케아이아는 그때까지도 젝스와 알케온이 도착했다는 연락을 하지 않았다.

그들뿐만이 아니었다.

셀레스티아와 파울라까지도 회사로 돌아오지 않았다.

치프는 사장석에 앉은 채 자신이 최근에 얻은 자료들을 조용히 살펴봤다.

데스디아는 돌아오지 않는 드래곤들에게 계속해서 연락을 해봤으나 응답하는 자는 아무도 없었다.

그 외엔 전부 대기 상태를 유지할 뿐 꼼짝도 하지 않았다.

집을 나간 드래곤들이 돌아오지도 않고 연락까지 두절된 경우는 이번이 처음이기 때문이다.

데스디아와 탈리케아이아의 통화가 끝난 이후 두 시간이 지날 무렵, 경장갑 전투복을 입은 죠니와 코트 및 몸속에 모든 무장을 밀어 넣은 안드레이가 사장실로 올라왔다.

치프가 호출한 것인데, 상황을 대충 들은 둘은 분위기를 감지한 듯 각자의 수단을 이용하여 모든 경우의 수를 내놓기 위해 바삐 움직였다.

연락 두절 이후 정확히 두 시간이 채워지자 치프가 뻐근해진 눈을 만지며 단말기를 들었다.

"여어, 루할트, 식사했어?"

그가 루할트에게 연락하자 사장실의 모든 이가 하던 일을 멈추고 그를 봤다.

―마침 손님과 저녁 식사를 하기 위해 공항 옆 호텔로 이동 중이지. 빅시티의 날씨가 너무 안 좋아서 약속 장소를 옮겼거든. 무슨 일인가?

"비 때문에 여기저기서 죽는 소리가 나오더라고. 자네는 괜찮은가 해서."

―차갑다는 것 빼곤 그다지?

"그렇군."

지금 내리는 비가 드래곤에게 큰 영향이 없음을 확인한 치프는 다음 얘기가 떠오르지 않아서 뒷머리만 긁적였다.

다행히 루할트 쪽에서 먼저 말을 꺼냈다.

―아, 자네 말인데… 목은 괜찮나?

"목? 이젠 다 나았지."

치프는 젝스에게 당한 목을 손으로 만지며 씩 웃었다.

―그렇다면 다행일세, 친구여. 내가 동생을 잘못 키웠군. 애를 낳아도 이상할 나이가 아니라는 장로님의 말씀이 무색할 정도야.

"그분의 그 말씀이 그렇게 충격적이었어?

―여동생의 성장을 그런 식으로 납득하게 될 줄은 몰랐거든.

"흠."

치프는 이 태평한 친구에게 젝스를 포함한 날개 달린 자 모두가 연락 두절됐다는 말을 해야 할지, 아니면 좀 더 시간을 두고 상황을 알아본 뒤 얘기해야 할지 고민했다.

그러나 고민에 푹 빠지려는 그 순간, 루할트가 걱정하여 꺼낸 어떤 이야기가 불빛이 되어 치프의 정신을 일깨웠다.

"루할트."

―얘기하게, 친구여.

"좀 부끄러운 얘기인데, 오해하지 말고 들어줘. 젝스가 정말 아이를 낳아도 이상하지 않을 몸 상태인 거야?"

―뭐라고?

단말기에서 들려온 루할트의 목소리에는 당혹감이 뚜렷하게 박혀 있었다.

젝스와 셀레스티아에 대한 걱정 때문에 의자에 앉지도 못하고 있던 데스디아는 무슨 헛소리를 하느냐는 눈으로 치프를 노려봤다.

"생리적으로 정말 아이를 낳을 수 있는 상태가 맞느냐는 질문이야."

―아니, 내 동생이 자네를 다치게 한 건 정말 미안한 일이네만 그렇다고 자네에게 내 동생을 주고 싶은 생각은 없네. 자네가 직업을 바꾸면 또 모르겠지만.

"농담하자고 말을 꺼낸 게 아니야, 루할트. 지금 젝스가 아이를 낳으려면 뭐가 필요하지?"

치프의 말은 대단히 엉뚱했지만 분위기는 그렇지 않았다.

—일단 남성이 필요하겠지?

루할트는 진지하게 대답했다.

"드래곤은 번식기가 따로 있나?"

—그렇진 않아. 인간과 거의 동일해.

"그렇군."

—젝스가 위험에 처한 건가?

"세 시간째 연락이 안 돼."

치프는 젝스 말고 다른 이들도 그렇다는 것까진 말하지 않았다.

—구해줄 수 있겠지?

"대충 감이 왔어. 하지만 내가 24시간… 아니, 12시간 내에 구해내지 못한다면 마음의 준비를 하는 게 좋아."

—음…….

"자네는 최대한 참으면서 자네 할 일을 해, 루할트. 지금은 그게 최선이야."

—알았네. 하지만 내가 언제 그곳에 나타나도 이상하게 생각지는 말게.

"물론이지. 그럼 조금만 기다려 줘."

—믿겠네.

통화를 마친 치프는 안드레이에게 손짓했다.

"안드레이, 해적단에 대한 자료를 다시 볼 수 있을까?"

"예, 원사님."

안드레이는 자신의 단말기에 있는 자료를 사장실의 대형 TV

에 광자로 전송했다.

해적단 두목의 얼굴과 그들이 사용하는 해적선, 그리고 마지막으로 알려진 해적들의 숫자가 주르륵 떠올랐다.

치프가 주목한 것은 해적선이었다.

"역시 크기… 아니, 배수량이 꽤 넉넉하군. 배의 길이는 중순양함 수준으로 800미터가 좀 안 되는데 배수량이 91만 톤이야."

"배수량만큼은 위스콘신과 맞먹는군요. 장갑으로 둘둘 말은 걸까요?"

죠니가 중얼거리며 치프의 옆에 섰다.

"그건 전문가에게 물어봐야지. 뎃디, 어떻게 생각해?"

데스디아는 아까 치프가 루할트와 나눈 이야기 및 해적선의 형태를 보며 자신의 경험을 되짚어봤다.

"해적들의 배는 해적들의 돈벌이 수단이 무엇이냐에 따라 다르지. 에너지 자원 강탈이 목적이라면 저것보다 더 큰 녀석도 있고, 저렇게 어중간한 크기라면 최소 인신매매, 최대 희귀동물 포획용이라 할 수 있어."

"희귀동물 포획은 모르겠는데 인신매매에 91만 톤급이 동원된다고?"

치프가 놀라자 데스디아는 피식 웃으며 헤이파를 돌아봤다. 이미 누군가와 통화 중인 헤이파는 알아서 설명하라는 듯 곱게 손짓했다.

"우주연합에 가입한 행성의 숫자를 생각해 봐, 치프. '살아 있는 재밋거리'에 대한 수요는 말 그대로 우주 규모야."

"아니, 그건 그렇지만 나름 인신매매인데……?"

"흠, 예를 들지. 우리 알타이르와의 관계가 그렇고 그런 행성이 하나 있어. '센튜리오스'라는 이름의 행성인데, 그 행성의 사람들은 모조리 자웅동체야. 하지만 다른 행성 사람들의 눈으로 보기에는 전부 예쁘장한 여성이지."

데스디아의 말을 듣던 쇼니가 오른손 검지를 세우며 눈을 크게 떴다.

"아! 하이엘프 말이군요?"

"맞아. 파병 시절에 잡아들인 놈들 말로는 그들의 몸이 우주에서 가장 야들야들하면서도 군살이 잘 붙지 않아 여러모로 좋다고 하더군."

"여러모로……. 하, 그래서?"

"저런 배를 쓰는 해적들은 사람들을 납치하는 정도가 아니라 그냥 옥수수 낱알처럼 무차별로 털어오지. 내가 한 번에 구해낸 센튜리오스 행성인의 최대 기록이 이만 명이야. 도시에 광선을 쏴서 사람들을 빨아올리는 방식이기에 그러한 숫자가 가능해."

치프는 조금 어이가 없었다.

"어… 인신매매를 위해 잡은 거라면 분명 분류를 할 텐데?"

"맞아. 노인들은 우주 밖으로 걷어차지. 지구에서 수평아리를 분쇄기에 넣어 처리하는 것과 비슷해. 어린애들은 비싸기 때문에 따로 관리하고 젊은 사람들은 애를 낳은 경험이 있는지 없는지를 조사해서 한 번 더 분류하지. 분류가 다 끝나면 어두컴컴한 탱커 안에서 노예시장까지 쭉 가는 거야."

데스디아는 TV를 향해 손을 뻗었다. 그녀의 손 움직임을 읽어 들인 TV가 해적선의 이미지를 확대했다.

"해적선의 공통점은 장거리 항행 능력이야. 그들은 어지간해선 게이트를 쓰지 않아. 또한 노예시장이 있는 장소에는 게이트가 없어. 그래서 저 정도의 배수량이 나오는 거야. 장거리 항행에 필요한 시설은 꽤 크거든. 공장이라 생각하면 돼."

"공장이라……."

거기에서 치프가 고개를 갸웃했다.

"근데 센츄리오스 행성인과 알타이르 행성인의 관계가 왜 그렇고 그런 거야? 말을 들어보니 무수히 구해준 것 같은데?"

"과거에 아주 위대한 워치프께서 그들의 나약함을 대놓고 성토하신 적이 있거든. 그것도 센츄리오스 행성의 대표가 개최한 환영식에서 말이지."

사장실에 있는 모든 이의 시선이 자연스레 헤이파 쪽으로 몰렸다.

아직도 통화 중인 헤이파는 쓴웃음을 지었다.

"그땐 나도 젊었거든. 음, 아닐세. 계속 얘기하게."

헤이파가 단말기를 들고 사장실 밖으로 나갔다.

"아, 음, 그럼 본론으로 들어가지."

치프가 헛기침을 하며 말했다.

"희귀동물 말인가?"

"맞아."

"사실 날개 달린 자들은 논외의 대상이었을 거야. 잘 무장된 군함을 동원해도 하나를 잡을까 말까 했으니까. 하지만 당신이 한 것처럼 화학병기로 간단히 사로잡을 수 있다면 얘기는 다르지. 사로잡아서 양식을 할 수 있고 또한 공격성까지 제어할 수 있다면 그들은 아주 크고 멋있는 기념품이 될 거야."

데스디아의 설명을 들은 치프는 턱을 쓰다듬었다.

"젝스… 아니, 알케온과 장로님까지는 몰라도 셸리까지 사로잡았다는 건 이해가 안 되는데? 셸리를 잡는 건 엠페라투스를 잡는 거랑 비슷한 얘기잖아?"

"셸리에 대한 대응책마저 갖고 있을 수도 있고… 아니면 그 애의 성격을 봐서는 협박에 굴복했겠지. 장로님은 무려 셸리의 엄마잖아?"

"아… 쯧. 그렇지."

치프는 자신의 머리카락을 살짝 쥐었다.

그 상태로 가만히 생각하던 치프가 단말기를 들었다.

"포프, 요르엘과 오라클을 데리고 사장실로 와줘. 키드는 됐고."

―예, 사장님!

바로 통화를 마친 치프는 또다시 어딘가에 연락을 했다.

연결 음을 듣고 행성 간 전화임을 안 죠니와 안드레이는 설마 하는 표정으로 치프를 봤다.

―오오, 원사님! 이야, 건강하셨습니까?

단말기에서 바로 튀어나온 목소리는 건강 그 자체였다. 죠니와 안드레이는 역시나 하는 미소를 지었다.

"여어, 킹, 잘 있었어?"

―행복하기 그지없죠. 무슨 일이십니까? 혹시 결혼하시나요?

"아쉽지만 자네가 자네 후임을 도와줘야 할 것 같아."

―제 후임이면… 로빈 말씀이십니까?

"아냐. 안드레이."

―그나마 다행이군요. 그래도 일주일이라는 시간과 약간의 돈만 주시면 바로 복귀할 수 있습니다.

"됐으니 여기 사람들이랑 인사나 해."

치프는 TV를 향해 단말기를 움직였다.

통화 대상자 킹의 모습이 화면에 떠올랐다.

"못 본 사이에 턱이 세 개가 됐군. 저번엔 두 개 아니었나?"

화면에 뜬 흑인 킹은 얼굴만 봐도 몸무게가 150킬로그램에 육박할 것이 분명해 보이는 거구였다.

자신의 단말기를 책상에 제대로 설치한 킹은 껄껄 웃으며 자신의 뱃살을 두 손으로 쥐었다.

―행복의 증거입니다, 원사님.

킹이 입고 있는 반팔 티가 흰색이어서 그런지 그의 두툼한 살이 더욱 돋보였다.

"행복해 보이는 건 분명한데… 자네 혈관의 비명이 나한테까지 들려오는 것 같아서 걱정이군."

―그렇지 않아도 저번 달에 마누라가 그러더군요. 살을 빼지 않으면 애들 데리고 친정으로 가겠다고 말이죠.

"그건 좀 너무한데?"

―마트 계산대 사이에 제 엉덩이가 끼는 꼴을 봤거든요.

"으흠."

치프는 어깨를 으쓱했다.

데스디아는 킹의 체형이 좀 불만이었지만 그래도 치프가 이

상황에서 연락을 한 만큼 보통 인물은 아닐 것이라 생각하고 가만히 있었다.

─거기 계시는 분이 그 브라토레 부사장이십니까?

"아, 그렇소. 데스디아리아 헤이파 알타이르 브라토레라고 하오. 만나서 반갑소, 킹."

─하하, 원사님 때문에 속 좀 썩고 계시다고 들었습니다.

"이젠 익숙하다오."

─그리 말씀하시는 걸 보니 아직 덜 당하셨군요. 8년 전에 어떤 미모의 군공무원이 원사님께 재워달라고 추파를 던졌다가 침낭을 선물 받고 바닥에서 잤거든요. 그리고…….

"킹, 거기까지."

치프가 가볍게 경고했다. 킹은 껄껄 웃었지만 데스디아는 '네가 그럼 그렇지'라는 눈으로 치프를 바라봤다.

"아무튼 이 자료를 좀 봐줘. NASA에서 보내준 자료를 토대로 안드레이가 검토한 건데, 자네가 한 번 더 봐줘야겠어."

치프가 단말기를 조작하여 자료를 전송했다.

받은 자료를 PC로 바로 옮긴 킹은 후덕한 표정을 지우고 진지하게 자료를 살펴봤다.

─과연 핵융합 폭발의 섬광이 맞긴 하군요. 방사능 방출 양도 엄청나고요. 하지만 모든 현상이 너무 얌전한데요?

"얌전하다니?"

─군사 무기용은 아닌 것 같습니다. 자세히 설명해 드리자면 긴데… 아무튼 공격당해서 소멸한 게 아니라 발전시설에 과부하를 걸어 자폭시킨 것 같네요. 그에 대한 근거는…….

"아무튼 이 해적단이 살아 있을 가능성이 있다 이거지?"

—살아 있다는 것에 제 체중 절반을 걸죠.

"좋아, 일이 끝나면 초코바에 파묻어주지. 그밖에 도움이 될 만한 이야기는 안드레이에게 해줘. 10분 내에 끝내주면 더 좋고."

—옛날 생각이 나네요. 알겠습니다, 원사님.

"죠니는 알파 스쿼드를 준비시켜. 위스콘신에 있는 친구들에게는 밥값 할 시간이 왔다고 해주고."

"예, 원사님."

가볍게 경례를 붙인 죠니는 화면에 떠 있는 킹에게 손짓을 보내 인사를 한 뒤 단말기를 꺼내며 사장실 밖으로 나갔다.

안드레이는 킹과 대화를 하는 한편, 데스디아는 치프에게 다가가 조용히 말을 건넸다.

"이것도 그년의 소행일까?"

"그랬다면 셀레스티아를 확보하거나 죽이는 것과 동시에 생화학 탄두를 장착한 미사일을 우리 회사에 꽂았겠지. 이건 로젤라의 방식이 아니야. 쉽게 끝날 거고, 또 빨리 끝나게 될 테니 걱정하지 마."

대답을 한 치프는 포프와 요르엘, 오라클이 오기를 기다렸다.

*　　　　　*　　　　　*

드래곤의 형태로 의식을 회복한 젝스는 눈을 뜨고 몸을 움직여 보려 했다.

하지만 그녀는 눈을 뜰 수 없었다.

안구 자체가 어디론가 사라졌기 때문이다.

안구는 물론 발성기관도 뭉개졌고 날개의 느낌도 없었다. 뿐만 아니라 팔다리와 꼬리도 허전했다.

너무 뜬금없는 상황에 공포를 느낀 젝스는 자신에게 남아 있는 것이 무엇인지 확인하기 위해 정신을 집중했다.

그나마 청각은 살아 있었다.

"배란촉진제를 어서 주사해."

"벌써 알을 낳도록 만드시게요?"

"설명서를 코로 읽었나? 이것들은 난생이 아니야. 촉진제를 놓으면 한 번에 열 마리씩 낳을 수 있다고 하니 다행이군. 일단 첫 번째 생산 장치니까 시험부터 해봐야지. 촉진제의 용량을 잘 조절하도록 해. 시험 삼아 두세 마리 정도만 낳게 해보자고."

남자들의 차가운 목소리에 젝스는 머리가 마비되는 느낌을 받았다.

하지만 그녀는 괴성을 지르거나 몸부림을 치진 않았다. 현재의 상황과 몇 시간 전까지 누린 생활 사이에 놓인 괴리감을 그녀의 정신이 받아들이지 못하고 있었기 때문이다.

순간 정전이 되듯 주변이 조용해졌다.

누군가가 두 팔로 그녀의 턱 부근을 껴안듯 토닥여 주었다. 살에 닿는 경장갑 전투복의 차가움이 젝스의 심장을 뜨겁게 만들었다.

"조금만 참아, 젝스. 내가 셀리를 데리고 올게."

"원사님, 이 새끼들 다 어떻게 할까요?"

"말 잘하게 생긴 놈만 남기던가, 아니면 말을 잘하게끔 만들던가. 아무튼 움직여, 알파."

대원들은 해적 생존자들을 모조리 확인 사살하는 한편, 출입구로 걸어가려 하던 치프가 걸음을 멈췄다.

젝스의 모습에 복수심을 품고 움직이려던 알파 스쿼드들도 자연스레 그 자리에 멈췄다.

젝스 앞에는 어른들의 온갖 만류를 뿌리치고 작전에 참여한 포프가 두 손으로 입을 막은 채 주저앉아 있었다.

대원들은 속으로 별의별 얘기를 다 쏟아냈다. 특히 '저럴 거면 왜 따라온 거냐'라는 불만이 많았다.

하지만 자신들도 어린 시절 '이러한 광경'을 처음 봤을 때는 구토가 기본이었기에 드러내 놓고 탓하지는 않았다.

"알파, 주변 경계."

치프의 지시에 대원들은 온갖 감지 장치를 동원하여 젝스가 있는 시설과 그 바깥을 철저히 살피고 대비했다.

치프는 소총을 등에 거치한 뒤 단말기를 꺼내며 포프에게 다가갔다.

포프의 옆에 한쪽 무릎을 꿇고 앉은 그는 손으로 포프의 어깨를 두드렸다.

거의 정신이 나간 포프는 젝스의 모습에서 눈을 떼지 못했다. 치프는 더욱 강하게 그녀를 두드렸고, 포프는 눈을 끔벅거리며 그를 돌아봤다.

"사장님……."

치프를 부르려던 포프의 눈앞에 그의 단말기가 바짝 다가왔다.

단말기 안에는 치프가 방금 입력한 메시지가 적혀 있었다.

—첫째, 젝스의 신체 상태를 구체적으로 얘기하지 말 것. 혹시 젝스가 언어 기능을 회복해서 물어본다면 약물 때문에 감각이 없는 것뿐이라고 둘러대도록 해.

포프가 고개를 끄덕였다.

치프는 새롭게 메시지를 작성했다.

—둘째, 동정하는 듯한 말투는 절대 쓰지 말 것. 셋째, 절대 네가 먼저 울지 말 것. 그렇다고 같이 울어도 된다는 말은 아니야. 넷째, 젝스의 몸에 기댄 채 가만히 있을 것. 지금 젝스에게는 네 암살 기술보다 네 체온이 더 도움이 될 거야.

그의 메시지를 본 포프는 어찌어찌 정신을 다잡으며 고개를 끄덕인 뒤 자신의 단말기를 꺼냈다.

—혹시 해적들이 다시 들이닥치면요?

—그럴 일은 없겠지만… 정말 그런 일이 발생하면 놈들을 죽여도 돼.

—만약 그들을 죽이면 전 어떻게 되는 거죠?

—미안하지만 지금은 철학적으로 생각할 때가 아니야.

치프는 일어나서 젝스의 턱에 손을 댔다.

"젝스, 난 아저씨들과 함께 셀리를 구하러 갈게. 나 대신 포프가 네 곁을 지켜줄 거야."

뒤이어 포프가 젝스의 목덜미에 몸을 기대고 앉았다.

"나야, 젝스. 움직이지 말고 가만히 있어."

포프는 말을 할 때마다 코로 들어오는 젝스의 피 냄새, 그리고 독한 약물 냄새가 역겨워 토하고 싶었으나 치프가 앞서 전한 메시지를 기둥 삼아 버텨냈다.

포프와 젝스를 지켜줄 인원을 남기고 시설을 떠난 알파 스쿼드는 재빨리 움직였다.

그들의 침입 사실을 아직 모르는 해적들은 복도에서 마주치거나 각자의 방에서 쉬는 도중에 총을 맞거나 단검에 가슴이 파여 사망했다.

욕실에 있던 자들, 화장실에서 일을 보던 자들 역시 예외가 아니었다.

낌새를 채는 듯한 자가 있으면 기계 팔을 이용해 통풍구 속을 이동하고 있는 대원 로빈이 상대를 통풍구 안으로 끌어들여 깔끔히 처리했다.

해적선 곳곳에 설치된 CCTV는 알파, 브라보 스쿼드와 함께 온 델타 스쿼드가 함선 외부의 장갑판을 도려내고 조작된 영상을 흘리고 있는 터라 쓸모가 없었다.

대원들과 함께 달리던 치프의 통신기에 신호가 들려왔다.

—브라보 스쿼드, 목표 확보.

죠니가 이끄는 브라보의 목표물이 알케온임을 아는 치프는 통신기에 손을 댔다.

"목표의 상태는?"

—문제없습니다. 쿨쿨 잘 자고 있네요. 젝스는 어땠습니까?

"모르는 게 좋을 거야."

—…오, 제길.

치프와 함께 '이러한 상황'을 한두 번 겪은 게 아닌 죠니는 자세한 설명을 듣기도 전에 험한 목소리를 냈다.

—부사장님께서 원사님과 함께 행동하지 않으신 게 다행이 군요.

"이미 듣지 않았을까? 함교와 두목은 뎃디와 여사님이 맡았 으니까."

대화 도중에 다른 통신 음이 들려왔다.

—뎰타 스쿼드, 목표 확보.

"좋아, 안드레이. 목표의 상태는?"

뎰타가 맡은 목표는 파울라였다.

—무사하며 아무런 해도 입지 않았습니다. 하지만 뎰타에 경 상자 한 명 발생. 현재 응급처치 중입니다.

"경상자라고?"

—경비용 인공지능 전투로봇이 다섯 대 있었습니다. 전부 처 리하여 메모리 유닛을 적출, 확보했습니다.

"부상을 입은 대원의 상태는?"

—응급처치를 통해 바로 움직일 수 있는 가벼운 관통상입니다.

"다행이군."

—그 외에도 D를 하나 더 확보했습니다.

"그 외에도? 흠, 살아 있나?"

안드레이가 말한 D는 드래곤을 뜻하는 말이었다.

—몸의 일부만이 살아 있습니다.

"정확히 얘기해 줘."

—정소(精巢)만이 특수 처리되어 존재합니다. 브라보의 목표 가 무사하다는 것이 확인됐으니 이것이 누구의 것인지는 불명 이군요.

"다행이자 불행이군. 인원 배치해서 현장을 확보해 놓도록 해. 브라보와 델타는 계획대로 함선을 완전히 정리한 뒤 포인트 위스키에서 합류한다. 살리고 싶은 해적이 있으면 팔다리 끊고 살려놔. 전원, 계속 움직이도록."

—알겠습니다, 원사님. 브라보 아웃.

—지시대로 하겠습니다, 원사님. 델타 아웃.

치프는 데스디아 쪽으로 통신을 보냈다.

"여기는 알파 리더. 시에라 리더에게 보고를 요청한다."

—시에라 리더가 알파 리더에게. 함교 확보를 방금 마침. 이봐, 젝스의 상태가 대체 어떻다는 거지?

"얘기해 줄 수 없어."

—치프!

"지금은 일에 집중해 줘. 함교에 생존자는 있나?"

—흠, 지시대로 다 처리했어. 통제시설에는 당신이 준 물건을 설치했고.

"잘했어. 두목처럼 보이는 놈은 없었고?"

—안타깝게도.

"그렇군. 그럼 기척을 숨기고 꼼짝하지 마."

—뭔가 안 좋은 느낌이라도?

"우리가 수색에 나서자마자 이 배의 위치를 알려준 제보자 때문이지."

—자칭 '레인메이커(Rain maker)' 말인가?

"타이밍이 불쾌할 정도로 좋았지. 공익을 위한 제보라고 말하긴 했지만… 아무튼 함교를 지켜줘. 변동 사항이 있으면 바로 연락하지."

―그러지. 당신도 조심해. 시에라 아웃.

통신을 끝낸 치프는 달리기를 계속했다.

치프가 굳이 총을 쏠 일은 아직 없었다. 대원들이 말 그대로 함선 전체를 이 잡듯 뒤지며 해적들을 소탕하고 있었기 때문이다.

레인메이커가 준 정보에는 함선의 구조도가 포함되어 있었다. 그 도면에는 함선의 장갑판 얇기부터 해적들조차 모르는 비밀 통로는 물론 로빈이 사용하고 있는 통풍구 역시 명확히 기입되어 있었다.

문제는 그 정보의 수신자가 그 누구도 아닌 요르엘이라는 사실이다.

'왜 하필 요르엘이지? 그 애가 그렇게 유명하진 않았을 텐데?'

그때, 알파의 선두를 맡은 더스틴이 손을 들어 '멈춤' 수신호를 보냈다.

합류 지점으로 향하는 복도 한가운데에 생각지 못한 존재가 하나 있었다.

온몸에 장갑판을 이식 받은 인간, 아니, 인간의 모습을 한 사이보그였다.

사이보그의 양팔에는 기관포와 두꺼운 낫이 조합된 무기 세트가 설치되어 있었고 등판에는 유탄발사기 등의 중화기가 설치된 가방이 붙어 있었다.

얼굴에는 두꺼운 투구가 씌워져 있었기에 상태를 알아보긴 힘들었으나 투구 안쪽으로 무수히 많은 파이프가 연결되어 있기에 대원 모두가 혐오감을 품었다.

"뭐 해? 놈을 구워."

치프가 지시했다.

더스틴을 포함한 선두 대원들이 섬광탄과 EMP탄, 금속입자가 든 교란탄을 던지고 뒤로 빠졌다.

다음 열에 위치한 중화기 담당들이 방패를 세우고 앞으로 나서자 사이보그에게 던져진 각종 수류탄이 일제히 폭발했다.

사이보그의 장갑판이 교란탄과 EMP탄에서 터져 나온 에너지에 반응하여 번쩍번쩍 빛을 냈다. 공격을 받은 사이보그는 즉각 반격하려 했으나 각종 수류탄의 효과로 인해 꼼짝도 하지 못했다.

그 직후 중화기 담당들이 퍼부은 대구경 철갑탄들이 사이보그의 모든 것을 날려 버렸다. 사이보그가 장비하고 있던 무기와 탄약들이 유폭하면서 복도는 엉망이 됐다.

"그냥 세워놓은 걸까요?"

대원 한 명이 묻자 치프는 다른 대원들의 등을 두드리며 움직일 것을 명령했다.

"자기네 함선에 누가 뭘 들고 들어온 줄도 몰랐을 텐데? 소리가 워낙 컸으니 이제 들켰겠군. 어서 움직이자고."

70
사소한 징벌

달리고 죽이는 것을 반복한 끝에 합류 지점에 도착한 치프는 몇 초 지나지 않아 당도한 죠니, 안드레이와 주먹을 마주쳤다.

"전원 탄약 점검."

치프의 통신 지시에 모든 대원이 총과 탄약을 점검하고 탄이 완전히 채워진 탄창을 소총에 끼워 넣었다.

—문이 엄청나게 크군요.

죠니가 합류 지점 앞에 놓인 대형 철문을 가리켰다.

"은행에서 가져왔나? 끽해야 선장의 방인데 말이야."

—함선 선장의 방이면 왕의 방이나 다름없죠.

"그럼 왕을 죽이러 들어가 볼까?"

—예? 뜯어낼 건 뜯어내야죠.

"됐으니 머리만 쏘지 마. 뇌만 남아 있으면 괜찮잖아? 셀리한테 해가 없도록 조심하라고."

—알겠습니다, 원사님.

죠니와 안드레이가 타이밍을 맞춰서 자기공명장치를 벽에 붙였다.

장치가 가동되자 방 내부의 상황이 치프와 UNSMC의 눈에 훤히 들어왔다.

큼직한 의자에 어떤 남자가 앉아 있고 그 남자 앞에는 셀레스티아가 서 있었다.

그런데 셀레스티아의 자세가 조금 이상했다.

—부사장님께서 옷을 벗으려 하네요.

죠니가 기가 막혀 말했다.

"하아."

치프가 참지 못하고 철문의 아래쪽을 발끝으로 두드렸다.

"셀리, 옷 입어. 집에 가야지."

셀레스티아가 움찔했다. 그녀를 지켜보던 남자는 벌떡 일어나 그녀를 인질로 삼으려 했으나 셀레스티아의 주먹이 더 빨랐다.

턱을 제대로, 그것도 아주 적절한 힘으로 얻어맞은 남자는 바닥에 무릎을 꿇더니 뒤로 고꾸라졌다.

옷을 제대로 입은 셀레스티아는 문을 열어주기 위해 철문 쪽으로 다가왔다.

치프와 대원들은 대충 보기에도 몇 톤은 되어 보이는 철문이 무슨 전통 미닫이문처럼 가볍게 옆으로 이동하는 것을 보고 당황했다.

철문의 잘못된 열림으로 인해 고정용 부품이 튀고 벽이 뭉개졌다. 셀레스티아의 괴력에 잠깐 긴장한 치프는 안에서 뛰어나온 그녀가 자신에게 힘없이 기대자 겨우 표정을 풀었다.

"괜찮아? 별일 없었고?"

"젝스가, 젝스가······!"

셀레스티아는 그 자리에 주저앉았다.

"사람들이 젝스의 날개를··· 팔다리를··· 내 앞에서······! 말을 안 들으면··· 다들 똑같이 만들 거라고······! 근데 난··· 힘이 빠져서······!"

"오, 제길."

치프는 헬멧을 벗은 뒤 그녀를 껴안고 토닥여 주었다.

"진정해, 셀리. 알케온과 파울라 장로님은 무사하니 어서 가서 젝스를 치료해 주자고."

"아, 아무 생각도 안 나! 못할 것 같아, 치프! 젝스의 몸이 잘리는 소리가··· 냄새가 떠나지 않아!"

치프는 할 말을 잃었다.

처음에 그는 그냥 셀레스티아를 구하기만 하면 다 해결될 문제라고 생각했다. 하지만 전체적인 그림이 그렇지 않았다.

'정황을 보니 이놈들이 젝스의 해체 과정을 셀리한테 보여주며 협박한 게 분명하군. 어쩌지? 내가 갖고 있는 진정제는 셀리에게 통하지 않을 텐데?'

그는 어떻게 이 상황을 풀어나가야 할지 고민했다.

그 모습을 지켜보던 죠니가 안드레이를 흘끔 보더니 헬멧을 벗었다.

그는 화가 난 표정이었다.

"원사님, 너무 말랑말랑하게 대접하는 거 아니십니까? 시간 없습니다."

죠니의 지적에 치프는 잠깐 생각을 한 뒤 고개를 끄덕였다.

"일어나, 셸리. 죠니 말대로 지금은 이럴 시간이 없어."

"치프, 난 지금······."

치프는 셸레스티아를 껴안은 팔을 풀고 일어났다.

"녀석들이 젝스에게 주사한 마취제가 얼마나 갈지 보장할 수 없단 말이야!"

"······."

"마취가 풀려서 자신의 몸 상태를 깨달은 젝스가 어떻게 될 것 같아? 난 네가 가진 가능성 따위를 따지는 게 아니야! 할 수 있는 일을 해달라고 말하는 거야!"

"······."

치프가 그녀에게 손을 내밀었다. 셸레스티아는 바들바들 떨며 치프 쪽으로 손을 내밀었다.

헬멧을 다시 쓴 치프는 낚아채듯 그녀의 손을 잡고 이동했다.

그는 처음엔 좀 걷다가 서서히 속도를 올려 결국 전력으로 질주했다.

치프보다 발이 빠른 대원들이 미리 앞서가 후열과 속도를 맞추며 사방을 경계했다. 질주를 하는 와중에도 소총을 제대로 든 채 각자가 맡은 방향을 철저히 수비하는 모습은 가히 기계적이었다.

"내 기억을 읽었잖아, 셸리? 그 기억에 공감할 수는 없어도 계산할 수는 있잖아? 내가 얼마나 많은 사람을 구해내지 못했는지 말이야!"

"……."

"대신 더 많은 사람을 구할 수 있지 않았느냐고 위로할 생각이라면 그만둬! 전부 우리 눈앞에서 죽었다고! 살아남은 사람들에겐 왜 그들을 구해내지 못했냐며 무차별로 비난 받았고!"

정신없이 떨리던 셀레스티아의 눈동자가 물기를 머금은 채 차츰 안정을 되찾았다.

그녀는 자신이 간직한 치프의 기억을 재생해 봤다.

팔다리가 잘린 채 인간 생산기로 변한 여자아이를 마주하고 머리를 쏴줄 때의 기억, 뱃속에 폭탄을 채운 채 달려오다가 과다 투여된 마취제 때문에 넘어져서 의미 없이 자폭한 소년의 모습, 치프에게 총을 빼앗기니 손으로 총 모양을 만들고 입으로 총소리를 내며 끝까지 '싸우던' 아이들 등등.

그리고 그런 아이들에게 동료들을 잃은 치프의 감정이 셀레스티아의 의식에 새롭게 퍼져 나갔다.

"네 종족이 다른 종족에게 공격받은 거야, 셀리. 그것도 종족 대 종족의 비장한 전쟁이 아니라 희귀동물처럼 다루려 했다고."

"……."

"운캄타르와 엠페라투스의 신화는 그렇다 쳐. 실버로드와 반달리온조차도 한때는 종족을 지키기 위해 목숨을 걸고 싸운 자들이야. 그들조차 해낸 일을 네가 못할 거라 생각하진 않아. 아니, 이젠 정말 해야만 해. 젝스를 되돌려 놓는 건 아주 작은 시작에 불과할 거야."

"치프……?"

"우리가 언제까지고 너희들의 곁을 지켜줄 수는 없어. 귀환 지시 내려오면 짐 챙겨서 떠나야 하는 게 우리라고!"

치프의 말에 셀레스티아가 멈추고 말았다.

그녀는 치프를 포함한 모든 이에게 수없이 고마움을 느껴왔고 그 감정을 직접 표현한 적도 많았다. 하지만 그들이 위에서 지시가 내려오면, 혹은 이번 일이 끝나면 떠나야 하는 입장이라는 현실적 사실까지는 미처 생각지 못하고 있었다.

뒤따르던 죠니가 자신의 헬멧을 만지작거렸다.

'그렇다고 너무 세게 나가시면 곤란하죠, 원사님.'

뒤에서 지켜보던 안드레이가 죠니에게 통신을 보냈다.

―걱정하지 마. 내 첫째 딸도 저랬어. 오늘부터 학교에 데려다 줄 수 없다고 하니까 표정이 딱 저렇게 되더군.

―뭔가 확 와 닿는데? 그 말을 애한테 통지할 때 자네 기분은 어땠어?

―좋았을 리가 없지. 특히 우리 애가 나한테 지어 보인 표정만큼은 평생 잊지 못할 거야.

안드레이의 말을 들은 죠니는 살짝 후회하는 한편, 치프의 고개가 셀레스티아 쪽으로 움직였다.

"셀리, 조금만 더 가면 젝스를 구해줄 수 있어. 네가 해내면 젝스는 물론 네 자신과 우리 모두의 기분이 좋아질 거야. 우린 여태껏 '그런 상황'에 놓인 피해자들을 단 한 가지 방법으로만 편하게 해줄 수 있었거든."

"……."

"네가 성공하면 그때를 후회하는 우리에게도 또 다른 빛줄기가 되겠지. 그러니 용기를 내, 셀리. 어서 가자."

셀레스티아는 아쉬움과 슬픔, 두려움을 억누르며 자리에서 일어났다.

"이 세상은… 싸워야 할 수밖에 없는 거야?"

그녀가 물었다.

"그렇다고 우리처럼 이런 일에 무감각해질 필요는 없어."

"……."

"예방접종과 청소 정도는 우리가 다 마치고 갈 테니 걱정하지 마."

치프는 다시 그녀의 손을 이끌고 달려 나갔다.

젝스가 있는 곳에 도착한 치프는 젝스의 목덜미 아래에 앉아 있는 포프와 그녀 곁에 서 있는 데스디아를 보고 한숨을 쉬었다.

"함교를 부탁한다고 했잖아?"

"어머니께서 내려가 보라고 하셨어."

대답한 데스디아는 치프와 함께 온 셀레스티아를 먹먹한 눈으로 바라봤다.

그녀와 포옹한 셀레스티아는 가볍게 떨기만 할 뿐 울지는 않았다. 그녀가 울면 자신도 흐느껴 울려고 한 데스디아는 다행이라 생각하며 그녀의 등판을 쓰다듬어 주었다.

셀레스티아가 젝스를 향해 두 손을 뻗었다.

그녀의 온몸이 백금색으로 빛나고, 두 손에서 흘러나온 빛이 젝스의 상처 입은 몸을 비단처럼 감쌌다.

잘려 나간 젝스의 날개가 그 빛의 장막 속에서 새로이 돋아났다. 팔다리, 그리고 꼬리도 자연스럽게 뻗어 나왔다.

치프는 가만히 있었으나 UNSCM 대원들은 뿌듯한 표정을 지은 채 서로의 어깨에 팔을 걸치며 젝스의 회복을 환영했다.

그들이 태양계에서 겪어온 지옥은 결코 되돌릴 수 없는 것들이다.

그들은 존엄성을 지켜주기 위해 피해자들의 머리에 총을 겨눴고, 그들에게 감사의 인사를 들었다. 그 정신적 상처는 끔찍했으나 나중에는 그저 악몽과 비슷할 뿐이라는 식으로 익숙해졌고, 결국엔 치프가 말한 것처럼 무감각해지고 말았다.

그러한 그들의 마음이 셀레스티아가 발하는 백금색의 빛에 차츰 희석되었다.

"살리고 싶은 사람이 정말 많았는데 말이지."

치프가 중얼거렸다.

"결국에는 한 명을 살리게 됐지 않습니까?"

"하."

죠니의 말에 치프는 자조적으로 웃었다.

"이제 와서 말이지. 그사이에 사만다는 스물 몇 살이 됐고 말이야."

그가 고개를 설레설레 저었다.

"흠, 근데 어쩌실 겁니까?"

"뭘?"

"해적들 말이죠. 배의 시설과 약물의 절묘함, 납치에 걸린 속도만 봐도 그렇지 않습니까? 녀석들은 분명 위험할 정도로 명확한 정보를 갖고 있을 겁니다."

"죠니 말이 맞아."

데스디아가 다가왔다.

"이건 희귀동물 포획용 시설을 재활용한 게 아니야. 처음부터 드래곤 전용으로 설계되고 만들어진 것들이 분명해. 이 시설의 설계도 및 각종 약물의 제작과 제공을 누가 했는지 밝혀야만 해, 치프."

"쉬운 일이니 천천히 생각하자고."

"쉬운 일이라고?"

데스디아가 의아해했다.

"두목도 살아 있고, 망가진 자료도 없고… 무엇보다 이 녀석들이 이렇게 빨리 잡힐 줄은 몰랐을걸."

"누가?"

"투자가들이겠지. 아무리 해적이라 해도 이 낯설고 정교한 시설을 돈 한 푼 들이지 않고 만들 수 있었을까? 돈을 댄 놈들이 있을 거야."

치프는 헬멧을 벗은 후 젝스 쪽으로 걸어갔다.

몸이 온전히 회복되어 인간의 모습이 된 젝스는 포프와 셀레스티아에게 안긴 채 꼼짝도 못하고 있었다.

젝스는 멀쩡히 움직이는 자신의 손발과 그 손발을 뚜렷이 잡아주는 자신의 눈이 이상하리만치 낯설었다.

"의식을 다른 몸으로 옮겼는데 아직도 이상해? 괜찮은 거야?"

치프가 다가와 그녀의 검은색 머리를 만져주었다.

경장갑 전투복의 차가운 느낌이 머리를 통해 전해지자 그전까지 멍하기만 하던 젝스의 표정이 일그러졌다.

자신이 아까 치프와 접촉했을 때 어떠한 상태였는지, 또 괴한들에게 어떤 취급을 받을 뻔했는지에 대한 것이 너무나 명확하게 떠올라 버린 것이다.

"젝스?"

치프가 그녀의 이름을 부르며 몸을 숙였다.

공포에서 벗어났다는 안도감, 그리고 보여주고 싶지 않은 모습을 보여주고 말았음을 견디지 못한 젝스는 소매로 눈가를 가리고는 대답 없이 울음을 터뜨렸다. 그 탓에 그녀를 껴안고 있던 포프도, 셀레스티아도 한 번 더 울고 말았다.

"……."

치프는 뭐라고 말을 하려다 말고 젝스의 머리를 연신 쓰다듬었다.

데스디아는 그녀를 쓰다듬으며 다른 곳을 바라보는 치프의 눈이 얼음장 같은 것을 목격했다.

'앞일이 뻔하군.'

소녀들의 악몽은 끝났지만 어른들의 악몽은 아직 끝나지 않았다. 데스디아는 그렇게 예상했다.

*　　　　*　　　　*

해적들의 거래소는 초대형 소행성을 개조하거나 위성 궤도에 올리기 위해 이동 중인 인공거주구역을 강탈하여 만들어진다.

거래소는 비밀 유지 및 거래의 안전을 위해 게이트가 있는 장소로부터 10광년 이내에 설치되는데, 거래소에 가입한 해적들끼리 합의하고 연구해 놓은 항로를 따라가지 않으면 그곳에 당도하기는커녕 오히려 길을 잃거나 각종 우주적 위험에 휘말려 자멸할 위험이 컸다.

"으으."

목과 얼굴을 붉은색 문신으로 감싼 듀베리아 남성이 숙취에 찌든 표정으로 자신의 배에서 내렸다.

그가 뒤따라 내리는 해적들에게 손짓하자 해적들이 얼마 전에 확보한 노예들을 잡아끌었다.

짐승처럼 코를 꿰인 젊은이들이 신음을 내며 해적들의 뒤를 따라갔다. 남자들은 목에 폭탄이 심어진 목줄을 하고 있었는데, 그와 달리 여성들은 허벅지에 그것들을 감고 있었다.

"다리가 잘린 여자들이 그냥 여자들보다 더 비싸긴 한데… 웃기게도 거래소에서는 폭탄 밧줄을 사람보다 더 비싸게 팔거든."

듀베리아 해적 두목이 고개를 흔들었다.

"수지에 안 맞아. 벼룩의 간을 빼먹는 놈들 같으니라고."

"하루 이틀 일도 아니지 않습니까?"

항구의 관리인이 해적 두목 앞에서 웃었다.

듀베리아 해적 두목도 그냥 웃고 말았다.

"그보다 거래소 소장이 우릴 집합시킨 이유가 뭐지? 노예들을 반쯤 버리다시피 하면서 달려왔다고!"

"웰스록 해적단 녀석들이랑 한 시간 정도 교신이 끊겼다고 하더군요."

"웰스록? 아, 우리 거래소의 공용 자금을 절반이나 들고 날아버린 그 겁쟁이 말인가? 녀석이 그라니트 행성으로 가겠다며 사라진 이후 연락이 끊긴 지 한 달이 넘었는데, 고작 한 시간 때문에 이 난리야?"

"상대가 안 좋았으니까요."

"상대? 드래곤들?"

"A-1730을 모르십니까?"

해적 두목은 고개를 왼쪽으로 기울이다가 이내 훌훌 털었다.

"잘 모르겠군. 들어본 것 같기도 하지만."

"아무튼 회의실로 가보십시오. 가시기 전에 서류에 사인도 해주시고요."

엄지를 서류에 대는 것으로 사인을 대신한 듀베리아 해적 두목은 부하가 몰고 온 작은 차량을 타고 거래소의 회의실로 향했다.

그가 가는 길에는 엄청난 숫자의 노예와 희귀동물들이 갇힌 우리가 난잡스럽게 놓여 있었다.

도망치려던 노예 한 명이 전기 채찍에 맞아 잿더미가 되기도 했지만 듀베리아 해적 두목은 손으로 자신의 두툼한 코를 눌러 냄새를 막기만 할 뿐 딱히 인간적인 반응을 보이진 않았다.

엄청난 숫자의 경비원이 지키는 회의실 안에는 아주 큰 원형 테이블이 놓여 있었다.

여덟 명의 해적 두목과 거래소를 관리하는 소장이 미리 와서 앉아 있었는데, 듀베리아 해적 두목은 바짝 긴장한 그들의 얼굴을 보고 껄껄 웃으며 자기 자리에 앉았다.

"다들 무슨 일이지? 하하, 상한 음식이라도 먹은 표정이로군."

"웃지 말게. 반델 빈 웰스록이 당한 것 같아."

소장의 말에 듀베리아 해적 두목은 미리 차려진 음식과 음료를 꾸역꾸역 먹으며 코웃음을 쳤다.

"당했다니, 누구에게? 드래곤들한테?"

"A—1730."

"자동차 번호판 같은 별명이로군."

"우습게 생각하지 마. 어디에 있든 불이 갑자기 꺼지면 무조건 녀석이 왔다고 생각해야 돼."

"하, 무슨……."

순간 회의실의 전등이 모조리 꺼졌다.

비웃음을 터뜨리려 하던 듀베리아 해적 두목이 먹던 것을 곱게 내려놓으며 물었다.

"아, 이런 느낌이라는 말은 하지 말아줘."

질문을 한 그의 뒤통수에 차가운 총부리가 닿았다.

회의실에 깊은 침묵이 감돌았다.

'대체 어떻게? 밖에 우리 애들이 그렇게 많았는데?'

거래소 소장이 마른침을 삼키며 생각했다.

'저 망할 드워프 보렝이 들어오자마자 일이 이렇게 됐잖아? 설마 A—1730과 내통했나?'

그는 듀베리아 해적 두목 보렝을 의심했다.

'그럴 가능성이 높아! 웰스록과의 통신이 끊겼다가 회복된 시점부터 고작 여덟 시간밖에 안 지났어! 보렝이 우릴 팔아넘긴 거야! 저 녀석은 웰스록을 개 보듯이 했다고!'

소장뿐만 아니라 그 자리에 모인 해적 두목 모두가 보렝을 의심하고 저주하는 한편, 듀베리아 해적 두목 보렝은 손을 슬금슬금 움직이면서 입을 열었다.

"이야, 자네가 A—1730인가? 미안한데 난 자네를 잘 모르거든? 불이 꺼지면 자네가 왔다는 신호라는 말도 오늘 처음 들었어. 혹시 야행성인가? 아니면 베겔리스 행성인처럼 빛에 약한가? 궁금하니까 얘기 좀 해줘."

"음……."

뒤에서 목소리가 들리는 찰나, 보렝이 유인원처럼 의자에서 훌쩍 뛰어올라 자신의 뒤통수에 닿은 권총으로부터 벗어났다.

듀베리아 행성인치고는 놀랍도록 뛰어난 유연성과 탄력이 보렝의 장기 중 하나였다.

위험에서 일단 벗어난 그는 단검을 뽑아 들었다. 단검의 자루에 설치된 작은 조명은 상대의 시력을 아주 잠깐 빼앗을 수 있을 만큼 막강한 광량을 자랑했다.

보렝은 헬멧과 옷의 사이를 깊숙이 찔렀다.

"잡았어! 잡았다고! 어서 불 켜! 손전등이든 뭐든 어서 켜라고!"

보렝이 외치자 해적 두목 중의 한 명이 회의실 비상전등 스위치를 눌렀다.

붉게 들어온 비상전등 덕분에 모습이 뚜렷이 잡힌 헬멧의 남자는 모두를 아연실색하게 만들었다.

"왜 음식 배달 할 때나 쓸 법한 헬멧을 쓰고 있지? 이게 이 친구 개성인가?"

보렝이 묻자 거래소 소장이 고개를 저었다.

"그럴 리가? 지구에서 사용하는 특수 사양 헬멧을 쓴다고 들었어. 사진으로 본 녀석의 모습도 이따위는 아니었지."

소장은 죽은 자에게 다가가 헬멧을 벗겼다.

"이 녀석은 내 경비원이야. 잠깐, 이게 뭐지?"

그가 사망자의 머리를 잡고 옆으로 돌렸다.

뒤통수에 무광의 검은색 단추 형태의 물건이 붙어 있다.

소장은 그것을 떼어보려 했지만 피만 흘러나올 뿐 잘 빠지지 않았다.

"더러운 꼴 보기 싫으면 그만둬, 소장. 그건 '스네처'야."

해적 두목 중 한 명이 인상을 찌푸리며 경고했다.

"스네처?"

"표적의 뇌에 박아서 꼭두각시로 만드는 물건이지. 무선 조종이 가능해. 게다가 영구적이지."

"혹시 지구의 물건인가?"

소장이 물었다.

"맞아. 어떤 무기상인이 정기적으로 발신하는 상품 목록에 저게 있었어. 특별한 수술 절차 없이 영구적인 조종이 가능하다는 설명을 보고 한번 구입해 볼까 했는데, 스네처 한 발의 가격이 자네의 그 거지같은 보라색 자동차 한 대 값이랑 맞먹어서 포기했지."

"내 차 얘기는 왜 나오는데?"

소장이 씁쓸한 표정을 짓는 가운데, 해적 두목 한 명이 회의실 어딘가를 향해 손짓했다.

"저길 봐."

모두가 그쪽을 봤다.

천장이 동그랗게 도려내지며 그 안에서 바람 소리가 들렸다.

"환기구로 통하는 파이프가 천장째 구멍이 났어. 대체 언제 저렇게 수작을 부린 거지? 노이즈 캔슬러가 사용될 때의 그 느낌은 없었는데?"

"그렇다면 굉장하군. 난 저놈이 내 뒤로 접근하는 소리조차 못 들었어."

보렝이 말했다.

"아무래도 조종하는 자가 누구냐에 따라 꼭두각시의 성능도 달라지나 보군. 역시 구입해 볼 걸 그랬어."

무기상인 얘기를 꺼낸 해적 두목이 고개를 저었다.

"아무튼 녀석이 이곳에 들어온 건 분명하군. 하지만 밖이 너무 조용해. 누가 좀 나가보겠나?"

소장이 말하자 해적 두목들은 침묵을 지켰다. 물론 묵묵히 움직여 준 자도 없었다.

"오늘부터 거래 수수료를 1% 올리겠어. 물론 너희들 주머니에서 뺄 거야."

투덜거린 소장이 직접 출입문 쪽으로 걸어가 문을 열었다.

문 좌우에 위치한 경비원들이 움찔하여 그를 봤다.

"소장님?"

"별일 없나?"

"아무 일 없습니다."

"그럼 너희들, 안으로 좀 들어와. 분위기가 안 좋아."

소장은 분명 문을 열어둔 채 안으로 들어왔다.

그러나 문은 굉음을 내며 닫혔고, 깜짝 놀란 소장은 다시 문을 열고 밖을 봤다.

좀 전에 자신과 얘기를 나눈 경비원들이 모조리 머리를 잃은 채 굴러다니고 있다.

시신들 사이에는 검은색 코트 차림에 매끈한 선글라스를 낀 남자가 서 있었다.

그는 대형 냉장고 같은 덩치의 경비원을 한 손으로 들어 난간에 목을 댄 뒤 마치 도마 위의 생선을 끊듯 도끼로 후려쳐 참수했다.

소장은 그 사내가 자신을 돌아보기 직전에 문을 급히 닫았다.

"XX, XX, XX, 빌어먹을!"

그가 연신 욕을 날리자 해적 두목들의 얼굴이 파래졌다.

"소, 소장?"

"모두 무기 들어! 놈들이 왔다고!"

두꺼운 철판을 내려 문을 닫은 소장은 회의실에 숨겨진 무기고를 열기 위해 자신의 단말기를 들었다.

그때, 보렝에게 죽은 자의 품에서 단말기 신호음이 났다.

모두가 눈만 굴리는 가운데, 결국 소장이 다시 그의 품을 뒤져 단말기를 꺼냈다.

단말기 화면에는 발신인이 '친구'라고만 적혀 있었다.

"이놈이 사람을 갖고 놀아?"

흥분한 소장이 화면을 눌러 전화를 연결했다.

"뭐 하는 놈이야!"

─여어, 소장. 나름 배짱이 있네?

낯선 목소리에 소장이 긴장했다.

"…너, A—1730인가?"

—태양계 바깥의 해적들에게까지 내 이름이 알려졌을 줄은 몰랐네. 태양계에 들어온 해적 중에서 살아서 나간 놈은 하나도 없었는데 말이야.

소장은 어금니를 꽉 깨문 뒤 다시 입을 열었다.

"웰스록을 잡았나?"

—아, 그 친구? 마침 밖에 있을 거야. 열어봐. 아무 짓도 안 할게.

소장은 듀베리아 해적 두목 보렝에게 문을 열어보라고 손짓했다.

머뭇거리던 보렝이 수수료를 깎아달라는 입모양을 해 보인 뒤 출입구를 열었다.

목이 잘린 시체들 사이에서 보렝은 아까 들어올 때까지만 해도 없던 큰 유리관 하나를 발견했다.

특수 용액이 가득한 그 유리관 안에는 남자의 머리통이 둥둥 떠 있었다.

한숨을 쉬며 문을 닫은 보렝은 소장을 향해 고개를 저으며 자신의 목을 손으로 그었다.

무슨 뜻인지 금방 알아차린 소장이 혀를 찼다.

"A—1730, 웰스록이 자네에게 무슨 짓을 했는지 잘 모르겠군. 미안하지만 우린 웰스록과 아무 관계도 없어. 여긴 그냥 해적들의 거래소일 뿐이야."

—웰스록에게 공동 명의로 투자한 것 같은데?

"투자 정도는 상관없잖아? 일을 저지른 건 그놈이라고!"

―하, 그렇군. 그럼 웰스록이 오래전에 엠피레오 행성에서 저지른 일에 대해 알고 있나?

"엠피레오 행성?"

―오라클 말이야.

"음, 후후, 맨입으로 대답하란 말인가?"

―아, 내가 보낸 유리관을 자세히 안 봤군. 웰스록의 머리통은 지저분하고 쓸모도 없어서 따로 분류한 거야. 그 대신 놈의 두뇌는 지구에서 열심히 굴러다니고 있지.

"……"

―그 친구처럼 전기 신호에만 반응하는 몸으로 만들어주기 전에 털어놔.

"…쯧, 엠피레오 행성인들이 번식할 수밖에 없도록 수를 쓰고 그 과정에서 태어난 애들을 수집해 오라는 의뢰가 들어오긴 했지. 하지만 우린 관계없다고. 우린 다들 못하겠다고 했지만 웰스록 혼자 그 의뢰를 받았어. 다 그놈 혼자 한 짓이야."

―하아…….

순간 단말기의 화면이 폭발했다.

클레이모어처럼 한쪽 방향으로만 충격이 퍼지도록 포장된 물건이었기에 핏덩어리가 된 것은 소장의 머리뿐이었다.

해적 두목들은 연기를 내며 푸시시 타들어가는 단말기를 바라봤다.

바짝 얼어붙은 그들의 귀에 한 번 더 신호음이 울렸다. 신호음은 아까와 마찬가지로 보렝에게 죽은 자에게서 흘러나오고 있었다.

"미친놈 같으니!"

그자의 몸을 수색한 해적 두목들은 자신들의 머릿수에 딱 맞는 숫자의 단말기가 조끼 안에 꽉 차 있는 것을 보고 할 말을 잃었다.

"어서 받아! 받으라고!"

보렝이 겁에 질려 외쳤다.

그러자 다른 해적 두목들이 보렝을 붙들어 의자에 앉히고 그의 귀에 강제로 단말기를 댔다.

"이런 개놈들!"

발버둥을 치던 보렝은 다른 자들이 단말기의 통화 버튼까지 눌러주자 격노하여 몸을 비틀었다.

─다음 사람은 드워프 아저씨네?

단말기에서 들려온 소리에 모두가 동작을 멈췄다.

─다 보면서 이러는 거니까 너무 싸우지들 마. 그럼 미스터 보렝, 대답 좀 해주겠어?

"그래, 제길! 원하는 게 뭐야?

─대답이지, 뭐. 엠피레오 행성의 일도 당신네들이 관계되어 있지?

"맞아! 우리가 돈을 대고 웰스록이 움직였어! 하지만 우주연합이 일의 의뢰자라는 사실은 엠피레오 꼬마들을 받고 나서야 알았다고! 우주연합에서 애들을 선별해서 데려갔고 우리는 나머지를 여기저기에 팔아치웠어!"

─굳이 팔아치울 필요가 있었나?

"우주연합 쪽에선 다 죽이라고 했어!"

―그러니까 말이야. 왜 죽이지 않고 팔았지?

"아깝잖아?"

―호오! 하하! 그럼 우주연합에서 왜 엠피레오 행성인들을 원했는지는 잘 몰랐나 보네?

"지금도 몰라. 제기랄! 오라클에 대해서 얼핏 알게 된 건 실버로드라는 놈이 다시 접촉하면서야!"

―다시 접촉하다니?

"과거에 애들을 선별한 장본인이 실버로드야!"

―흠, 좋아. 교차 검증 완료. 마지막으로 묻지. 살고 싶나?

"응?"

보렝은 이제 자신이 죽을 차례가 아닐까 생각하며 덜덜 떨었다.

―이제 단말기에서 잠깐 연기가 날 거야. 그 연기를 남김없이 들이마셔. 죽기 싫으면 말이야.

움찔한 보렝은 다른 사람이 잡고 있던 단말기를 억지로 붙들고 자신의 코에 댔다.

목소리가 전해준 대로 단말기에서 연기가 났다. 보렝은 필사적으로 연기를 흡입했고, 멍하니 서 있던 해적 두목들은 그의 단말기를 빼앗으려 했다.

하지만 그들은 얼마 못 가 모조리 목을 붙잡으며 쓰러졌다.

―이제 거기서 꼼짝도 하지 마, 증인으로서 활동하겠다고 약속하면 앞으로도 죽을 일은 없을 거야.

"제길! 교차 검증이라고 말한 주제에 무슨 증인이야? 웰스록의 뇌에서 줄줄 뽑아내면 되잖아!"

—뇌가 들어 있는 유리병을 법정에 전시하기는 좀 그렇잖아? 아무튼… 살기 싫어? 아저씨가 없어도 내가 얻을 결과가 딱히 달라지진 않아. 대량으로 피를 보느냐 마느냐의 차이지.

"…이 자리에 가만히 있으면 되는 거지?"

—당연하지. 밖에 잠깐 나와서 구경하는 것 정도는 허락할게. 내 부하들이 거길 지키고 있을 테니 인사라도 나눠봐. 그럼 좀 이따가 보자고.

통화는 거기서 끝났다.

"흥."

한숨을 쉰 보렝은 자신이 앉아 있던 자리로 돌아가서 먹다 남긴 술을 마저 마셨다. 주변에 소장의 시체와 다른 해적 두목들의 시체가 있는데도 그는 아랑곳하지 않았다.

"……."

그는 품에서 자기공명 방식의 투시안경을 꺼내 눈에 썼다.

소총을 든 두 명의 사내가 문 좌우에 서 있는 모습이 희미하게 잡혔다.

'고작 두 명 정도라면…….'

그는 허리에 찬 대형 권총에 손을 가까이했다.

"귀하의 그 총, 꽤 무거워 보이니 내가 처리해 주지."

"…아, 제길."

보렝이 인상을 썼다.

보렝의 곁에서 피에 젖은 손도끼를 든 안드레이가 위장을 걸으며 나타났다.

"꾸물거리면 다리 사이에 있는 작은 총도 잘라서 압수하겠어."

"이봐, 이건 총알도 없는 총이야. 40여 년 전에 알타이르 워치프에게 걸려서 잘렸다고."

그러자 안드레이가 자신의 선글라스 옆을 눌렀다.

"부사장님, 보렝이라는 해적을 아십니까?"

─하도 웃기는 방식으로 인신매매를 해대서 그놈 물건을 어떻게 좀 했지. 그립다면 그리운 이름이군. 왜?

데스디아의 목소리를 들은 보렝이 반사적으로 두 손을 들어 자신의 입을 막았다.

"음, 뭐랄까요. 예, 자기 물건에 대한 사연을 말하는군요."

─명줄 한번 긴 놈이로군. 지금은 바쁘니 나중에 연락하지.

"알겠습니다, 부사장님."

그가 통신을 끊자 보렝이 입에서 손을 뗐다.

"그 망할 년, 아니, 데스디아리아 헤이파 알타이르 브라토레도 여기에 있나?"

"흠."

"너희들, 대체 여기서 뭐 하는 거야?"

"소독."

안드레이가 짧게 대답했다.

다음 순간 거대한 짐승의 손이 회의실의 옆을 긁으며 들어왔다.

손을 뺀 드래곤 루할트는 머리를 가까이하고는 붉은색으로 빛나는 눈으로 실내를 관찰했다.

"델타 리더, 괜찮소?"

"괜찮습니다. 일보십시오."

"알겠소."

보렝을 한 번 노려본 루할트가 몸을 뒤로 뺀 뒤 다시 날아올랐다.

드래곤을 직접 보는 게 처음인 보렝은 검은색의 모래폭풍에 휩말려 분쇄되는 거래소의 건물들을 보고 경악했다.

"드래곤? 저것이 드래곤인가?"

무너진 회의실의 외벽을 통해 흙먼지 섞인 바람을 맞으며 보렝이 산뜻한 미소를 지은 채 안드레이에게 물었다.

안드레이는 그에게서 안 좋은 느낌을 받았다.

'그냥 곱게 같이 가줄 인상이 아니군. 불길해.'

그는 보렝의 황갈색 머리채를 오른손으로 잡았다.

"날개 달린 자들이라고도 하고 드래곤이라고도 하고."

"하하, 대단해! 동영상으로 보긴 했는데 실제로 보니 박력이 대단하군! 저걸 봐! 감시탑이 꼭 성냥으로 만든 모형처럼 날아가고 있어!"

"……."

"날개 달린 자들이라고? 우주연합 공용어를 쓴 것 같은데, 저들의 지능이 그렇게 높나?"

"…대체 어떻게 도망칠 생각이지?"

안드레이가 손에 쥔 상대의 머리채에 적당히 힘을 가했다.

두피가 찢겨 나가는 듯한 고통에 보렝은 인상을 썼지만 그래도 웃음소리를 멈추진 않았다.

"겁이 많은 친구로군. 내가 도망을 쳐? 왜? 자네, 손아귀의 힘을 봐서는 사이보그임이 분명한 것 같군. 군용 사이보그… 아니, 사이보그 군인이라고 해야 기분이 덜 나쁘겠지? 그런 자를 우습게 볼 생각은 없어. 바깥 상황도 장난이 아니잖아?"

"……."

그래도 뭔가 있을 것이다. 안드레이는 그렇게 판단했다.

'내가 기습을 당할 가능성은……?'

안드레이는 보렝의 머리채를 잡은 손을 유지한 채 몸에 설치된 감지기를 이용하여 주변을 탐색해 봤다.

그의 감지기에 회의실 뒤쪽에 위치한 빈 공간이 잡혔다.

'웰스록의 두뇌에서 뽑아낸 정보에는 저런 게 없었어. 비상용 무기고와 가까운 위치에 있다는 사실이 걸리는군.'

안드레이의 완강한 태도에 보렝의 표정이 서서히 굳어졌다.

"질문이 있는데, 내가 증인이 돼서 어딘가에 증언을 해주면 그 이후에는 어떻게 되지? 감옥에 갇히나?"

"선택에 따라서 다르지. 태양계에서 장사를 하다가 걸린 사내가 있었는데, 수 년 동안 우리 측 정보원으로 활동하고 있어."

안드레이는 그 정보원이 보렝과 같은 듀베리아 행성인이며 며칠 전에 해군 정보부에서 그 남자를 다시 붙잡아 고문하고 있다는 말까진 하지 않았다.

"정보원이라……. 매우 시한부적으로 들리는군."

보렝이 중얼거렸다.

"자네는 듀베리아 행성인의 특징을 알고 있나?"

"죄를 지으면 몸에 강제로 문신을 새긴다는 것까진 알아. 문신이 많은 자일수록 지은 죄의 수가 많다는 증거지."

"그건 우리의 단순한 풍습이야. 우리 듀베리아의 남자들은 말이지… 자유를 사랑한다고!"

보렝의 손목에서 플라즈마 절단기의 불꽃이 뿜어져 나왔다.

자신의 머리채를 자른 보렝은 의자를 박차고 뛰어오르더니 거래소 소장의 시체를 향해 몸을 날렸다.

그는 거래소 소장이 목에 걸고 있던 목걸이를 손으로 때렸다. 목걸이에 숨겨진 버튼이 눌리자마자 안드레이가 감지한 벽으로부터 두 개의 묵직한 기계손이 튀어나왔다.

벽 안에 숨겨져 있던 것은 접는 방식으로 보관이 가능한 전투로봇이었다. 구조는 단순했으나 튼튼하고 힘이 좋은 그 로봇은 안드레이를 죽일 기세로 팔을 휘둘렀다.

공격을 아슬아슬하게 피한 안드레이는 도끼로 로봇의 관절을 정확히 후려쳤다. 하지만 특수 코팅이 된 관절은 아무 손상도 입지 않았고 로봇은 손바닥으로 어설프게 안드레이를 밀쳤다.

회의실 벽을 뚫고 튕겨나간 안드레이는 밖을 지키고 있던 두 명의 대원이 로봇을 향해 응사하려 하자 팔을 뻗었다.

"사격 금지! 섬광탄 투척!"

움찔한 대원들이 안드레이의 명령에 따라 섬광탄을 급히 던졌다.

보렝의 얼굴을 가려 섬광탄의 불빛으로부터 보호해 준 로봇은 회의실 한쪽에 숨겨진 무기고의 외벽을 뜯고 들어갔다.

보렝이 가운뎃손가락을 들어 보이며 로봇을 따라 움직였다.

이윽고 로봇은 중형 기관포 두 개를 들고 밖으로 나왔다. 안드레이는 대원 둘을 붙잡고는 회의실 난간 밖으로 뛰어내렸다.

그들이 있던 자리는 기관포의 탄환에 의해 가루가 됐다.

착지한 안드레이는 즉각 왼팔 팔뚝에 장치된 방패를 펼쳤다. 코트 소매를 뚫고 나온 방패에 커다란 탄환이 꽂히고 곧장 튕겨나갔다.

길이만 2미터가 넘는 저격총을 든 보렝이 껄껄 웃으며 다음 탄을 장전했다.

"내 특기가 저격이라고 얘기했던가? 하하! 자유를 위해 저격을 하긴 처음이군!"

보렝은 다음 탄을 안드레이 옆에 서 있는 대원에게 날렸다.

탄은 안드레이가 고속으로 움직여 튕겨냈고, 그다음 탄환 역시 안드레이가 막아냈다.

안드레이는 어디에 거치해야 겨우 쓸 수 있는 초대형 저격총을 민첩하게 작동시키는 보렝의 실력에 살짝 감탄했다.

'듀베리아 행성인의 완력은 역시 대단하군. 아무튼 능숙해. 이쪽은 화력이 부족하고.'

뒤이어 로봇까지 자신들을 조준하자 안드레이는 급히 연막탄과 교란탄을 터뜨리고는 그 자리를 피했다.

"흥, 얼간이들."

자유를 되찾은 보렝은 로봇을 조작하여 탑승석을 노출시킨 뒤 거기에 올라탔다.

그는 거래소 곳곳에서 난동을 부리는 드래곤들을 둘러봤다.

거래소를 공격하는 드래곤은 총 넷이었다. 검은색과 검붉은색, 회색, 붉은색의 드래곤은 자제력을 상실한 듯 드래곤 브레스를 뿜어대고 모래폭풍, 플라즈마 화염폭풍 등을 격렬하게 일으키며 거래소의 모든 것을 날려 버렸다.

항구의 해적선은 멀쩡했지만 보렝은 딱히 미련을 두지 않았다.

"배는 뭐… 이미 수작을 부려놨겠지."

그는 총을 거치대에 올린 뒤 왼손으로 로봇의 조종간을 움직였다. 그러고는 오른손으로 잡다한 물건들을 들어 살폈다. 방금 거래소 소장의 시체를 뒤져 빼내온 소지품이다.

그 소지품 사이에는 핏물이 섞인 것도 있었다.

"전투로봇들의 제어 권한을 우리가 나눠 가지고 있었으니 다행이야. 하지만 창고 열쇠는 소장의 뒷목에 들어 있었지."

보렝은 그 뒷목에서 빼낸 작은 칩에 묻은 핏물을 옷에 문질러 닦은 뒤 자신의 단말기에 끼워 넣었다.

"시체를 훼손한 건 미안하지만 나라도 살아야지 어쩌겠어, 소장? 이해해 달라고. 대신 놈들에게 엿을 거하게 먹여주지. 자네의 물건이란 물건은 전부 사용해 주겠어."

거래소의 금속 천장을 흘끔 본 그는 로봇을 몰고 어디론가 이동했다.

*   *   *

보렝을 놓쳤다는 이야기를 안드레이에게 전해 들은 치프는 괜찮다는 말로 그를 위로한 뒤 통신을 마무리했다.

장갑차의 위에 올라탄 그는 왼손으로 헬멧의 뒤를 만지작거렸다.

"역시 베테랑 해적은 뭐가 달라도 다르네."

중얼거리던 치프가 권총을 든 오른손을 옆으로 뻗어 두 번

사격했다. 골목의 그늘 속에서 소총으로 그를 노리고 있던 해적 두 명이 눈썹 사이에 구멍이 나며 쓰러졌다.

그의 곁에 서 있던 데스디아가 한숨을 쉬었다.

"보렝을 너무 우습게 봤군."

과거에 보렝을 한 차례 잡았던 그녀의 말에 치프가 의아해했다.

"그렇게 뛰어난 해적이었어?"

"내가 파병 시절에 놈을 두 번이나 놓쳤지. 실력보다는 운이 엄청나게 좋은 자였어. 무엇보다 뭔가 버리는 타이밍을 본능적으로 잘 잡았지. 냉정하다면 냉정하고 냉혹하다면 냉혹하고."

"정보원으로 쓸 가치는 없나?"

"추천하진 않아."

데스디아의 대답을 들은 치프가 그녀를 가만히 쳐다봤다.

"진작 좀 얘기해 주지 그랬어?"

"다른 놈들도 마찬가지였을 거야."

그러한 대답에도 불구하고 치프가 자신을 계속 쳐다보자 데스디아의 표정에 민망함이 올라왔다.

"미안."

"음… 하아, 어쩔 수 없지. 깔끔하게 법정 드라마를 찍으려고 했는데 결국 피를 봐야 할 거 같아."

"하, 법정 드라마?"

데스디아가 피식 웃더니 오른손에 들고 있는 환도를 번쩍 휘둘렀다. 어딘가에서 날아온 화살이 그녀의 칼날에 닿아 미끄러졌다.

환도를 정교하게 움직여 화살의 힘을 빼버린 데스디아는 화살의 상태를 본 뒤 멀찌감치 튕겨냈다.

"개인적으로 지구의 법정 드라마는 별로 재미가 없었어."

"나름 반전의 맛이 있잖아?"

"음, 그건 그렇지만 우리 고향과는 너무 동떨어진 얘기였거든."

"그래?"

"우린 곤장으로 끝내지."

"재판이고 뭐고 없는 건가?"

"있긴 한데… 정령들이 판결하기 때문에 반전의 맛은 없어."

"편리하네, 정령."

"정령은 우리의 동반자이자 스승이야. 물건처럼 말하지 마."

그녀의 지적에 치프는 어깨를 으쓱했다.

"그보다 치프, 젝스는 괜찮을까?"

"젝스? 젝스라……."

치프는 어떻게 대답해야 할지 고민하면서 권총을 거두고 소총을 꺼냈다. 그의 자동소총 하단에는 유탄발사기가 붙어 있었다.

"정신적 상처를 극복하면 다행이고, 극복하지 못하면 오빠 사업을 열심히 도우라고 해야지."

"상처가 있으면 달래줘야 하지 않나?"

"정신적 상처의 치유라는 게 가능할 것 같아? 그게 가능했으면 나도 일찌감치 결혼했을걸."

"결혼하고 싶은 여자가 있던 것처럼 얘기하는군."

"오, 당연하지. 나도 남잔데."

"……."

"아마 그녀도 나와 만나서 얘기를 했다면 나에게 푹 빠졌을걸."

데스디아가 움찔했다.

"농담이겠지?"

"진짜야."

당황한 데스디아는 운전석 쪽의 장갑판을 두드렸다.

"자네들 상관이 지금 헛소리를 하는데?"

"사실입니다, 부사장님."

운전병이 대답하고 대원들이 껄껄 웃었다.

"그 여자가 누군지 이름이나 좀 듣고 싶군."

"오드리 캐슬린 러스턴. 예명은 오드리 햅번. 영국이라 불리던 나라 출신이지."

"호오……."

데스디아는 별 웃기지도 않는 곳에서 어이없는 얘기를 들었다는 생각에 혼란을 겪었다.

"그래서, 그 예명까지 가진 여자와는 어디까지 갔지?"

"300년 전 사람이라 만날 수는 없었지."

장갑차 안쪽에서 폭소가 터졌다.

데스디아는 자신이 당했다는 걸 깨닫고 인상을 구겼다. 치프는 왼손으로 그녀의 어깨를 두드려 주었다.

"너도 그 배우의 영화를 보면 흠뻑 빠질걸."

"젝스 얘기를 하는데 300년 전 배우 얘기를 하는 당신의 정신머리가 궁금하군."

치프는 '깊게 파고들려 한 건 너다'라고 말하려다가 그냥 고개를 끄덕였다.

"그건 그러네. 아무튼 젝스에 대한 걱정은 좀 미뤄놔. 일이 좀 길어질 것 같거든."

치프는 턱으로 거리 저편을 가리켰다.

중무장을 한 전투로봇 다수가 흙먼지를 헤치며 달려오고 있
었다.

"장갑차 정차!"

"정차합니다!"

장갑차가 멈추자 치프는 유탄발사기 안에 넣어둔 연막탄을
로봇들 쪽으로 쐈다.

로봇으로부터 수십 미터 떨어진 지점에 연막탄이 떨어졌다.
연막탄은 그 즉시 붉은색 연기를 높이 뿜어 올렸다.

"루할트, 반달리온, 들리나? 붉은색 연막탄이야! 적당히 날려!"

근처에서 해적들의 대공포들을 뭉개고 있던 두 드래곤이 날
개를 펼치며 솟구쳤다.

치프와 데스디아는 동시에 장갑차에서 내려 그 뒤편에 몸을
숨겼다.

뒤이어 날아온 루할트와 반달리온이 입을 벌리고 드래곤 브
레스를 뿜었다. 루할트의 검은색 숨결과 반달리온의 흰색 숨결
이 적당한 위력으로 떨어지면서 선두에 위치한 로봇들을 날리
고 그 뒤를 따르던 로봇들도 처참하게 망가뜨렸다.

장갑차를 이용해 그 폭발의 폭풍으로부터 몸을 지킨 치프와
데스디아는 장갑차의 좌우에 다시 서서 전방을 살폈다.

남은 로봇의 수는 아직 많았다. 그들은 사격을 하며 서서히
접근해 왔다.

"아까 물으려다가 말았는데, 치프. 반달리온은 대체 어떻게

데려온 거지?"

"그건 비밀!"

소총 대신 건하운드를 든 치프가 포대를 전개한 뒤 로봇들을 공격했다. 데스디아는 환도를 거두고 활을 잡은 뒤 화살을 날렸다.

젝스에 대한 복수심에 눈이 반쯤 먼 루할트가 다시금 드래곤 브레스를 뿜을 준비를 했다.

그의 근처를 날던 반달리온이 흠칫하여 루할트의 옆쪽을 봤다.

"영주!"

순간 루할트 이상의 덩치를 가진 초대형 맹수가 지면을 뚫고 올라왔다.

어찌 보면 황소처럼 생긴 그 짐승은 루할트의 목을 물더니 그대로 땅에 격돌했다.

격돌의 충격으로 인해 흙먼지의 폭풍이 거리를 뒤덮었다.

앞이 전혀 보이지 않는 상황에서 치프와 데스디아는 거래소의 천장 쪽으로 고개를 들었다.

쇠가 끊어지는 소리와 함께 거래소의 천장에서 분리된 고리 모양의 물건이 붉은색 전류를 머금은 채 진동했다.

"브리치? 해적들의 거래소에?"

브리치의 존재 여부에 대해 전혀 모르고 있던 치프는 크게 당황했다.

데스디아는 브리치의 한가운데에 열린 '문'으로부터 온갖 괴물의 목소리가 들려오자 쓴웃음을 지었다.

"해적 소굴에 재밌는 물건이 없으면 아쉽지. 이번에도 기대를 저버리지 않는군."

그녀는 활을 거둔 후 자신의 건하운드 파프니르를 손에 쥐었다.

"저건 진짜 브리치가 아니다, A—1730! 모조품이다!"

루할트를 구하기 위해 날아가던 반달리온이 치프에게 외쳤다.

"이봐, 루할트는 괜찮을 테니까 저 브리치에 대해 설명이나 해, 반달!"

"누가 반달이냐?"

—친구, 난 도움이 필요하네만?

반달리온과 루할트가 동시에 항의했다.

"소리 지르지 말고 통신으로 말해!"

—귀찮은 놈이로군!

반달리온이 통신 채널을 통해 화를 냈다.

파프니르의 포대로 로봇들을 격파시키던 데스디아는 상공에 있는 반달리온을 흘끔 봤다.

'이러니저러니 해도 말을 잘 듣는군.'

반달리온은 일단 루할트의 목을 문 채 몸부림을 치고 있는 초대형 맹수를 향해 드래곤 브레스를 날렸다.

그 일격은 맹수의 목덜미에 정확히 꽂혔고, 루할트는 적의 힘이 빠지자마자 목을 털고 일어났다.

"무엄한 짐승 같으니!"

고함을 지른 루할트는 맹수의 목을 물고 고개를 움직였다. 머리부터 꼬리까지의 길이가 100미터가 넘는 거대 맹수, 아니,

괴수가 하늘로 붕 떠오르더니 땅에 다시 격돌했다.

흙먼지의 폭풍이 다시 치프와 데스디아를 집어삼켰다.

날개의 막을 일부러 제거한 루할트는 날개를 창으로 삼아 괴수의 몸통에 찔러 넣었다. 괴수가 포효하고 몸부림을 쳤으나 드래곤들의 날개 뼈는 쉽게 부러지는 물건이 아니었다.

운캄타르가 엠페라투스에게 사용한 구속구 역시 그 자신의 날개 뼈인 만큼 무기로서의 가치는 충분했다.

날개 뼈 사이에서 발산된 검은색의 모래폭풍이 괴수의 엄청난 몸집을 단숨에 증발시켰다.

다시 날아오른 루할트는 자신의 근처를 비행하는 반달리온을 향해 고개를 움직여 도움을 준 것에 대한 감사 표시를 했다.

반달리온 역시 고갯짓으로 응답했다.

하지만 반달리온의 의식이 개입한 통신 채널에서는 치프의 목소리가 쩌렁쩌렁 울리고 있었다.

"지금 저 브리치로부터 뭐가 막 나오려고 한다고! 일 마쳤으면 어서 얘기해!"

─쯧, 시끄러운 녀석이로군. 저건 브리치의 능력을 재현해 주는 기계장치에 불과하다. 브리치도 엄밀히 말하면 기계장치지만… 아무튼 신들이 만든 진짜와 달리 동력을 따로 제공 받아야만 하지.

치프는 브리치의 모습을 자세히 살폈다.

동력선 같은 것이 없어서 어떠한 방식으로 동력이 공급되는지 알 수는 없었지만 천장과 브리치 사이에 엄청난 양의 에너지가 흐르고 있다는 사실만큼은 헬멧에 장치된 관측 장비로 확인할 수 있었다.

"그럼 동력을 끊으면 저 기계도 멈추는 건가?"

—그럴걸?

상대의 대답이 명확하지 않자 치프가 한숨을 터뜨렸다.

"어이, 제대로 알긴 하는 거야?"

—난 내가 보고 느낀 그대로 얘기한 것뿐이다.

"그럼 작년에 그라니트 행성을 가득 채운 브리치들은 뭔데?"

—그건 신들의 대장간에 쌓여 있던 오리지널들이지. 각 행성에 설치된 게이트들보다도 제대로 된 물건들이야. 그것이 얼마나 남아 있는지는 나도 모른다.

그 이야기에 치프는 브리치에 관한 문제가 생각보다 복잡하다는 사실을 알아차렸다.

"그런데 왜 대답이 '그럴걸?'이었어?"

—보고 느낀 대로 얘기했다고 하지 않나?

"제길, 됐어! 복잡한 얘기는 나중에 들을 테니 저 모조품의 동력을 끊는 방법이나 얘기해!"

—이곳의 동력로 쪽으로 강습분대를 보내지 않았나? 아무튼 이곳에 모인 자들만으로도 저 모조품을 부수는 것은 일도 아닌데 난리를 치는군.

"확보할 수 있는 물건이라면 확보해야지!"

—확보? 흠, 욕심도 크군.

그들이 대화하는 사이에 모조품 브리치에서 대형 환상종들이 뛰쳐나왔다.

데스디아는 슬슬 수를 불리는 환상종들을 처리해야 할지, 지상에서 무식하게 밀려오는 전투로봇들을 처리해야 할지 결정해야 하는 상황이라고 판단했다.

"생각 있으면 얘기해 봐, 치프. 화력은 몰라도 숫자는 우리가 불리해."

"누군가가 드래곤들을 지휘해서 환상종들을 맡으면 좋겠군. 의견 있으신 분?"

—환상종들과의 전투 경력은 우리 가운데 반달리온이 가장 훌륭하다네. 이건 이견이 없겠지.

파울라의 목소리가 통신 채널 안에서 울렸다.

"그럼 반달리온, 다시는 반달이라고 안 부를 테니 지휘 좀 해봐."

—억지를 부리는군! 네가 날 반달이라고 부른 건 방금 전 딱 한 번뿐이다!

"앞으로도 반달이라 불리고 싶다면 마음대로 해."

—무례한 녀석 같으니!

화를 내긴 했지만 반달리온은 드래곤 특유의 울음소리를 내어 루할트와 알케온, 파울라에게 위치를 지정해 주었다.

'이 지휘 방식은 장로님과 전대 영주들께서 우리에게 가르쳐 주신 것과 동일하군. 한 치의 오차도 없어.'

울음소리에 따라 움직이던 알케온은 자신들의 과거를 떠올려 봤다.

알케온은 루할트와 함께 기사단원으로서, 그리고 영주로서 파울라와 전대 영주들에게 훈련을 받았다.

집단 전투 훈련은 각 기사단이 패를 나눠서 서로 토닥거린 게 전부였다. 그래서 둘 다 실전에 대한 느낌을 잘 알진 못했지만 지휘 방식 자체가 낯설지는 않았다.

지휘가 이뤄지면서 거래소의 낮은 하늘이 화려해졌다.

드래곤 넷이 동시에 브레스를 뿜는 것은 기본이었다.

상대가 집단전술에 능한 환상종일 경우 한 명이 브레스를 뿜으며 돌진해 그들을 흩어놓은 뒤 나머지 셋이 한 놈씩 맡아 격파했다.

몸놀림이 빠른 환상종은 한 명이 일부러 브레스를 빗맞힌 뒤 다른 한 명이 미리 약속된 장소에 브레스를 뿜어 적중시키는 방법으로 처리했다.

드래곤들과 맞먹거나 그 이상의 덩치를 가진 환상종들은 반달리온이 지정한 취약 부위에 브레스들을 정확히 꽂아 넣어 무력화시킨 후 브레스들을 집중하는 것으로 끝을 봤다.

브리치로부터 쏟아지는 환상종의 숫자는 점점 많아졌지만 반달리온은 아주 빠르고 정확하게 지시를 내리며 적들을 압도할 수 있도록 이끌었다.

"과거엔 대체 얼마나 많은 숫자의 환상종이 존재했던 것이오?"

알케온이 한숨 돌릴 겸 묻자 반달리온이 쓴웃음을 지었다.

"양봉장을 떠올리면 된다네, 젊은 영주여."

대답한 반달리온은 곧장 브레스를 뿜어 알케온에게 접근하는 소형 환상종들을 격추시켰다.

알케온은 대규모의 플라즈마 열폭풍을 일으키며 분발했다. 루할트 역시 모래폭풍으로 적들의 움직임을 봉쇄하거나 몸뚱이 자체를 분쇄했다.

'검은색의 모래폭풍……. 저것은 갈룰라이드의 능력이군. 그리고 화염의 폭풍은 말칼론의 능력이야. 그 2세대들이 이 땅의 초대 영주였고, 그들의 능력이 저들에게 이어진 건가?'

반달리온은 두 명의 영주를 통해 운캄타르의 신하로서 자신과 싸우던 옛 2세대들의 이름을 떠올렸다.

'이런 식으로 그 망할 친구들을 추억하게 될 줄은 몰랐군.'

한편, 루할트와 알케온은 별다른 특수능력 없이 브레스로만 적들을 제압하는 반달리온의 모습에서 궁금증을 가졌다.

'장로님의 능력은 발화인데, 저자의 능력은 대체 뭐지?'

그들에겐 깊게 생각할 틈이 없었다. 적의 숫자가 점점 더 많아졌기 때문이다.

전투로봇들을 상대하는 지상 쪽은 사정이 조금 나았다. 안드레이가 이끄는 델타 스쿼드와 알파 스쿼드 일부가 마침 모든 임무를 마치고 치프 쪽으로 모여든 덕분이다.

데스디아는 지면을 뚫고 나오는 전투로봇들을 환도로 잘라 처리하면서 파프니르를 통한 사격을 계속했다.

그러나 UNSMC 대원들의 시선을 한 몸에 받을 만큼 동작에 힘이 없었다. 무기의 파괴력과 날카로움만을 믿고 적을 상대하는 모습이 역력했다.

"이건 그냥 느낌인데, 뎃디."

"어서 말해."

치프의 질문에 데스디아가 약간 흐트러진 숨소리를 내며 말했다.

"혹시 어디 안 좋아? 몸짓이 좀 걱정되는데?"

"여긴 그라니트 행성이 아닐뿐더러 인공거주구역이잖아? 정령과의 교감이 제한되니 어쩔 수 없지."

그 대답을 듣자마자 세 명의 대원이 움직여 그녀의 주변을 지켰다. 치프의 지시 없이 그들 스스로 움직인 것인데, 데스디아는 자존심이 상했으나 체력에 한계가 오는 것도 사실이었기에 그들의 호의를 말없이 받아들였다.

이대로 시간을 보낼 수 없다고 판단한 치프는 알파 스쿼드 강습분대에게 통신을 보냈다.

"더스틴! 상황 보고!"

71
외상 후 스트레스 장애

거래소 지하의 동력 시설까지 문제없이 이동하던 강습분대가 전투로봇이라는 장애물에 부딪친 것은 지상에 전투로봇들이 나타난 것과 거의 동일한 시점이었다.

로봇들은 건하운드로 깔끔하게 정리할 수 있었지만 문제는 그 숫자였다.

"지시를 내려주십시오, 분대장님."

전자두뇌를 짓밟아 전투로봇 하나를 완전히 끝장낸 대원이 분대장 더스틴에게 말했다.

건하운드의 배터리를 교환한 강습분대 분대장 더스틴은 주변에 잔뜩 쌓인 전투로봇들의 잔해를 둘러봤다.

"우리 여태까지 다섯 차례의 습격을 받았지?"

"그렇습니다. 사상자는 없고 목표 지점까지 남은 거리는 약

200미터입니다.”

“음.”

여태까지의 결과 자체는 좋았지만 더스틴은 한숨을 쉬었다.

“이건 완전 예상 밖인데?”

더스틴은 자신들의 앞길을 가로막고 있는 장벽을 향해 건하 운드의 탄을 날렸다.

중형 레일건의 탄환이 푸른색의 에너지 장벽과 충돌하자마 자 산산이 갈려 사라졌다.

―더스틴! 상황 보고!

치프의 목소리가 강습분대 전체의 귀를 때렸다.

“원사님, 문제가 발생했습니다.”

―문제?

“웰스록에게서 뽑아낸 정보에 존재하지 않는 방어 수단이 저희 앞에 있습니다. 목표 지점까지의 거리는 약 200미터입니다만…….”

―대체 어떤 건데?

“에너지 장벽입니다. 닿는 물체를 분쇄시키고 있습니다. 장치 를 무력화시킬 가능성이 있는 수단은 모두 동원해 봤지만 그 무엇도 통하지 않습니다.”

―하아, 그럼 조금만 기다려 봐. 내가 어떻게 해볼게.

치프의 말을 들은 강습분대 대원들은 일제히 더스틴을 바라 봤다.

전투로봇들의 관절에서 나오는 기괴한 소리가 점점 가까워지 고 있었기 때문이다.

“저희가 보유한 탄약과 배터리로는 앞으로 5분을 견딜 수 있습니다."

─10분 버티면 휴가를 주지.

"8분. 그 이후로는 로봇들을 붙잡고 사후세계에 대한 토론을
하겠습니다."

─겁나는 소리 하지 마. 8분으로 끊어볼게.

"알겠습니다, 원사님."

치프와 협상을 마친 더스틴이 분대원들을 향해 고개를 끄덕
였다.

대원들 전체가 건하운드를 전개하고 휴대용 클레이모어 등을
곳곳에 던지며 로봇들의 공격에 대비했다.

"10분 버티고 휴가를 얻는 게 낫지 않겠습니까?"

대원 한 명이 말했다.

"솔직히 자신 없어. 여기서 죽기도 싫고."

"힘내죠, 우리."

대원들이 키득거렸다.

이윽고, 약속의 8분을 버티기 위한 일제사격이 골목을 돌아
뛰쳐나온 전투로봇들에게 쏟아졌다.

＊   ＊   ＊

더스틴과의 통신을 마친 치프는 장갑차의 문을 연 뒤 충분한
양의 소총탄과 권총 세 정을 챙겼다.

"안드레이, 여기 지휘 좀 맡아줘."

"예, 원사님."

안드레이가 지휘를 인계받고 지시를 내리는 한편, 치프는 헬멧을 벗고 미리 챙겨온 에너지 드링크를 벌컥벌컥 마셨다.

소매로 눈가에 맺힌 땀을 닦던 데스디아가 그에게 접근했다.

"어쩌려고 그래?"

"그 빌어먹을 보렝을 잡으러 가야지."

"…어디로?"

"저기로. 있다가 보자고."

헬멧을 다시 쓴 치프는 소총을 단단히 든 뒤 로봇들이 달려오는 곳을 향해 혼자 뛰어갔다.

"잠깐!"

당황한 데스디아는 그를 말리려 했지만 안드레이가 급히 그녀를 붙잡는 바람에 뒤따라가지 못했다.

UNSMC 대원들이 쏜 연막탄의 연기 속으로 치프가 사라졌다.

자욱한 연막 속에서 총부리가 토해내는 섬광이 번쩍번쩍 빛났다.

데스디아는 아무리 치프라고 해도 밀집된 전투로봇들을 돌파하긴 힘들 거라 생각했다.

'로봇들의 감지기는 연막 따위에 반응하지도 않을 텐데?'

하지만 움직인 사람이 치프이고 그가 여태껏 막무가내로 행동한 적은 없었기에 데스디아는 어떻게든 될 거라 생각하며 환도와 파프니르를 꾸준히 움직였다.

그런데 치프의 느낌이 어느 순간 희미해지더니 결국 그녀의 의식 속에서 사라지고 말았다.

"치프?"

데스디아는 정신을 집중했으나 아무리 노력해 봐도 치프의 생명에 대한 느낌을 잡을 수 없었다.

그녀가 일순간 무릎을 꿇으며 주저앉았다. 허망함, 그리고 과도한 정신 집중에 의한 탈진이 그녀를 무너뜨린 것이다.

루할트와 알케온, 파울라도 치프의 느낌이 사라지자 당황했으나 반달리온이 길고 강하게 소리를 내어 그들을 집중시켰다.

"부사장님!"

안드레이가 그녀를 붙잡아 일으킨 뒤 장갑차 안으로 밀어 넣었다.

"원사님의 생명 신호가 끊긴 것은 저희들도 확인했습니다. 거기서 절대 나오지 마십시오."

그리고 안드레이는 장갑차의 문을 단단히 닫았다.

그 충격에 잠깐 정신을 차린 데스디아는 어떻게든 일어나려 했으나 장갑차 안에서 지원사격을 하던 대원들이 그녀를 붙잡아 말렸다.

"여기 계셔야 합니다!"

"이거 놔!"

데스디아는 그들을 힘으로 뿌리치려 했다. 하지만 그녀는 실제로 체력이 다한 상태였고 경장갑 전투복의 힘이 만만치 않아서 꼼짝도 하지 못했다.

격분하여 거칠게 호흡하던 그녀는 문득 분위기가 이상하다고 생각했다.

치프와 오랫동안 생사고락을 함께한 대원 모두가 그의 생명 신호가 끊긴 것을 확인했음에도 불구하고 지나치게 차분했기 때문이다.

힘을 빼고 잠깐 편히 누운 그녀는 고개를 끄덕여 대원들을 안심시킨 뒤 상체를 일으키고 장갑차 구석에 기대어 앉았다.

대원들이 다시 자기 할 일을 하는 사이 데스디아는 단말기를 들어 시간을 확인했다.

'강습분대와 약속한 시간까지 앞으로 5분 남았군. 치프, 정말 방법이 있는 거야?'

그녀는 아까 치프가 마시고 간 에너지 드링크의 비닐 팩을 바라봤다.

'일생 마지막으로 먹은 음식이 저 카페인 덩어리는 아니겠지, 치프?'

그녀는 비닐 팩을 손에 들었다. 힘이 쫙 빠진 표정으로 그것을 바라보던 데스디아는 비닐 팩에 달린 합성수지 뚜껑을 열고 냄새를 맡아봤다.

동시에 그녀는 눈을 부릅떴다.

"이거… 에너지 드링크가 아니잖아?"

뜨끔한 대원들은 사격을 중지하고 가만히 있다가 다시 방아쇠를 당겼다.

데스디아는 미심쩍은 표정으로 그들을 노려봤다.

*   *   *

보렝은 거래소 항구의 관제탑에서 브리치, 환상종, 드래곤, 그리고 전투로봇이 만드는 파괴적인 혼란을 조용히 지켜보고 있었다.

그의 옆에는 회의실에서부터 여기까지 타고 온 전투로봇과 대형 저격총이 놓여 있었다. 그리고 보렝 자신은 판초우의처럼 생긴 위장용 옷을 단단히 뒤집어쓴 상태였다.

"연막 때문에 안 보이지만 녀석의 생명 신호가 완전히 사라졌군. 당연히 가루가 됐겠지. 자기가 무슨 영화의 주인공이라도 되는 줄 아나?"

그는 혹시나 하는 마음에 위장복의 후드를 걸고 전자식 망원경을 눈에 댔다.

"하지만 마음에 걸리는데? 시체는커녕 체온이 남아 있는 고기 조각조차 안 보여. 전투로봇들의 특성상 시체를 훼손하진 않을 텐데?"

그의 생각대로 로봇들은 목표가 사망할 경우 다음 목표를 찾을 뿐 감정적으로 시체를 훼손하지는 않는다. 특히 지금 동원하고 있는 싸구려 로봇들의 경우에는 더욱 그랬다.

몇 분 동안 고민하던 보렝은 고개를 저었다.

"뭐, 그냥 밟혀서 가루가 됐겠지. 쯧."

그의 망원경이 브리치 쪽으로 향했다.

"아무튼 소장 녀석, 별의별 물건을 다 갖고 있었군. 저 둥그런 고리 같은 물건은 그냥 장식품 내지는 우주연합에서 받은 선물인 줄 알았는데 말이야."

"아저씨도 저것까진 몰랐다 이거지?"

"응?"

갑자기 들려온 목소리에 움찔한 보렝은 자신의 전투로봇과 저격총이 누군가에게 걷어차여 관제탑 아래로 떨어지는 것을 목격했다.

"XX, 거짓말이겠지!"

돌아누우며 권총을 뽑은 보렝의 이마에 이상한 탄이 꽂혔다.

보렝은 그 탄두의 끝에서 뭔가가 퍼져 나와 자신의 머릿속에 뿌리내리는 것을 느끼고는 심하게 발버둥을 쳤다.

"아, 안 돼! 안 돼!"

보렝의 안구와 눈꺼풀 사이로 검은색의 금속으로 된 실지렁이 같은 것들이 꿈틀거리며 흘러나왔다.

그의 귀와 코, 그리고 입에서도 그 금속 실지렁이들이 마구 튀어나와 코의 안쪽을 휘젓고 잇몸 사이를 후벼 팠다.

공포감에 권총을 내던진 보렝은 관제탑 위에 갑자기 나타난 남자 치프의 다리를 부여잡았다.

"사, 살려줘! 내 머릿속에 들어온 것들을 빼달라고!"

"응? 내가 어떻게 여기까지 왔는지는 궁금하지 않은가 봐? 길게, 그리고 자세하게 설명해 주려고 했는데 말이야."

"그게 무슨 상관이야! 빌어먹을! 뭐든 다 할 테니 제발 좀 살려줘! 머리가, 머리가……!"

보렝의 입에서 침이 질질 흘러나왔다. 심장도 마음대로 펄떡거렸다. 그의 육체가 다른 이에게 제어 권한을 강탈당하고 있다는 신호였다.

치프는 구부정하게 앉으며 보렝의 머리를 만졌다.

"너무 무서워하지 마. 스네처의 나노머신 케이블은 뇌경색 위험이 있는 혈관을 만져주기도 하거든. 의료용 기기를 만드는 회사가 스네처의 저작권을 갖고 있다는 사실은 모르지?"

"아아아아아!"

보렝이 비명을 질렀다. 언어를 맡은 부분이 침식된 탓이다.

"우선 로봇들부터 얌전하게 만들어주겠어? 앞으로 1분 뒤면 나노머신 케이블이 발톱의 모세혈관 밖으로 튀어나올 거야. 흠, 아저씨에겐 새 신발이 필요하겠군."

"아아아아아!"

보렝은 팔찌처럼 생긴 물건을 꺼내어 그 위에 장식된 온갖 보석을 특별한 순서에 맞춰 눌렀다.

보석들이 전부 반짝거리는 것과 동시에 거래소 내에서 활동하던 모든 로봇이 정지했다.

같은 시각, 지하에서 로봇들과 백병전을 준비하던 강습분대는 로봇들이 갑자기 상자 모양으로 접히며 멈추자 일제히 한숨을 터뜨리며 주저앉았다.

"9분 걸렸어! 제길! 귀환하자마자 휴가 갈 거야!"

분대장 더스틴이 텅 비어버린 탄창을 바닥에 내던지며 고함을 질렀다. 하지만 이내 웃음을 터뜨렸고, 다른 대원들도 긴장이 풀린 듯 껄껄 웃었다.

강습분대의 길을 가로막고 있던 에너지 장벽도 얼마 지나지 않아 해제되었다.

*   *   *

치프가 끌고 온 전함 위스콘신이 총 여덟 대의 해적선을 끌고 게이트가 있는 인근 행성을 향해 나아갔다.

데스디아는 루할트와 알케온, 파울라, 반달리온과 함께 전함의 휴게실에 앉아서 우주를 지켜보고 있었다.

그녀의 표정은 엉망이었다. 고목나무처럼 기운이 쪽 빠진 그녀의 모습은 회사에서 매일 얼굴을 맞대온 알케온과 파울라를 놀라게 만들었다.

"부사장, 괜찮나?"

알케온이 걱정하여 묻자 데스디아는 그냥 손을 들었다 내리는 것으로 응답을 대신했다.

파울라는 옆에 앉은 루할트의 어깨를 두드려 주었다.

"잘 이겨냈네, 영주여."

정장 차림의 루할트는 가만히 있다가 힘없는 표정으로 고개를 저었다.

"아닙니다, 장로님. 날개 달린 자가… 제 여동생이 모욕을 당했습니다. 그리고 그 위협은 현재진행형입니다."

"기운을 내게. 이제 시작됐을 뿐인데 이겨낼 생각을 해야지."

"잘 모르겠습니다, 장로님."

루할트는 고개를 푹 숙였다.

"왕녀 전하께서 생각하신 공존의 길은 역시나 잘못된 것일지도 모르겠습니다."

그의 토로에 파울라는 뭐라 할 말을 잃었다.

한때 가장 보수적이고 공격적으로 셀레스티아의 생각을 무시하던 존재 알케온은 자신의 친구를 그냥 가만히 바라봤다.

반달리온이 소리 없이 웃었다.

"당장 빅시티를 갈아엎으며 날개 달린 자들의 힘을 보여주는 것이 어떠한가? 우리가 제대로 된 힘을 발휘한다면 한 행성을 구워 버리는 것은 일도 아니지. 힘을 보여줘야 한다, 영주여. 그래야만 그 누구도 우리에게 범접하려 하지 않을 것이야."

반달리온의 말에 루할트가 눈썹 사이를 찡그리며 고개를 들었다.

"애당초 당신네들이 엠페라투스를 깨운다며 장난만 치지 않았어도 이 꼴이 나진 않았을 것이오!"

"그분께서는 힘으로 우리를 이끄실 수 있다!"

"이끈다고? 지옥으로 가는 낭떠러지로 말이오?"

"자네들은 엠페라투스 님의 힘과 지혜를 너무 몰라!"

"그렇게 뛰어난 자가 왕녀 전하와 장로님을, 내 친구를, 내 동생을 구해주지 않고 방치했단 말이오? 그냥 자기 멋대로 살아가는 존재일 뿐이지 않소?"

"건방지군."

반달리온이 일어나자 루할트가 맞서 일어났다.

파울라가 반달리온을 밀치고 알케온은 루할트를 붙잡아 당겼다.

데스디아는 뭐라 말을 할까 하다가 그들의 종족이 위협을 받은 것은 사실이기에 그냥 가만히 있었다.

이윽고, 치프가 불편한 표정으로 배를 만지며 휴게실 안으로 들어왔다.

"응? 무슨 일이야?"

치프가 의아해하여 묻자 반달리온이 성을 냈다.

"이건 우리 종족의 문제다!"

"그럼 다음부터는 아저씨가 좀 처리해 봐. 단 두 개의 스쿼드로 기갑부대 도움 없이 저 해적 소굴을 제압하는 게 보통 일인 줄 알아?"

치프의 말에 반달리온이 더욱 발끈했다.

"그 보렝이라는 자는 왜 살려서 탈출시켰나? 그 씹어 죽여도 성이 안 풀릴 놈에게 해적선까지 돌려주고!"

"뿌리까지 뽑아야 뭐가 될 거 아냐? 혹시 날개 달린 자들의 힘을 보여주겠네 하고 위세를 떨어서 놈들을 막아볼 생각이었다면 꿈 깨."

"뭐라고?"

"그런 클래식한 공포가 '그런 부류의' 놈들에게 통할 것 같아? 전함 같은 압도적인 힘이 무서워서 손을 씻을 만큼 착한 놈들이었다면 내가 여태껏 더러운 꼴을 보며 살진 않았을걸."

치프는 말을 멈추고 배를 부여잡았다.

그는 에너지 드링크랍시고 마신 은신용 나노머신을 제거하기 위해 위장을 청소하고 투석까지 마친 상황이었다.

"아… 쯧, 그만하자고. 아직 일 안 끝났으니까."

"그러지."

반달리온이 팔짱을 끼며 자리에 앉았다.

데스디아의 옆자리에 앉은 치프는 그녀가 사용하던 흡입식 재떨이를 끌어다 놓고는 셔츠 주머니에서 필터 담배를 꺼냈다.

그가 담배를 물더니 낡은 기름 라이터로 불을 붙였다.

치프가 비흡연자라는 사실을 모르고 있는 반달리온은 가만히 있었으나 다른 이들은 기겁했다.

"당신, 무슨 일이야?"

데스디아가 당황하여 물었다.

"화가 나서 말이지."

"화?"

"젝스 말이야."

치프는 씁쓸한 표정을 지었다.

"그때 본 개 모습이 눈에서 떠나질 않아. 제길, 정말 무서웠을 텐데……."

데스디아는 그가 이제 와서야 화를 내는 모습을 보고 한숨을 쉬었다.

'여태껏 참았던 거네.'

그녀는 손을 뻗어 치프의 머리를 만져주었다.

루할트가 그의 모습을 가만히 보다가 이내 결심한 듯 눈을 부릅뜨며 말했다.

"내 동생을 자네에게 주지!"

"…이 분위기에 장난해?"

"……."

진심으로 말했다가 무안해진 루할트는 고개를 옆으로 돌렸다.

치프는 담배를 문 채 단말기를 꺼내어 손에 들었다.

그는 죽은 해적 두목들과 거래소 소장의 단말기 및 각종 시설에서 뽑아온 자료들을 심각한 표정으로 살폈다.

'…드래곤들을 처리하기 위한 시설이 지나칠 만큼 단기간 내에 꾸려졌어. 모조품 브리치도 마찬가지야. 이거 정말 라이트스

톤이 얽힌 건가?'

그는 단말기의 위쪽을 검지로 톡톡 두드렸다.

'하지만 모조품 브리치는 이해가 안 가는데? 이걸 어디 사는 누구에게 물어봐야 하지?'

치프가 고민하는 모습을 지켜보던 데스디아는 문득 그가 왜 해적선들을 인양하기로 했는지 궁금해졌다.

"거래소에서 구해낸 노예들… 아니, 사람들을 저기에 태우고 있다는 건 알지만 그 뒤엔 어쩔 생각이지?"

"아, 그거?"

치프는 단말기 화면을 끄고 주머니에 넣은 뒤 담배의 재를 털었다. 연기와 함께 담뱃재가 재떨이의 흡입구 안으로 빨려들 어 갔다.

"사람들은 지구로 전부 데려갈 거야. 위스콘신은 지금 그라니트로 가는 게 아니라 지구로 가고 있어."

"지구로?"

"지구에 있는 UN난민기구에 사람들을 부탁할 거야. 그곳에서 사람들을 관리해 주고 고향으로 돌려보내 주겠지. 우주연합 수도로 데려갈까 했는데, 거긴 여전히 똥통이라서 좀……."

"흠. 그럼 해적선들은?"

"회사에 가져가려고."

치프의 대답에 데스디아뿐만 아니라 모든 이가 놀랐다.

"고철로 쓰기에는 너무 크지 않나? 회사에 쌓인 건하운드 전용 고철의 양은 충분하고도 남아."

데스디아가 묻자 치프가 살짝 웃었다.

"수송기 대신 써먹으면 좋지 않을까?"

"응?"

데스디아가 루할트와 알케온, 파울라를 돌아봤다.

루할트는 생각에 잠겼고, 알케온은 단말기를 이용해 법률적인 부분을 검토해 봤으며, 파울라는 어깨를 으쓱했다.

"어이, 루할트."

"얘기하게, 매제(妹弟)."

"……."

"농담일세."

루할트는 가볍게 웃었다. 그러나 그를 노려보는 데스디아의 눈빛은 그리 가볍지 않았다.

"흠, 아무튼……."

치프가 얘기하기에 앞서 헛기침을 했다. 헛기침 소리를 들은 데스디아는 부릅뜨고 있던 눈을 감으며 화를 억눌렀다.

"우리가 인양하고 있는 해적선들 말이야. 대강 봤으니 알겠지만 법적으로 따졌을 때 어떠한 선박으로 분류되지?"

"여덟 척 중에서 다섯 척은 여객선이고 세 척은 에너지 수송선이라네. 물론 개조를 무지막지하게 해서 절대 그렇게는 안 보이지만 말일세."

"우리 회사에서 굴릴 수 있나?"

"여객선과 에너지 수송선 명목으로 등록하면 가능하긴 하다네. 물론 인수 절차를 밟아야겠지만 선주나 그 유족이 이 우주에 존재해야 가능한 얘기이니… 뭐, 획득물로서 처리하면 되겠지."

대답을 한 루할트가 고개를 갸웃했다.

"자네, 저 배들을 정말 쓰려고?"

"마음 같아선 군함들을 쓰고 싶지만 위스콘신도 고철 명목으로 겨우 들여온 거라 더 이상은 무리거든."

"아니, 그러니까… 왜?"

"왜긴, 수송기들보다는 튼튼하잖아?"

치프의 대답에 모든 이가 침묵했다.

"이봐, 그라니트 행성에 떠돌고 있는 브리치들을 하루라도 빨리 떨어뜨려야지? 난 저 배들에 헌터들을 태우고 브리치들을 사냥할 거야."

"전엔 위스콘신을 끌고 처리한다고 한 것 같은데 이제는 총력적으로 갈 생각이군."

데스디아가 말했다.

"맞아. 더 이상 시간을 끌면 곤란해. 종족은 종족다워야지."

"…엠페라투스가 약속을 잘 지켜주면 좋겠군."

데스디아는 로젤라까지 얽힌 이 복잡한 상황에서 무려 가속을 하려는 치프의 모습이 불안하게만 느껴졌다.

"자네, 젝스의 일 때문에 그러는 거라면 차라리 이틀 정도 쉬는 게 어떤가?"

루할트가 말했다.

치프는 눈을 깜박였다.

"내가 너무 흥분한 것처럼 보여?"

그가 묻자 루할트는 고개를 끄덕였다.

"뭐라고 비유해야 할지 당장 떠오르지 않을 정도로 말일세."

루할트는 치프와 말다툼을 할 각오를 하고 발언했다.

"……."

치프는 벌써 반쯤 줄어든 담배를 바라보다가 다시 물고는 연기를 흡입했다.

"듣고 보니 그런 거 같네."

그는 의외로 간단히 루할트의 말을 받아들였다. 말을 꺼낸 루할트가 놀랄 정도였다.

치프는 왼손으로 이마를 받치며 담배 연기를 길게 내뿜었다.

"사실 그때 젝스의 모습을 보고 정신이 나갈 뻔했어. 사로잡힌 내 대원들이나 정보부 요원들이 정육점 고기처럼 칼질당해 걸려 있던 모습은 수없이 봤는데, 조카애로 생각하던 여자애가 그렇게 된 모습은 처음 봤거든."

치프는 불똥이 새빨간 담배를 그대로 손에 쥐었다. 담배의 마지막 연기와 살이 타는 냄새, 치프의 손등에 불거진 근육 등이 데스디아의 마음을 불편하게 만들었다.

"해적들에게 내가 알고 있는 방법을 전부 동원하고 싶었지만 그럴 수는 없었어. 로젤라, 혹은 그 누군가가 회사를 엉망으로 만들어 버릴 수도 있었거든. 최소한의 인원으로 최대한 빨리 일을 처리해야만 했지. 참는 것도 한도가 있는데, 빌어먹을."

반달리온은 바닥을 향하여 눈을 부릅뜬 채 말하는 치프의 모습을 보면서 자신이 이곳에 온 이유를 떠올려 봤다.

'저놈은 같이 가자는 말 대신 젝스라는 계집애의 끔찍한 사진을 나에게 보여줬지. 난 날개 달린 자가 그리 됐다는 사실에 피가 거꾸로 솟아서 놈을 따라온 거고.'

치프를 바라보는 반달리온의 눈이 차갑게 냉각됐다.

'녀석은 젝스의 그 모습을 봤을 때 날 끌어들일 방법을 계산했을 거야. 그러니 그런 사진을 찍었겠지. 녀석이 날개 달린 자들에 대한 나의 자부심을 높이 모를 리가 없어. 하지만… 난 올 수밖에 없었지. 날개 달린 자들이 사냥감으로 전락한다는 사실을 용납할 수는 없지 않은가?'

반달리온은 자신의 입장, 아니, 자기네 종족 전체의 현실을 제대로 파고들어 선동하는 치프의 의도가 탐탁지 않았다.

손아귀에 쥔 담배꽁초를 재떨이에 버린 치프는 손바닥의 화상이 나아가는 것을 확인한 뒤 루할트를 향해 손짓했다.

"잠깐 와봐, 루할트."

루할트가 무슨 일이냐는 표정으로 다가오자 치프는 자신의 단말기를 꺼내어 보안을 해제했다.

"여기 올 때 보여준 젝스의 사진 말이야. 네가 직접 지워줘."

"반달리온에게만 쓸 거라고 말하지 않았나? 그러면 된 거지."

"지구에 가면 내가 손쓸 틈도 없이 UNSMC 본부의 서버에 전송될 거야. 네가 확인하고 지우는 게 나아."

"그러지, 친구."

루할트는 치프의 단말기에 담긴 젝스의 끔찍한 사진들을 하나하나 살피며 지워나갔다.

반달리온은 넋 나간 표정으로 그들을 바라봤다.

'저것들이……?'

그는 치프가 루할트에게 신뢰를 쌓는 것과 동시에 자신을 끌어들이는 것까지 전부 계산했다는 사실을 깨닫고 당황했다.

이후 수 시간이 흘렀다.

인근 행성의 게이트를 통과하여 지구에 도착한 위스콘신과 해적선들은 UN경비함대의 호위를 받으며 궤도 엘리베이터가 설치된 우주군항으로 향했다.

반달리온과 파울라는 별생각 없이 가만히 있었다. 그러나 창밖으로 지구의 모습이 슬쩍 보이자 자신들도 모르게 자리에서 일어났다.

"고향이야."

반달리온이 휴게실의 창을 두 손으로 짚으며 지구를 바라봤다.

"사진으로, 입체 영상으로 몇 번이나 봤지만 직접 보니 다르군. 바다의 면적이 커졌어. 대륙의 형태도 많이 변했고. 엠페라투스 님과 운캄타르의 결전이 있기 전엔 땅이 더 많았는데 말이지. 하지만 훨씬 보기 좋군. 이봐, 치프."

반달리온이 A—1730이라는 넘버 대신 별명으로 자신을 부르자 치프가 움찔했다.

"응?"

"'가이아'는… 지구는 깨끗한가?"

"뭐… 그라니트 행성만큼은 아니지만 말이지."

"그런가? 그렇군. 역시 가이아는 축복 받은 땅이야."

반달리온은 오랜만에 어머니를 만난 아들처럼 행복하게 웃으며 지구를 바라봤다.

치프는 혹시나 하는 생각에 파울라를 봤다.

파울라 역시 지구를 바라보며 눈물을 흘리고 있었다.

"하하, 이런 일로 돌아올 줄은 몰랐는데 말일세."

치프와 눈이 마주친 파울라는 손으로 눈가를 훔치며 웃었다.

"자네에게 있어서도 저 땅은 아름다운 곳인가?"

파울라의 질문에 치프는 쓴웃음을 지었다.

"감히 한마디로 답변 드릴 수는 없죠."

"그렇군."

치프는 지구에 대한 셀레스티아의 반응과 그들의 반응 사이에 거대한 차이가 있음을 느끼며 자리에서 일어났다.

"그럼 난 함교로 가서 수속 절차를 밟을 테니 무슨 일 있으면 연락해 줘, 댓디."

"잘하고 와, 치프."

고개를 끄덕인 치프는 아까 담배를 구겨 끈 손을 만지작거리며 휴게실을 나갔다.

*　　　　　*　　　　　*

모든 해적선이 군항에 들어가는 것을 확인한 전함 위스콘신은 대형 함선 전용 선착장으로 들어갔다.

그곳은 기밀 시설이기에 치프와 안드레이, 그리고 UNSMC 대원들을 제외하면 발을 댈 수가 없었다.

해군 병사들에게 경례를 받으며 위스콘신에서 내린 치프는 정복을 입고 뒷짐을 지고 있는 톰과 마주했다.

톰의 옆에는 금속 가방이 하나 놓여 있었는데, 치프는 그 가방에 신경 쓸 틈도 없이 톰 앞에 섰다.

"원사 A—1730, 해군청장님께 보고드릴 준비가 됐습니다."

그가 톰에게 경례를 한 후 차려 자세를 취했다.

"아, 난 아직 정식으로 복귀한 게 아니야."

톰의 말에 치프가 인상을 찌푸렸다.

"그럼 정복은 왜 입으셨어요?"

"반바지에 슬리퍼 차림으로 오긴 좀 그렇잖아?"

"그래도 책임자이시니 보고는 드릴게요."

"그러려무나."

톰은 등허리에 댄 손을 유지한 채 선착장에 정박한 해적선들을 구경했다.

"저 추한 것들을 브리치 격추에 쓰겠다고 한 것 같은데, 진심이냐?"

"선박 자체는 여객선에 에너지 수송선이니까요."

"…그냥 제7 함대를 끌고 가는 게 정신 건강상 낫고 폼도 나지 않을까?"

"그래도 돼요?"

"안 되지."

"……."

"음, 아무튼 네가 요청한 것들에 대한 서류에는 아까 사인을 해놨으니 알아서 잘 가져가렴."

"감사합니다."

때마침 위스콘신의 격납고에서 모조품 브리치가 이끌려 나왔다.

네 조각으로 해체된 그 모조품은 흰색의 특수 수지에 단단히 감싸여 있었는데, 치프가 그것들을 그렇게 처리한 이유는 브리치가 분해됐음에도 불구하고 주변의 에너지를 빨아들이려 했기 때문이다.

"보고서와 영상을 보긴 했다만, 대체 저건 뭐지? 탈란바토르의 모조품이 존재한다고?"

"아저씨께서 설명을 해주셔야 하지 않나요?"

"난 모르는 일이라니까?"

"드래곤의 포획에 사용된 기술부터가 라이트스톤의 느낌을 풍긴다고요!"

"음, 정확히 얘기하겠는데, 드래곤의 포획과 모조품 탈란바토르는 얘기가 달라."

톰이 시가를 물며 치프를 돌아봤다.

"드래곤의 포획에 라이트스톤의 기술이 사용된 건 인정하마. 아무래도 녀석은 제정신이 아닌 것 같아."

"제정신이 아닌 놈을 왜 저에게 소개시켜 주셨죠?"

"그땐 멀쩡했거든."

치프는 무슨 멍멍이 소리를 하느냐는 표정으로 톰을 쳐다봤다.

"네가 나한테 무슨 말을 하고 싶어 하는지가 따갑게 느껴지는구나. 아무튼 그 문제는 너무 걱정하지 마라. 일을 수습할 자가 이미 그라니트 행성에서 활동하고 있거든."

"누구요?"

"납치사건이 일어났을 때 제법 정확한 정보를 제공해 준 사람이 있었을 텐데?"

치프가 움찔했다.

"그… 레인메이커 말인가요?"

"맞아."

톰은 옆에 놓은 금속 가방을 들어 치프에게 건네줬다.

"레인메이커가 너에게 도움을 줄 거야. 가방 안에 든 단말기로 그와 연락하렴. 늦기 전에 라이트스톤을 제거하도록 해."

'제거'라는 톰의 말은 치프의 안색을 바꿔놓았다.

"꼭 쓰레기봉투를 집 밖에 내다 놓으라고 심부름시키시는 느낌인데요?"

"그런 느낌을 받았다니 실망이로군. 하루빨리 죽이라고 직접적으로 말해야겠니?"

톰의 눈빛에는 냉혹함과 분노가 뒤섞여 있었다.

"라이트스톤 녀석은 날개 달린 자들과 관련된 치명적인 정보를 해적들에게 뿌렸어. 마취제의 조합식과 재료 및 도구, 날개 달린 자들에게 잘 통하는 구속 장치, 그리고 그들을 단순한 생산기로 바꿀 수 있는 해부학적 지식 등등을 말이야! 그렇게 정신 나간 놈을 내버려 둬도 괜찮다는 거냐?"

"감정적이시네요."

치프의 미간이 살짝 구겨졌다.

"너야말로 마흔이 넘으니 둥글둥글해졌구나."

톰이 비꼬듯 실소를 지었다.

"식민지 청소 작전 시절의 네가 어땠는지 벌써 잊은 거냐? 넌 밖에서 누가 시비를 걸면 묻지도, 따지지도 않고 상대의 팔다리를 성냥처럼 부러뜨렸어! 안면 골절은 우스웠고! 군인이든 민간인이든 가리지 않았지! 그리고 뒷수습은 내가 떠맡았어! 그랬던 놈이 이제 와서 감정적이라는 말을 해?"

"아, 그래서 드래곤들의 뒤치다꺼리를 저에게 맡기셨나요? 그때 제 뒷수습을 해주신 것들에 대한 보복으로 '그날' 저와 제 전우들을, 피츠버그를 그라니트 행성으로 보내신 건가요?"

"뭐라고?"

톰의 눈이 더욱 매서워졌다.

"전 제 전우들이 의미 없이 우주의 먼지가 되는 꼴을 제 눈으로 봐야 했다고요! 지구로 돌아오자마자 청문회장에 끌려가서 모멸감을 받은 건 말할 것도 없고요!"

"내가 짠 계획에 모두가 놀아났다고 생각하는 거냐?"

둘의 분위기는 이미 농담의 범위를 벗어난 상태였다.

"그럼 아저씨께서 종족을 위해 하신 일이 뭔데요? 저를 그곳에 보내서 온갖 것을 지원해 주신 것 말고는 기억나지 않는다고요! 그리고 라이트스톤의 정신 상태가 어떠하다고 단정하시는 근거는 또 뭐죠? 라이트스톤의 정체는요?"

"라이트스톤은 날개 달린 자야."

"……"

치프가 멍한 표정을 지었다.

"나와 오랫동안 함께한 2세대지. 그는 최악의 상황에 대비해 알타이르 행성인들을 개조했고, 정령을 이용한 상전이(相轉移) 동력기관을 그들의 육체에 심었어."

"상전이 동력기관이라니요?"

뜬금없는 그의 설명에 치프가 의아해했다.

"정령이 알타이르 왕족과 교감하여 육체에 흡수되면 또 다른 형상으로 변하는데, 그 과정에서 지구의 이론에는 존재하지 않는 성질의 에너지가 방출된단다. 그 에너지가 알타이르 왕족들이 발휘하는 힘의 원천이야. 말이 동력기관이지 오장육부 그 자체이기 때문에 아무리 너라고 해도 딱히 이론적으로 알 수는 없었을 거야. 고분자 화합물로 몸을 덮으면 힘이 빠진다는 것 정도만 알아낼 수 있었겠지."

"아, 됐어요! 알타이르 왕족이 어쩌니 하는 건 여쭌 적도 없다고요!"

치프는 아까 톰에게 건네받은 금속 가방을 들어 흔들었다.

"레인메이커는 누구죠? 누군데 라이트스톤을 잡는 데 도움을 준다고 단언하신 건가요?"

"그 역시 날개 달린 자야. 라이트스톤과는 달리 나의 오랜 친구지."

"아주 상쾌하게 대답해 주시는군요!"

"나랑 싸우자는 거지?"

둘의 표정이 다시 안 좋아지고 눈빛도 흉흉해졌다.

"아, 좋아요. 그럼 라이트스톤이 멀쩡했을 때는 어땠죠?"

치프는 끓어오르는 속을 꽉꽉 누르며 물었다.

"수완이 좋은 자였지. 아무리 큰 계획이라고 해도 시원하고 정교하게 짰어. 감정적으로 좀 문제가 있긴 했는데 그래도 어느 선을 넘지는 않았지. 하지만 이번엔 아니구나. 뭔가… 망가진 느낌이야."

대답한 톰은 혀를 찼다.

"미안하게 됐구나. 너에게 너무 많은 짐을 떠맡겨 버렸어."

"선택의 여지라도 있었으면 좋았을 텐데 말이죠."

"내가 상대해야 할 적이 너무 강해서 어쩔 수 없었단다."

톰은 자신의 턱수염을 긁었다.

"신들의 잔재에겐 우주연합이라는 강대한 조직이 존재하지. 너 혼자 우주연합의 수도를 똥통으로 만들고 사람들을 탄저균에 오염시킨 건 분명 대단한 일이지만, 사실 탄저균을 활동시켜서 수도 전체를 죽음으로 몰아넣었다고 해도 신의 잔재에겐 큰일이 아니었을 거야. 특히 하이시리스에게는 문제도 아니었겠지."

"왜죠?"

"하이시리스의 능력이라면 그런 식으로 죽은 자들을 살리는 것쯤은 일도 아니거든."

"우주연합 군부와 하이시리스는 대립하는 사이가 아니었던가요?"

"세력이라는 것은 내부에서 대립하는 척이라도 해야 강대해지는 법이지. 면역성을 기르듯이 말이야. 아무튼 우주연합은 강대한 세력이고, 그들을 완전히 소탕하기 위해서는 나도 세력이 필요했어. 그 세력을 만드는 데 정말 긴 시간이 걸렸지."

대답을 한 톰이 어깨를 들썩거렸다.

"너에게 바란 것은 신들의 소탕이 아니었어. 그라니트 행성의 3세대들을 잠시 지켜주는 것만으로도 충분했지. 그런데 일이 너무 커졌구나. 나조차 3세대들에 대한 믿음을 잃을 정도로 말이야."

"그리고 저는 뜬금없이 로젤라와 헤딩할 판이죠."

"그러니까 말이야. 로젤라가 그렇게 간단히 빠져나갈 수 있을 줄은 몰랐어."

"정말이요?"

치프는 솔직하게 의심을 드러냈다. 그에 대해 톰은 다시금 불쾌감을 드러냈다.

"내가 널 불편하게 만들기 위해 일부러 로젤라를 놔줬다면 널 당장 주임원사로 만들어서 UN사령부 사무실에 처박았겠지."

둘은 한참 동안 서로를 마주 봤다.

"예, 뭐… 좋아요. 전 임무로 복귀하겠습니다. 라이트스톤을 쫓다 보면 실버로드도 다시 튀어나올 거고, 그 과정에서 여러 가지 이야기를 들을 수 있겠죠. 말싸움은 그 뒤에 계속하도록 하죠."

"…그러자꾸나."

톰은 짜증스럽게 고개를 저었다.

"아, 그리고 파울라 장로님과 반달리온을 데려왔는데 만날 생각은 없으신가요?"

"파울라 혼자라면 모를까, 반달리온까지 껴 있으면 좀 불편하지."

톰이 고개를 저었다.

"반달리온과도 그저 그런 관계이신가요?"

"내 입장에선 그다지. 하지만 그 친구는 분명 날 불편해하겠지."

"적을 많이 두셨네요."

"네가 할 말은 아니지."

치프는 톰과 주먹을 맞부딪친 뒤 위스콘신의 탑승구를 향해 걸어갔다.

"전에 네가 말한 대로 킹에게 연락을 해봤단다."

"아, 혹시 돈을 요구하지 않던가요? 그것 때문에 좀 불편했는데요."

치프가 걸음을 멈추고 말했다.

"나에게도 돈 얘기를 해서 무슨 소린가 했더니 지금은 민간인 신분이라서 급속으로 살을 빼려면 돈이 좀 들더구나. 차라리 운동을 하라고 말했더니 킹이 자기 뱃살을 책상에 듬뿍 얹어서 나에게 보여주더군."

"어떻게 하셨어요?"

"다시 입대시켰어. 지금쯤 캡슐에 들어가서 군살을 질질 빼고 있을걸."

"하."

짧게 웃은 치프는 고개를 끄덕인 뒤 돌아서서는 가던 길을 계속 갔다.

한숨을 쉰 톰은 선착장의 안전 구역을 향해 천천히 움직였다.

치프가 탑승한 뒤 간단한 정비와 보급을 끝낸 위스콘신은 군항을 떠나 게이트를 향해 고속으로 전진했다.

*　　　　　*　　　　　*

최대한 빨리 그라니트 행성으로 돌아온 치프는 회사에 아무일도 없다는 죠니의 보고를 듣자마자 안도의 한숨을 내쉬었다.

치프와 다른 사람들은 셔틀을 이용해 회사로 내려왔으나 반달리온은 인사도 없이 드래곤의 모습으로 변하여 그곳을 떠났다.

셔틀에 탄 루할트와 알케온은 복잡한 표정으로 그의 모습을 바라봤다.

"반달리온도 복잡할 것이네."

파울라가 자신의 근육질 팔을 둘의 어깨에 걸쳤다.

"그가 단지 종족의 일이라는 이유로 우리를 도와준 것은 잊지 못할 것 같습니다, 장로님."

루할트가 말했다.

"반달리온은 원래 그런 성분일세. 엠페라투스의 추종자가 된 것도 다른 추종자들이 억압받는 것을 두고 보지 못해서였지. 물론 우리와 추종자들 사이에서 싸움이 벌어졌을 때는 그만큼 두려운 자가 없었지만 말일세."

"알기 쉬우면서도 건들기는 어려운 자로군요."

"정답에 가깝군."

파울라가 웃었다.

고민하는 루할트와 달리 알케온은 반달리온의 태도와 파울라의 이야기를 되새기며 고민하고 있었다.

'악과 적의 차이가 뭐지?'

그리 생각해 본 알케온은 치프 쪽을 돌아봤다.

치프는 딱 한 대를 빼서 피운 담뱃갑을 데스디아에게 던졌다. 데스디아는 배구선수가 스파이크를 하듯 담뱃갑을 때려 치프의 이마에 맞췄다.

"던지다니, 무례하군."

"우리가 이렇게 불편한 관계였나?"

치프가 이마를 만지며 담배를 건네주려 하자 데스디아는 고개를 저었다.

"피우고 싶으면 그냥 피워, 치프. 스스로를 옭아매는 건 좋은 태도가 아니야."

"좋게 끊은 건 아니라서……."

치프가 곤란함 섞인 미소를 지었다.

"그렇게 치자면 난 지구를 볼 때마다 내 동생에 대한 기억에 수몰되어 허우적거려야만 하겠지. 나도, 그리고 우리 어머니도 극복한 걸 당신이 극복하지 못한다는 건 말이 안 돼."

"날 너무 추켜세우지 마."

치프는 씁쓸히 웃으며 자신의 주머니에 담뱃갑을 다시 집어넣었다.

치프 일행을 태운 셔틀이 훈련장에 착륙하고 알파와 델타 스쿼드를 태운 수송기가 뒤이어 내려왔다.

미리 대기하고 있던 죠니가 셔틀을 향해 달려왔다.

"원사님!"

"아, 죠니. 별일 없었어?"

훈련장을 밟은 치프가 손을 흔들자 죠니가 어깨를 으쓱했다.

"습격 같은 것은 없었습니다만 로젤라가 메시지를 보내왔습니다."

"메시지? 자네한테?"

"예. 위스콘신이 움직인 이유를 묻더군요."

"눈도 좋으셔라."

치프는 한숨을 쉬었다.

"메시지는 어디서 왔지? 단말기인가, 아니면……."

"위치 추적은 불가능했습니다. 모스부호로 왔거든요."

"모스부호?"

죠니는 그에게 자신의 단말기를 내밀었다. 화면에는 죠니의 말대로 모스부호를 뜻하는 점과 선이 어지러이 널려 있었다.

"A—1729가 뻐X 죠니에게. 위스콘신은 어디로 갔나? 치프는 무사한가?"

메시지를 소리 내어 읽은 치프가 죠니를 돌아봤다.

"으흠, 뻐X 죠니라……."

"X킹 죠니 얘기는 나중에 하시죠. 어떻게 보십니까?"

"글쎄? 답신은 어떻게 했어?"

"부사장님과 함께 카리브로 놀러 가셨다고 답신했습니다."

데스디아는 거기서 왜 자신이 나오느냐는 표정을 지었다. 아니, 그전에 죠니의 말이 무슨 뜻인지 이해하지 못하고 있었다.

루할트와 알케온은 '저 여자도 소문대로 문제다'라며 인상을 찡그렸다.

"그랬더니?"

치프가 물었다.

"해적들 잡을 시간을 자신에게나 투자하라고 하더군요."

"우리가 심심해서 거길 간 줄 아나?"

치프가 혀를 찼다.

"군견을 포함시킨 수색대를 꾸리도록 해. 위스콘신의 감시 반경도 넓히고."

"알겠습니다, 원사님."

치프는 로젤라가 대체 해적과 관련된 일을 어찌 알았는지 고민하다가 하늘을 봤다.

회사의 하늘은 노을마저 식어 별이 보일 정도로 어두웠다.

"아, 오늘은 일찌감치 식사하고 자야겠어. 아까 위 청소를 했더니 배고파서 정신까지 흐려지는군."

투덜거린 치프는 회사 식당 쪽으로 걸어갔다. 데스디아는 망토와 터번을 풀며 그를 따라갔고, 알케온은 앞서 팔을 걷어붙이며 식당을 향해 달려갔다.

파울라는 자신과 함께 천천히 걷는 루할트를 돌아봤다.

"젝스를 만나보는 게 낫지 않겠나?"

"…그 아이를 만나기가 두렵습니다, 장로님."

파울라는 그래도 용기를 내보라고 말하려다가 자신에게 그럴 자격이 있는지를 고민한 끝에 결국 아무 말도 하지 못했다.

*　　　　*　　　　*

다음 날 새벽 5시.

검은색 군용 야전 상의를 입고 숙소를 나온 치프는 훈련장을 보고 고개를 갸웃거렸다.

이 시간이면 둥실둥실 떠다녀야 할 헤이파와 데스디아, 탈리케이아가 보이지 않았기 때문이다.

'넷디의 침실을 열어보고 나올 걸 그랬나? 아냐, 홀떡 벗고 잘테니 그럴 수는 없지.'

그는 훈련장 구석에서 준비운동을 하는 대원들을 바라보며 스탠드에 앉았다.

'로젤라는 해적 문제를 어떻게 알았을까? 로젤라와 라이트스톤 사이에 끈이 있었나?'

고민에 잠긴 그는 옷에서 담배를 꺼냈다가 다시 밀어 넣었다.

치프는 잠깐 옆을 봤다.

검은색 야구 모자를 쓴 젝스가 운동복 상의 주머니에 손을 넣은 채 그에게 다가오고 있었다.

"당신, 누구지? 내가 아는 사장은 담배 따윈 안 피웠는데?"

젝스의 파란색 눈동자는 모자의 그늘 속에서 강한 의심의 살기를 뿌리고 있었다.

치프는 그 모습을 무감각하게 바라봤다. 한 번 공포를 겪은 아이들의 그러한 눈빛은 그에게 있어서 너무나 익숙한 풍경이었기 때문이다.

"아, 이거?"

그가 별생각 없이 담배를 꺼냈다.

순간 담배의 절반이 잘렸다. 담배를 자른 젝스의 손끝이 치프의 귀와 볼, 턱까지 베었다.

준비운동을 하던 대원들이 모든 동작을 멈추고 스탠드를 돌아봤다.

손끝에 두른 기운을 칼처럼 날카롭게 만든 젝스가 옆으로 쓰러진 치프의 가슴과 복부를 연거푸 찌르고 있었다.

얼굴과 목, 가슴, 복부를 찔린 치프는 잘려 나간 담배에 시선을 둔 채 의식을 잃어갔다.

'뎃디… 어제 담배 좀 받아주지 그랬어?'

젝스의 공격은 계속됐지만 치프는 저항하지 않았다.

처음에 얼굴을 베일 때는 그도 놀랐으나 목을 찔린 이후에는 아예 몸의 힘을 뺐다.

치명상을 통해 몸으로 흘러들어 온 죽음의 느낌이 그리 나쁘지 않았기 때문이다.

'이렇게 총을 내려놓는 것도 나쁘지 않은 것 같네. 뭐, 늙어 죽는 게 어울리는 인생은 아니었지.'

치프는 즉사해도 이상하지 않을 만큼의 부상을 입었음에도 불구하고 살아 있는 자신의 몸이 저주스러웠다.

'이상하네? 내장도 손상됐고, 목의 동맥도 파여서 피를 무지 막지하게 흘렸는데… 난 왜 출혈 쇼크조차 안 먹는 거지? 이 정도면 최소 사망이라고.'

그는 아직까지도 자신을 공격하는 젝스의 모습을 봤다.

'울면서 그러지 마, 젝스. 아, 누가 쟤 좀 위로해 줬으면 좋겠는데.'

시야가 흐릿해지는 가운데 치프는 경장갑 전투복을 입은 불침번이 젝스를 덮쳐 스탠드에 깔아뭉개는 모습을 봤다.

목을 돌릴 수가 없어서 자세한 상황은 볼 수 없었지만 다른 불침번들까지 전부 몰려와서 그녀를 막는 것을 느낄 수는 있었다.

"누가 공동대표님 좀 데려와!"

대원 중 누군가가 소리쳤다.

'미안. 좀 쉬고 싶은데……'

치프는 이대로 영원히 쉬고 싶었다.

준비운동을 하던 대원들까지 몰려와서 불침번들에게 손전등을 받아 치프의 눈에 빛을 쬐였다.

"반응이 있어! 셸리 대표 빨리 데려오라고! 제길, 어떻게 살아 계실 수가 있지?"

"응급처치를 해야 돼!"

"늑골이 뒤집혔어! 약 발라서 될 문제가 아니야!"

"정신 똑바로 차리세요, 원사님! 원사님 속이 궁금하긴 했지만 내장이 궁금하진 않았다고요!"

"누가 젝스 좀 눌러봐! 힘이 무지막지하다고!"

"얘가 대체 왜 이러는 거야!"

치프의 귀에 들려오는 소리가 점차 멀어졌다.

'아, 몰라. 잘래.'

치프는 그냥 눈을 감았다.

72
전등이 꺼졌을 때

사장실의 소파에서 눈을 뜬 치프는 자신이 바지만 입고 있다는 사실에 일단 놀랐다. 몸 상태는 소파에서 스스로 일어나면서 대강 느꼈기에 신경도 쓰지 않았다.

'셸리가 치료해 줬나?'

그는 어지러움을 떨치기 위해 머리를 세차게 흔들었다.

"괜찮은가?"

사장석에 앉은 헤이파가 얼굴을 찡그린 채 물었다.

"면도하다가 베인 느낌이네요."

"입이 살아 있는 걸 보니 나름 괜찮은가 보군."

헤이파가 긴 한숨을 쉬었다.

"누가 이 셔츠를 당신 몸에서 떼어낼지 궁금했는데 결국 젝스가 해냈군."

스낵바 쪽에서 데스디아의 목소리가 들려오자 치프가 고개를 돌렸다. 데스디아는 의자에 앉은 채 피에 젖고 이리저리 찢긴 치프의 셔츠를 흔들어댔다.

"그걸 왜 여기까지 갖고 왔어? 기념품으로 간직하려고?"

"그건 아니지만……."

"추억으로 남길 물건은 아닌 거 같으니 곱게 처리해 줘."

소파에서 내려온 치프는 사장실에 있는 자신의 옷장에서 새로운 흰색 셔츠와 양말, 군용 부츠를 꺼냈다.

"바지도 갈아입는 게 어때?"

"응?"

데스디아의 지적에 치프는 자신의 검은색 바지를 내려다봤다. 말라붙은 피가 바지 전체에서 번들거리고 있었다.

"아, 이런."

그는 바지와 속옷까지 꺼낸 뒤 사장실에 있는 세척실로 들어가 몸을 씻었다. 세척실 전체에서 분사되는 강력한 물줄기가 그의 몸에 남은 피의 흔적을 모두 제거했다.

'젝스는 괜찮을라나? 대원들이 함부로 다루진 않았겠지만…….'

그는 뭐라 중얼거리고 싶었지만 그러지 못했다. 지금 입을 열었다가는 세척실의 물줄기가 목구멍까지 들어오기 때문이다.

치프가 평소의 차림으로 사장실로 들어왔다.

"뎃디, 젝스는 지금 어디에 있어?"

"알케온과 셸리가 그 애를 돌보고 있지."

"돌본다는 말의 뜻이 잘 이해가 안 가는데?"

"감시라고 바꿔줄까? 당신, 제정신이야?"

데스디아의 표정이 차츰 험해졌다.

"당신, 죽을 뻔했다고! 목은 절반이 잘렸고 가슴이랑 복부가 파헤쳐졌어! 그런데 화도 안 나?"

"……."

치프는 별말 없이 뒷머리를 긁었다.

데스디아의 갈색 목에 핏대가 서는 찰나, 헤이파가 손끝으로 책상을 두드렸다.

"진정해라, 첫째야."

그녀의 말에 데스디아는 주먹을 한 번 꽉 쥐었다가 손을 풀고는 다시 자리에 앉았다.

"자네는 뭔가 할 말이 있는 것 같군."

"예… 뭐."

치프가 머리에 대고 있던 손을 풀었다.

"오늘 아침에는 왜 안 나오셨나요?"

"첫째와 탈리 모두 지쳐서 나 혼자 손 체조만 가볍게 했네. 방 안에서 말이지. 혹시 우리를 의심하는 건가?"

"설마요, 여사님. 혹시 젝스가 그 시간에 일어나서 돌아다니는 걸 본 적이 있으신가요?"

"없네만… 첫째는?"

"없습니다, 어머님."

데스디아의 안색이 다시 험해졌다.

"이봐, 치프. 젝스가 지금 평소대로 잠을 잘 수 있을 것 같아? 그 일을 겪고 나서 겨우 이틀이 지났다고!"

"음……."

치프는 데스디아가 화를 내든 말든 온건한 표정으로 자신의 머리를 연신 만지며 뭔가를 생각했다.

"음, 안 되겠네. 오늘은 그냥 쉬어야겠어. 미안, 뎃디."

중얼거린 치프는 책상 위에 놓인 자신의 단말기와 지갑을 바지에 넣은 후 사장실을 나갔다.

데스디아와 함께 그가 나가는 모습을 가만히 지켜본 헤이파는 고개를 절레절레 저었다.

"저 친구, 엄청나게 화가 났군."

"어머님?"

"야생동물들의 분노는 조용한 법이지. 들판에서 함부로 짖어대거나 뛰어다니면 그저 다른 동물의 먹잇감이 될 뿐이거든. 물론 화풀이의 대상을 만나면 그냥 물어 죽이는 것으로 끝내질 않는단다. 저 친구가 화를 내는 방식은 항상 그런 식이었어. 혹시 몰랐느냐?"

헤이파의 말을 들은 데스디아는 나직이 숨을 내쉬었다.

"알고 있었습니다, 어머님. 어제는 담배를 전부 저에게 주려고 해서 거절했지요. 그가 인간적으로 분노를 조절하는 모습을 보고 싶어서였습니다. 하지만 그 결과가 이럴 줄은 전혀 몰랐습니다."

그녀는 어제 치프가 던져준 담뱃갑을 떠올리며 후회했다.

치프의 손가락 사이에 담배가 끼워져 있었다는 말을 어떤 대원에게 전해 들었을 때 데스디아는 자신의 심장이 혈관에서 뚝 떨어져 따로 노는 느낌을 받았다.

그런데도 불구하고 그녀가 치프 앞에서 강한 태도를 보인 이유는 그가 자신들의 걱정까지 하는 모습을 보고 싶지 않았기 때문이다.

"제가 피비린내를 모르는 계집아이였다면 과연 어떻게 행동했을지 모르겠습니다."

"나는 알고 있단다."

헤이파가 피식 웃었다.

"어릴 때 시장에 놀러 갔다가 신발 한 짝을 잃어버리고 돌아온 일을 기억하느냐? 딱 그때처럼 방구석에 앉아서 궁상을 떨었겠지."

어머니의 말을 들은 데스디아의 표정이 급속히 달아올랐다.

*   *   *

엘리베이터에서 나온 치프는 본관 앞을 지키는 대원들의 시선을 한 몸에 받았다.

"괜찮으십니까, 원사님?"

"새로 태어난 기분이야."

"그렇다고 이상한 종교에 빠지진 마세요."

어깨를 으쓱인 치프는 자신에게 안부를 물은 대원에게 손을 내밀었다.

"미안한데 담배 한 대만 줘봐."

"뭐 하시려고요?"

"…피우게."

주머니에서 담배를 꺼내 치프에게 건네준 대원은 손수 불까지 붙여주었다.

"혹시 젝스가 어디 있는지 알아?"

"공동대표님과 함께 식당에 있습니다."

"포프는?"

"같이 있습니다."

대답을 하긴 했지만 포프의 이름이 나오자 대원들이 의아해했다.

"혹시 포프와 함께 또 나가실 생각이십니까?"

"글쎄?"

"오늘은 그냥 누워서 만화책을 보시는 게 나으실 것 같습니다만."

"흐흠."

어깨를 으쓱인 치프는 식당 쪽으로 걸어갔다.

걷는 도중 그는 자신의 단말기를 통해 주변의 기온을 살폈다.

'확실히 추워졌어. 기록상으로는 평균기온 이하야. 비 말고도 또 뭐가 있나?'

그는 고민을 하려다가 말고 단말기를 주머니에 쑤셔 넣었다.

"이럴 때가 아니지."

중얼거린 그는 담배 연기를 한껏 빨아들이며 식당을 향해 계속 걸어갔다.

식당의 입구 대신 유리벽에 가까이 간 치프는 셀레스티아와 마주 앉아 있는 젝스를 발견했다.

젝스의 표정은 어두웠고 셀레스티아 역시 시무룩했다.

둘 사이에 앉은 포프는 거의 울기 직전이었다.

음식쓰레기가 든 대형 바구니를 들고 식당을 나온 악어 머리 켐리가 치프를 발견했다.

"어? 사장님, 괜찮으세요?"

"응, 멀쩡해."

"늑골이 뒤집어질 정도로 다치셨다고 들었는데……."

"돼지갈비 바비큐보다는 덜 다쳤어."

"…입맛 떨어지게 그러지 마세요. 상상해 버렸잖아요."

"시작한 건 너야."

치프가 유리벽에서 시선을 떼고 켐리를 돌아봤다.

"젝스는 어때?"

"말도 안 하고 먹지도 않네요. 대체 젝스에게 무슨 일이 있었던 거죠?"

켐리는 젝스가 해적선에서 어떤 일을 당했는지 전혀 알지 못했다. 젝스를 구출하고 돌아온 '아저씨'들이 엄청나게 화가 나 있었다는 것만 기억할 뿐이다.

"모르는 게 나아."

치프가 살짝 웃으며 켐리의 큼지막한 어깨를 두드려 주었다.

"지금 장난 아니게 화가 나셨나 보네요."

"응? 그렇게 보여?"

치프는 유리벽에 비친 자신의 얼굴을 이리저리 살펴봤다.

"누구 하나 걸리면 아주 박살 내겠다는 분위기를 풍기고 계시다고요."

"흠, 남자애치고는 감이 좋네?"

"저야 뭐… 여기저기서 눈치를 보고 살아왔으니까요. 일용직이라는 게 그렇죠."

"그렇구나."

치프는 고개를 끄덕끄덕했다.

캠리는 바구니를 바닥에 놓고 팔짱을 꼈다.

"누군가를 확 접어버리고 싶으시면 공항에 가보시는 게 어때요?"

"공항?"

"탈리 누님이 하루가 멀다 하고 녹초가 돼서 들어오는 거 모르시죠? 거기 아직도 그래요."

"오호라."

치프가 씩 웃었다.

"그럼 그것 좀 버리고 나서 롸켓에게 연락해 줄래? 내 차 가지고 식당 앞으로 와달라고 말이야."

"그럴게요."

바구니를 다시 든 캠리가 음식쓰레기 처리장으로 달려갔다.

식당 안으로 들어간 치프는 포프의 건너편 자리에 의자를 가져다 앉았다. 죽은 듯 꼼짝도 않던 셀레스티아와 젝스가 뒤늦게 그를 보고는 깜짝 놀랐다.

셀레스티아는 정말 놀란 표정을 지은 반면 젝스는 치프를 한 번 보고는 몸을 깊숙이 움츠렸다.

치프는 둘 사이에 놓여 있는 샌드위치를 집어 입안에 넣었다.

"표정들이 안 좋네? 무슨 일 있었어?"

그가 물었지만 대답하는 사람은 없었다.

앞치마를 두른 채 조리대 곁에 있는 알케온은 자신의 주황색 머리에 꽂힌 핀을 매만지며 치프를 지켜봤다.

'어떻게 할 생각인가, 친구?'

샌드위치를 다 먹은 치프는 젝스의 움츠러든 목을 한차례 주물렀다.

"젝스, 오빠한테 전화해. 공항으로 나오라고 말이야."

"…응."

회사에서 쫓겨나는 것 이상의 일까지 각오하고 있던 젝스는 모자를 더욱 깊게 눌러썼다.

동시에 그녀의 코끝이 움직였다.

'사장… 담배 냄새……'

그녀는 자신이 치프에게 저지른 일을 떠올리고는 천식 환자처럼 불편하게 호흡했다.

치프는 그 타이밍에 맞춰서 그녀의 모자챙을 툭 건드렸다.

"안심해. 포프도 함께 갈 거야. 여러 가지로 재밌어질 테니 기대하라고."

젝스에 대한 일, 그리고 회사 분위기가 어떻게 될지에 대한 근심 때문에 푹 삭아 있던 포프의 표정이 단숨에 바뀌었다.

"괜찮은 징크스라고 저번에 말씀하셨잖아요!"

"친구를 위해 능력을 발휘해 주렴, 포프."

"능력이요? 무슨 능력이요?"

"포프 현상."

"그게 뭐예요?"

　　　　　＊　　　　　　＊　　　　　　＊

　"저기, 치프, 도와주러 온 건 고마운데……."

　뒤늦게 공항 활주로로 나온 탈리케이아는 다양한 형태로 팔
다리가 꺾인 채 활주로에 널브러진 남녀들을 둘러보며 말했다.

　"포프는 왜 데려온 거야?"

　사실 '포프 현상'이라는 말을 회사에서 처음으로 입에 담은
사람은 탈리케이아였다.

　그녀는 포프의 주변에서 반드시 사건이 일어나는 상황을 두
고 어떤 신비로움이 느껴진다며 자신이 연구할 것을 선언했지
만 아직은 통계 자료만 모으고 있을 뿐 공항과 관련된 일이 너
무 바쁜 나머지 손도 대지 못하고 있었다.

　"기분 전환하러."

　치프는 기계식 강화전투복에서 강제로 뽑아낸 남자를 활주
로에 처박은 뒤 그의 골반을 정확히 밟아 깨뜨렸다. 치프에게
당한 현상수배범 일당의 리더는 골반 분쇄의 격통을 이기지 못
하고 조용히 기절했다.

　치프 곁에서 구경만 한 포프는 젝스의 어깨에 얼굴을 묻은
채 꼼짝도 하지 않았다.

　쓰러진 자들의 모습이 너무 끔찍해서가 아니었다. 그냥 자괴
감을 이기지 못했을 뿐이다.

　'아까 회사를 출발하고 나서 다섯 번째로 터진 일이야. 이것
이 징크스… 아니, 포프 현상인가.'

　젝스가 마음속으로 감탄했다.

그녀는 여전히 두려움에 빠져 있었다. 하지만 공항까지 오는 와중에 무수히 겪은 포프 현상 덕문에 조금은 환기가 된 편이었다.

방금 일어난 상황을 공항 관제탑에서 지켜본 자가 있었다.

바로 로젤라였다.

그녀는 헬멧을 벗으며 고개를 갸웃거렸다.

"치프를 위험으로 몰아넣는 원흉은 사만다인 줄 알았는데… 아니었나?"

그녀는 단말기를 이용하여 포프의 자료를 살폈다.

그녀는 치프가 최근 갱신하여 UNSMC 데이터베이스에 올려놓은 포프의 자료를 읽었다.

'포프 베르자르. 오파로아 행성 출신. 모친인 스위트 베르자르에게서 자유의 어둠이라는 미지의 힘을 이어받음. 이 힘은 혈연에 의해 이어지는 것이 분명하며, 만약 포프 베르자르가 완전히 사망할 경우 그 여동생 중 한 명에게 자유의 어둠이 옮겨질 가능성이 매우 높음. 아버지는 유전자 감식에 따라 친부가 아님이 확인됨. 진짜 아버지가 누구인지는 불명. 해군 정보부에서 추적 중이지만 현재까지 친부에 가까운 자는 발견되지 않음.'

오른쪽 눈썹을 까딱 움직인 로젤라는 '자유의 어둠'이라는 글씨를 눌러서 그와 연결된 문서를 열었다.

'자유의 어둠. 처음에는 생물에만 적용되는 은신 기술이라 생각했지만 지속적인 관찰 결과 지구에서 사용하는 모든 감지 장치를 속일 수 있는 특수능력으로 확인됨. 미리 부착한 신호 발생 장치도 소용없었음. 이것은 오파로아 행성인들 특유의 잠재 능력과는 분명히 다르다. 원리는 특수 도료 및 특이 설계를 통한 원시적 스텔스 기술과 유사하다. 문제는 그 힘의 근원이 지구에서 여태껏 발견된 적도, 조합된 적도 없는 미지의 에너지라는 점이다.'

거기까지 읽은 로젤라는 표정을 풀고 소리 없이 웃었다.

"진짜야, 치프? 이거 진심으로 쓴 거야?"

그녀는 계속해서 문서를 읽었다.

'다행인 것은 워치프 수준의 알타이르 왕족들의 경우 포프 베르자르의 기척을 희미하게나마 읽을 수 있다는 점이다. 만약 주변에 워치프 친구가 없고 혼자 있는 경우라면? 포프 베르자르가 기척을 숨기기 전에 눈을 공격하여 실명을 시키거나 주변에 레벨 7 이상의 신경가스를 살포하여 기절 및 마비시키는 것을 추천함. 현재 포프에게 지급되는 모든 방독 및 제독 장비는 레벨 5로 제한하고 있음. 실명도, 신경가스를 사용할 여건도 안 된다면 무조건 몸을 숨겨야 한다. 자유의 어둠은 은신에 제한된 능력이고 목표 수색과는 관계가 없는 것이 분명하기에 지구 전으로 끌고 간다면 그녀는 체력적 한계에 도달하여 은신을 풀 수밖에 없을 것이다.'

해당 문서를 모두 읽은 로젤라는 씁쓸히 웃었다.

"여전히 사람을 못 믿네, 치프."

그녀는 자유의 어둠과 관련된 문서를 닫고 포프의 문서를 계속 읽었다.

'우연인지, 아니면 자유의 어둠이 원인인지는 알 수 없지만 포프 베르자르는 반사회적인 성향을 가진 존재들을 유인하는 특성이 있음. 개인적으로는 운이 없는 것이라 여기고 싶지만 스위트 베르자르가 헌터로 일할 때 매우 흉포한 맹수들이 그녀와 그녀의 그룹을 비정상적으로 자주 공격했음이 밝혀짐. 정말로 자유의 어둠이 원인일 경우 그 아이에게서 떼어내야만 할 것이다. 실패할 경우 그 아이는 자신의 의지와 상관없이 손에 피를 묻히고 다닐 수밖에 없을 것이다.'

로젤라는 단말기로부터 눈을 떼어 포프를 다시 봤다.

"저 계집아이는 다른 의미로 위험한 존재였군."

그녀는 마침 옆에 보이는 워치프 탈리케이아를 주시했다.

"저 알타이르 계집도 치프를 보는 눈이 이상하군."

불쾌감을 섞어 중얼거린 로젤라는 탈리케이아와 관련된 문서를 열었다.

'탈리케이아 디레이샤 알타이르 클라두스. 알타이르의 워치프. 그라니트 행성에서 정령의 도움을 받는 알타이르 전사는 평소의 몇 배에 가까운 힘과 신체 강도를 갖게 된다. 탈리케이아 역시 마찬가지이며 그녀는 워치프라는 계급이 무엇인지를 알려주듯 굉장한 실력을 갖고 있다. 힘을 조절하는 능력만 봐도 그렇다. 하루 정도의 훈련—뭐, 공중 부양 같은 것?—을 통하여 일상생활은 물론 전투에도 지장이 없는 수준이 됐다. 그들의 정신력과 섬세함에는 감탄할 수밖에 없다. 심리적으로는 데스 디아 브라토레, 헤이파 브라토레보다 나약한 면이 있지만 상냥하다고 표현하는 편이 나을 것이다. 탈리케이아는 지구의 무기와 전술에 대한 호기심이 브라토레 가문의 사람들보다 강하다. 하지만 아직은 말 그대로 호기심 수준이며 이해력은 약간 실망스럽다.'

거기까지 읽은 로젤라의 입술 끝이 슬쩍 올라갔다.

"하긴, 공중 부양은 나도 처음 봤을 때 엄청 놀랐지."

그녀의 눈이 글을 따라 다시 움직였다.

'만약 그녀가 적이 될 경우라면? 알타이르 워치프들은 레벨 8 수준의 군용 화학 병기조차 통하지 않으며 생물학 병기 역시 의미가 없다. 레벨 8이면 수면 20미터 아래에 있는 고래도 죽일 수 있는 놈들인데 말이지. 현재 고분자 화합물을 이용한 정령 교감 차단제를 이용해 무력화시킬 수 있으나 수량이 부족하고, 만약 정면 승부 상황이라면 차단제를 쏘기도 전에 이쪽의 머리 가 날아갈 것이다. 그들은 날아오는 탄환을 인식하고 피하는 시 력과 순발력을 갖고 있다. 아마 그들이 코앞에서 박수만 쳐도 아무 장비도 걸치지 않은 지구인은 그 충격에 얼굴 가죽이 터 지며 죽을 것이다. 일 대 일 상황이라면 그냥 다 집어치우고 땅 에 달라붙어서 항복할 것을 추천함. 물론 난 그녀를 이길 수 있 지만… 아직 확인해야 할 것이 많기에 정확한 기재는 미룬다.'

문서를 다 읽은 로젤라는 눈을 감으며 고개를 뒤로 젖혔다.

"그래, 치프. 네 보고서의 마무리는 항상 이따위였지."

그녀는 혹시나 하는 생각에 사만다의 문서를 열었다.

'사만다 카터. 민간인. 이 애를 건드리는 놈들은 어디에서 뭘 하는 자가 됐든 찾아내어 죽일 것이다.'

로젤라는 너무 황당하여 헛웃음을 터뜨렸다.

"보고서를 수정하라고 그렇게 얘기했는데 결국 안 고쳤군!"

그녀가 데스디아의 문서를 열기 위해 이름을 입력하려는 그 때, 비상 신호등을 켠 고급 승용차가 활주로 쪽으로 들어왔다.

치프가 그 차량을 향해 팔을 흔드는 것을 본 로젤라는 다시 헬멧을 쓰고 모습을 감췄다.

'번호판을 봐서는 하인케스 무역통상 사장이 주로 사용하는 차량이군. 차는 루할트 하인케스… 아니, 영주 루할트가 직접 몰고 있어. 여기에 왜 온 거지?'

그녀는 아침에 젝스가 치프를 어떻게 했는지 전혀 모르고 있었다. 그것은 치프에게 있어서 큰 행운이었다.

＊　　　　＊　　　　＊

차에서 내린 루할트는 평소처럼 정장을 깔끔하게 입고 있었다.

그는 팔다리가 부러진 채 활주로에 누워 있는 자들을 흘끔 본 뒤 곧장 젝스에게 다가갔다.

"젝스."

그가 자신의 이름을 부르자 젝스는 검은색 군용 조끼의 밑자락을 꽉 잡은 채 고개를 들지 못했다.

"무슨 일이 있었는지 들었단다. 이리 오렴."

루할트가 팔을 살짝 벌렸다. 치프는 가보라는 듯 그녀의 등을 두드리며 재촉했으나 젝스는 꼼짝도 하지 않았다.

벌린 팔이 민망해진 루할트는 손을 내리며 어색하게 웃었다.

"이제 와서 이러는 건 나에게 어울리지 않겠지. 난 널 혼내려고 온 게 아니야, 젝스. 책임을 지기 위해서 온 거야."

"오라버니……?"

젝스가 얼굴을 살짝 들었다.

루할트는 안경을 벗어서 정장 포켓에 넣었다.

"난 종족에 대한 위협을 걱정하고 어떻게든 그 위협을 해소하기 위해 나름 노력해 왔단다. 다른 종족의 가치관을 알아보기 위해 회사도 운영해 봤어. 창업 단계를 제외하고는 부정을 저지르지 않아도 큰돈을 벌 수 있었지. 그런데 나의 기사단이, 우리 종족이, 내 친구가 브리치로 빨려들어 가는 모습을 직접 봤을 때는 정신을 못 차릴 정도로 분노했단다. 그리고……."

그는 이후 잠시 동안 말을 잇지 못했다.

치프는 루할트에게 다가가 등을 두드려 주었다. 그런데도 루할트가 입을 열지 못하자 치프는 조금 더 세게 손짓했다.

"그리고 난… 너의 그 모습을 보고 내가 무너지는 것을 느껴 버렸단다."

루할트는 두 손으로 자신의 얼굴을 감쌌다.

"작년에 치프의 옛이야기를 들었을 때는 구질구질한 이야기라고 폄하했었지. 하지만 그건 이 세상에 존재하지 말아야 할 공포였어. 이젠 정말 끝내야 해."

얼굴에서 손을 뗀 루할트는 결심을 단단히 한 듯 비장한 표정을 짓고 있었다.

"네 싸움은 끝났단다, 젝스."

"……."

"이젠 내가 그 길을 걷도록 하마. 회사는 이사진에게 넘겼어. 적당한 인수자가 나타나면 매각되겠지. 주주들이 난리를 치겠지만… 어쨌거나 난 더 이상 루할트 하인케스로 살아갈 수가 없단다. 영주 루할트로서 왕녀 전하를 지키고, 종족을 지키고,

너도 지킬 거야."

그의 말에 움찔한 젝스가 치프를 흘끔 봤다.

치프는 아예 다른 곳에 시선을 돌리고 있었다. 그녀는 이어서 포프를 봤으나 포프 역시 고개를 푹 숙인 채 친구의 시선을 피했다.

"저는 계속 싸울 겁니다, 오라버니!"

"…아니, 넌 치프를 죽일 뻔했어."

"……"

"켐리라는 친구가 일을 잘하더구나. 이젠 모든 무기를 놓고 그 친구를 도우렴. 네 싸움은 내가 이어받으마."

"이렇게 결정하시는 건 옳지 않다고 봅니다! 일방적입니다!"

젝스는 흥분하여 고함을 질렀으나 루할트의 붉은색 눈동자는 한 치의 흔들림도 없었다.

결국 젝스는 치프의 오른팔을 붙들고 흔들었다.

"사장! 이건 아니야! 난 보호받기 위해서 우리 회사에 입사한 게 아니라고! 기사단의 일원으로서 왕녀 전하를 지키고 종족을 지키기 위해 죽을 각오도 했다고! 오늘 아침의 일은 사과할게! 하라는 대로 다 할 테니까 제발 날 버리지 말아줘!"

"젝스, 넌 쉬어야 해. 그리고 나에게 미안해할 필요는 없어. 넌 정말 끔찍한 일을 당했고 그건 의지로만 이겨낼 수 있는 게 아니야. 단지 쉬라는 거야, 젝스. 난 널 버리거나 쫓아낼 생각은 요만큼도 없으니 안심해."

"난 받아들일 수 없어! 절대로!"

젝스가 치프의 팔을 쥔 손에 힘을 넣었다.

순간 치프의 팔에서 우직 소리가 터졌다. 팔뚝 뼈가 부러진 것이다.

"젝스!"

루할트가 급히 젝스의 팔을 붙잡아 치프에게서 떼어놨다.

포프는 경악했고, 탈리케이아는 후회했다.

'내가 그날 젝스와 함께 공항을 맡아야 했어.'

후회는 그녀를 혼란의 진흙탕에 빠뜨렸다.

치프를 포함한 모든 이는 자신들이 지금 누구에게 관찰당하고 있는지 전혀 알지 못했다.

*   *   *

관제탑 위에서 헬멧의 기능을 통해 그들의 대화를 엿듣던 로젤라가 유령처럼 일어났다.

"하하, 치프. 지금 나한테 뭘 보여주는 거야? 그 꼬락서니는 대체 뭐지? 그 A—1730이 심리 상담을 하다가 다친다고? 웃기지 마."

그녀는 권총을 들고 탄약을 확인한 뒤 확실하게 장전했다.

"역시 넌 나 없으면 아무것도 못 해. 내가 구해주지."

그녀가 관제탑 아래로 뛰어내렸다.

*   *   *

왼손으로 팔뚝의 뼈를 맞춘 치프는 빠직빠직 붙는 뼈의 소리를 들으며 입을 꽉 다물었다.

248 그라니트 : 용들의 땅

'하필이면 오른팔이야. 제길.'

팔에서 올라오는 통증이 그의 머리까지 아프게 만들었다. 일반인이었다면 서 있지도 못할 상황이었으나 치프는 눈을 몇 번 깜박이는 것으로 고통을 이겨냈다.

그리고 그의 감각은 여전히 날카로웠다.

"탈리, 루할트, 정신 차려!"

그가 고함을 지르자 탈리케이아가 먼저 뒤로 돌아섰다.

경장갑 전투복의 보조 장치를 이용해 돌진해 오던 로젤라가 왼손으로 뭔가를 던졌다.

탈리케이아의 앞쪽에서 터진 그 물체는 검은색의 액체를 쏟아냈다. 그것들을 뒤집어쓴 탈리케이아는 정령과의 교감이 갑자기 끊기며 무릎이 풀릴 뻔했으나 가까스로 버텨냈다.

그러나 탈리의 뒤통수와 목 사이에 로젤라의 팔꿈치가 제대로 꽂혔다. 탈리케이아는 그대로 기절했지만 일반적인 지구인이었다면 즉사할 정도의 상황이었다.

포프가 호신용 나이프를 뽑으며 은신하려는 찰나, 로젤라의 단검이 그녀의 두 눈을 벼락처럼 베었다.

"아아악!"

포프는 비명을 질렀다.

로젤라는 치프가 올린 보고서 그대로 행동했고, 효과는 확실했다. 실명을 한 포프는 격통에 빠져 아무것도 하지 못했다.

'이걸로 이 계집애의 특수능력은 왕녀에게 치료받을 때까지 신경 쓸 일이 없겠지.'

왼팔로 포프의 목을 휘감은 채 들어 올린 로젤라는 치프가 왼팔로 어떻게든 권총을 뽑으려 하자 그를 향해 포프를 던졌다.

치프는 아직 뼈가 붙지 않은 오른팔로 포프를 후려쳐서 시야를 확보했다. 루할트는 자신 쪽으로 날아오는 포프를 안전히 받아냈다.

그가 왼손으로 쏜 다섯 발의 탄환이 로젤라의 헬멧에, 그것도 한 점에 꽂혔으나 전과 달리 헬멧에는 아무런 흠집도 나지 않았다.

"우리끼리 이러지 말자고, 치프."

로젤라는 치프의 머리를 후려쳤다. 치프는 오른팔로 막으려 했으나 그의 팔은 포프를 받아넘기는 순간에 다시 부러진 상태라 별 도움을 주지 못했다.

"멈춰라!"

루할트가 막아서려 하자 로젤라가 코웃음을 쳤다.

"하, 너희들에게 없는 것이 뭔지 가르쳐 줄까?"

기절한 치프를 어깨에 올린 로젤라가 오른손에 쥔 권총 끝으로 자신의 가슴팍을 툭툭 때렸다.

"바로 양심이야. 치프에게 모든 걸 떠맡기며 살아남은 것들이 이제 와서 친구인 척을 해?"

"……"

"치프는 쉬어야 해. 이제부터 너희들끼리 잘해봐. 너희들의 땅이잖아?"

그녀는 곧장 연막을 터뜨렸다.

포포의 비명 소리를 듣고 공항에서 뛰쳐나온 UNSMC 대원들은 머리에서 피가 빠지는 느낌을 받았다.

"부사장님께서 아시면 난리 나겠네요."

"지금 그게 문제야?"

부하의 말을 지적한 에코 스쿼드의 리더가 자신의 헬멧에 손을 댔다.

"여기는 에코 스쿼드 리더. 엄마 워치프, 들리는가?"

―여기는 엄마 워치프. 헤이파 브라토레다. 무슨 일이지?

"알파가 납치당함. 반복한다. 알파가 납치당함."

상황을 전달한 에코 스쿼드의 리더는 헤이파가 즉각 응답을 안 하자 살짝 짜증이 났다.

"엄마 워치프. 반복한다. 알파가 납치당함."

―에코 리더, 무슨 말이지? 알파가 납치당하다니? 납치인가, 아니면 그가 공항에서 여객선을 타고 혼자 떠났다는 건가?

그녀가 받아들이지 못하겠다는 목소리로 묻자 에코 스쿼드의 리더는 한숨을 내쉬었다.

"하아, 여사님, 실제 상황입니다. 원사님이 A―1729에게 납치당하셨습니다. 탈리케이아 워치프는 현재 기절했고 포프는 중상을 입었습니다. 포프의 눈에서 출혈이 심합니다. 젝스 역시 납치당했는지 보이지 않고 루할트 하인케스 사장은 자리에 서서 꼼짝도 안 하고 있습니다."

―알았네. 위생병은 투입했나?

"방금 달려갔습니다만……."

구급상자를 들고 급히 달려간 위생병들이 에코 스쿼드 리더를 향해 팔을 들어 X자로 교차했다.

위생병 중 한 명이 스스로의 두 눈을 가리킨 뒤 나이프로 베였음을 묘사하자 에코 스쿼드 리더는 주먹을 꽉 쥐었다.

"상황 보고. 포프 베르자르는 나이프에 의해 눈이 베여 실명했습니다. 공동대표님이 오셔야 할 것 같습니다."

—그렇군. 지원 병력이 필요한가?

"부사장님과 공동대표님으로 충분할 것 같습니다."

—그럼 첫째가 갈 때까지 자네에게 현장을 맡기지. 공항의 민간인들을 우선적으로 보호하게. 아, 잠깐. 셸리! 멈춰!

헤이파가 소리를 지름과 동시에 꽝 하는 폭음이 들리고 통신이 끊겼다.

에코 스쿼드 리더는 움찔했고, 다른 대원들은 반사적으로 주변을 경계했다.

'EMP에 의한 통신 방해? 이놈의 행성은 일이 끊이지 않는군.'

에코 리더가 자동소총을 들었다.

"로버트 하사님, 이런 경우는 처음 아닙니까?"

그의 뒤에 서서 주변을 경계하던 대원이 시선을 전방에 고정한 채 에코 스쿼드 리더 로버트에게 질문했다.

"원사님 말인가? 일부러 납치를 당하신 적도 있는 분이시잖아? 괜찮을 거야."

로버트가 왼손을 헬멧에 댔다.

"시에라 리더, 들리나? 여긴 에코 리더. 상황 보고 바람."

—여긴 시에라 스쿼드 리더. 공항 입구와 내부에는 문제없음. 포프가 다쳤다며?

"나이프에 의한 실명. 두 눈 모두 다쳤다는군."

—제길. 그래도 공동대표가 오면 괜찮아지겠지?

"젝스와 마찬가지로 정신적 상처가 문제겠지. 눈알이 칼로 베이는 경험 따위를 애들이 버틸 리가 없잖아?"

—흠. 포프는 원사님 소원대로 다른 일을 알아보게 되겠군.

"모르지. 포프 자신에게 달린 일이니까 말이야. 그리고……"

에코 리더는 뭔가가 하늘에서 뚝 떨어져 루할트 앞에 내려서는 것을 목격했다.

활주로에 닿기 전 거짓말처럼 감속하여 멈춘 그녀 셀레스티아는 두 발로 활주로를 걸어서 포프와 루할트, 그리고 위생병들을 향해 걸어갔다.

—그리고 뭐?

"음, 아니야. 공동대표가 왔군."

—벌써? 어떻게?

"나중에 얘기하지. 아, 공항 관제탑과는 자네가 얘기해 줘. 난 공동대표를 살피도록 하지."

—알았어. 시에라 리더, 통신 종료.

에코 리더 로버트 하사는 오늘 이후 많은 것이 변할지도 모르겠다는 생각을 해봤다.

'빌어먹을 로젤라. 역시나 불행의 여신이로군. 그런데 원사님은 몰라도 젝스는 왜 납치한 거지?'

그는 헬멧의 망원 기능으로 셀레스티아의 움직임을 주의 깊게 관찰했다.

      *   *   *

인간의 모습을 한 채 회사로부터 전속력으로 날아왔음에도 불구하고 셀레스티아의 호흡에는 이상이 없었다.

지구 대기권에 맨몸으로 진입해도 아무 문제가 없는 초월적인 육체인 만큼 문제가 생기는 것이 오히려 이상한 일이었다.

넋이 나간 루할트를 가만히 바라본 셀레스티아는 옆에 세워진 긴급구조용 로봇 쪽으로 몸을 돌렸다.

포프는 로봇의 등판에 전개된 후송용 침대에 누워 있었다.

그녀의 눈에는 위생병들이 급히 뿌린 지혈용 생체 거품이 얹혀 있었다. 포프 자신은 방금 투여된 진정제 및 마취제 때문에 움직이지 않았다.

"제가 포프를 치료하겠습니다."

"힘껏 하십시오. 도중에 시비 거는 놈들이 있으면 저희들이 처리하겠습니다."

위생병들과 함께 온 에코 스쿼드 대원들이 대형 텐트를 급속 전개하여 셀레스티아의 치료 과정이 다른 이들에게 드러나는 것을 차단했다.

셀레스티아의 몸이 백금색으로 빛을 냈다. 루할트는 그 모습을 보기가 부끄러워 고개를 돌렸다.

셀레스티아의 손에 모인 빛이 모래 가루처럼 흘러내려 포프의 눈에 스며들었다.

잠시 뒤, 포프의 눈을 덮고 있던 생체 거품이 바스러지며 침대 위로 떨어져 내렸다. 거품에 덮여 있던 포프의 눈은 핏자국을 제외하면 깨끗했다.

셀레스티아의 빛이 사라졌다.

"이제 됐습니다."

그녀의 말에 응답하듯 위생병이 엄지와 검지로 포프의 눈꺼풀을 벌리고 진단 장치의 빛을 쬐었다.

"각막, 수정체, 홍채, 섬모체 및 각종 인대 이상 없음. 굴절 증상 없음. 유리체 정상. 안압 정상. 의학적으로는 이상 없습니다. 수고하셨습니다, 공동대표님."

"포프는 언제 깨어날까요?"

셀레스티아가 묻자 위생병이 그녀 쪽으로 고개를 돌렸다.

"지금 깨우면 심리적으로 악영향을 줄 수 있습니다. 제가 보기엔 공동대표님의 안색이 더 안 좋으니 하인케스 사장님과 함께 따뜻한 차라도 한 잔 하십시오."

"치프가 납치됐다고 들었습니다."

목소리도, 표정도 잔잔했지만 그녀는 화를 내고 있었다.

"잘 아시는군요. 원사님께선 무사히 돌아오실 겁니다."

"치프가 무사하다는 보장이 어디 있습니까? 당장 찾아야만 젝스처럼 다치지 않을 겁니다!"

"한두 번 맛보신 지옥 따위를 원사님께 대입하지 말아주십시오."

비록 헬멧으로 표정을 가리긴 했지만 위생병의 목소리에는 힘이 실려 있었다.

그 분위기에 짓눌린 셀레스티아는 더 이상 말을 하지 못했다.

"…포프를 부탁드립니다."

"맡겨주십시오."

간이 천막에서 나온 셀레스티아는 루할트를 돌아봤다.

"괜찮습니까, 영주여?"

"…뭐라 드릴 말씀이 없습니다, 왕녀 전하."

루할트는 고개를 들지 못했다.

"왕녀 전하."

"예, 말씀하세요, 영주여."

"저희 스스로 할 수 있는 일은 정녕 존재하지 않는 것입니까?"

"지금은 그런 것 같습니다. 섣불리 움직이면 오히려 일을 키우게 될 것 같군요."

셀레스티아가 오른손을 들어 자신의 가슴팍 위에 올렸다.

"저는 지금 매우 두렵습니다, 영주여."

"전하."

"그러나 그에 맞서겠다는 마음도 더욱 깊어졌습니다. 이미 많은 일을 겪으신 분들의 눈에는 어린아이의 앙탈로밖에 보이지 않겠지만 말이지요. 특히 헤이파 여사님께는 뺨이라도 얻어맞을 것 같군요."

"……."

"마음은 이렇게 먹고 있지만… 너무 부끄럽고 참담하여 어찌할 바를 모르겠습니다. 말로는 뭘 못한단 말입니까?"

그녀가 오른손을 더 들어 붉어진 눈시울을 덮으려 했다.

그때 에코 스쿼드 리더가 단말기를 들고 그녀에게 다가왔다.

"조금 이따가 우셔야 할 것 같습니다, 공동대표님."

"예?"

"회사와의 통신이 회복됐습니다. 엄마 워치프… 아니, 헤이파 브라토레 여사님께서 공동대표님을 찾으십니다."

헤이파가 찾는다는 말에 셀레스티아의 얼굴이 파랗게 질렸다.

"아, 알겠습니다."

그녀는 두 손으로 단말기를 받아 들었다.

"세, 셀리입니다, 여사님."

—목소리를 들어보니 혼날 짓을 했다는 건 잘 알고 있나 보구나.

"예, 여사님."

—회사에 돌아오면 볼기를 두들길 것이니 그리 알아라. 그보다 포프의 상태는 어떠하냐? 이미 치료를 마쳤느냐?

"그렇습니다. 지금은 약기운에 잠들어 있습니다."

—치프는?

"젝스와 함께 보이지 않습니다."

—A—1729가 젝스까지 끌고 갔다고? 웃기는 계집이로군. 아무튼… 무서웠을 텐데 수고했구나. 에코 리더를 바꿔주겠니?

"예, 여사님."

셀레스티아는 에코 리더에게 한 손으로 단말기를 건넸다. 에코 리더 로버트는 그녀의 행동 차이를 주목했다.

'하긴, 엄마 워치프한테 엄청 혼나면서 생활하셨지. 식사 예절부터 시작해서 말이야.'

그는 건네받은 단말기를 조작하여 통신을 헬멧에 연결시켰다.

"에코 스쿼드 리더입니다. 말씀하십시오, 엄마 워치프."

—첫째는 그쪽으로 가지 않을 것이야.

"예?"

—지금까지 다른 이들에게 전해 들은 A—1729의 행동양식을

기초로 따져봤다네. 이번 사건은 아마도 A—1729가 충동적으로 저지른 게 분명해. 그 충동이 대단히 치명적인 결과를 냈을 뿐이야.

"납득하기 쉽게 설명해 주십시오."

―포프를 죽이지 않은 게 근거라네. 단검으로 포프의 눈을 벨 수 있을 정도의 실력이라면 목을 따는 것은 일도 아니었겠지.

"공동대표를 회사에서 이끌어내기 위한 책략이란 말씀이십니까?"

―아니. 그 계집은 치프에게 죽기 싫어서 그랬을 거야. 포프가 사망했을 경우 치프가 용서했을 것 같나?

"하지만 당시 원사님은 오른팔이 부러져서 제대로 된 저항을 할 수 없는 상태였습니다."

―오른팔이 부러졌다고? 누구에게?

"젝스 하인케스입니다."

―하아, 그 꼬마가 또 사고를 쳤군. 그럼 그게 A—1729의 충동에 불을 붙인 방아쇠겠지. 아무튼 치프는 맨몸으로 엠페라투스와 맞선 남자라네. 건하운드 없이도 프린팅이 가능한 재주꾼인데 팔이 부러진 게 문제인가?

"음, 납득했습니다. 에코 스쿼드와 시에라 스쿼드는 탈리케이아 워치프와 함께 공항 관련 임무를 지속하겠습니다."

―부탁하네. 아, 탈리는 어떤가?

"아직 기절 상태입니다."

―셸리에게 맡기게. 셸리가 탈리의 피로까지 회복시켜 줄 수 있으면 좋겠군.

"강력히 건의하겠습니다."

―그래주게. 엄마 워치프, 통신 종료.

통신을 마친 로버트는 헛웃음을 터뜨렸다.

'여자의 감인가, 아니면 알타이르의 전설적 영웅이기에 가능한 판단력인가? 아무튼 안정감이 넘치는 냉정함이로군. 뎃디 부사장과는 역시 뭔가 달라.'

그는 셀레스티아에게 손짓했다.

"공동대표님, 탈리케이아 워치프도 봐주십시오."

"알겠습니다."

그녀는 타르와 같은 정령 교감 차단제를 잔뜩 뒤집어쓴 채 대원들에게 부축을 받고 있는 탈리케이아에게 다가갔다.

*   *   *

팔다리가 합금으로 된 구속구에 묶인 채 빅시티의 슬럼가로 끌려온 젝스는 마치 마네킹처럼 눈에 힘이 없었다.

약이나 구타를 당하진 않았지만 그녀는 조금의 저항도 하지 않았다.

옆에 똑같이 구속구에 묶여 쓰러져 있는 치프 때문이었다.

치프의 주변에는 젝스가 여태껏 접한 지구인보다 체온이 월등히 높은 자들이 잔뜩 몰려들어 온갖 흉기를 주물럭거리고 있었다.

"이 새끼의 얼굴 가죽은 내 거야."

"멋대로 해. 치아는 내가 다 가져가도록 하지. 목걸이로 만들어서 걸고 다녀야겠어."

"놈의 심장은 잘 훈증해서 심심할 때마다 조금씩 잘라 먹겠어."

"늑골이든 척추든 어서 골라. 내가 정육점에서 일했다는 말을 했던가?"

누군가가 나이프 하나를 빙빙 돌리며 군침을 흘렸다.

젝스는 눈을 흘끔 돌렸다.

'저들이 혹시 메타휴먼인가?'

그들이 있는 방으로 누군가가 들어왔다.

탄산수를 손에 든 로젤라였다.

"너희들, 누구 허락 받고 여기 있는 거지? 혹시 치프를 건드렸나?"

"내버려 둬! 이 녀석에게 죽은 우리 동포가 몇 명이나 되는 줄 알아?"

"…한 번만 더 소리를 지르면 밥은 없어. 영원히 먹지 못하도록 식도를 뽑아서 항문에 꽂아버릴 테니 알아서 해."

"흥."

"구경만은 허락하지. 너희들 입장에선 지그시 살피기 어려운 얼굴이니까 말이야."

로젤라는 등받이가 큼직한 의자에 앉아 탄산수의 뚜껑을 열었다.

'미안, 사장. 난 아무래도… 안 될 것 같아.'

젝스가 눈물 맺힌 눈을 질끈 감았다.

방의 불이 잠깐 꺼졌다가 다시 켜졌다.

"하, 이젠 전등 가지고 장난을 쳐?"

의자에서 일어나 뒤를 본 로젤라는 큰 덩치의 메타휴먼 남성이 가만히 서 있는 모습을 봤다.

"…쯧."

로젤라가 혀를 차자 메타휴먼의 목덜미에 꽂혀 있던 나이프가 뽑혔다. 상처에서 톡 터진 피는 그냥 주르륵 흘러내렸다. 이미 심장이 정지한 상태였기 때문이다.

쓰러진 남자의 주변에는 목과 귀가 나이프에 뚫려 즉사한 메타휴먼들이 즐비하게 누워 있었다.

"얘기 좀 할까, 로젤라?"

치프는 그 남자의 시체를 넘어서 로젤라에게 다가갔다.

젝스는 믿을 수 없다는 눈으로 치프의 뒷모습을 바라봤다.

그녀는 방금 전에 일어난 모든 일을 선명하게 목격했다.

낙엽을 털어내듯 구속구들을 풀고 일어난 치프는 메타휴먼 가운데 한 명이 든 나이프를 빼앗은 뒤 방의 불을 껐다.

치프의 나이프는 상대들의 목과 귓구멍에 나이프를 박으며 한 명씩 순식간에 쓰러뜨렸다.

만약 방에 불이 켜져 있었다면 그 모든 이가 허수아비처럼 가만히 있다가 당한 것처럼 보였겠지만 젝스의 초감각이 내놓은 답은 달랐다.

치프는 반응을 하려는 사람들을 우선적으로 처리했다. 그것은 젝스가 동물적으로 감지한 순서와 일치했다.

마지막으로 죽은 큰 남자는 로젤라에게 도움을 청하기 위해 돌아서다가 뒷목을 찔려 죽고 말았다.

일어나서 마지막 적을 죽일 때까지 치프에게 필요한 시간은 단지 4초 내외였다.

'포프는… 사장의 저런 모습을 몇 번이나 본 거구나.'

그녀는 포프가 반달리온 및 진 플레커, 그리고 동생들이 얽힌 일을 겪는 모습을 보고 대단히 걱정했다. 하지만 포프는 무너지기는커녕 자신의 신념을 꾸준히 완성해 갈 수 있었다.

'UNSMC 대원들도 마찬가지일 거야. 역시 사장은 다른 사람들을 강하게 이끄는 힘을 갖고 있어.'

그녀는 치프를 처음 만난 날을 떠올렸다. 당시 그녀는 본능적으로 치프를 이 무리의 우두머리라고 감지했다.

데스디아, 혹은 치프 중에 한 명이라는 고민조차 하지 않았다.

'그래, 난 그때부터……'

며칠 전 험한 일을 당한 이후 내내 어둡던 젝스에 싱거운 미소를 지었다.

나이프를 내린 치프는 왼손을 로젤라 쪽으로 내밀었다.

"내 단말기부터 내놔, 로젤라."

치프가 요구하자 젝스는 둘 사이의 거리를 따져봤다.

의자에 앉은 로젤라가 불편하게 몸을 숙여 팔을 뻗지 않으면 치프의 나이프를 빼앗을 수 없는 거리였다.

"흥."

콧소리를 낸 로젤라는 자신의 군용 조끼 주머니에 넣어놓은 단말기를 꺼내 그에게 내밀었다.

단말기를 돌려받은 치프는 손을 다시 내밀었다.

"총이랑 각종 도구도."

"총과 탄약만 줄게. 도구는 내가 기념으로 가져야겠어."

"왜?"

"내가 널 기절까지 몰고 간 게 오늘이 처음이잖아? 트로피를 가질 자격이 있다고."

"뭐, 상관없겠지. 뭔가 좀 달라고 앙탈을 부리는 모습을 보니 조금은 예뻐 보이는군."

"진짜?"

"아, 너무 기뻐하지 마. 떠올리기도 싫지만 난 너 때문에 내 대원들을 내 손으로 죽여야만 했어. 그때 기억이 아직도 생생하니 날 자극하지 않는 게 좋아."

로젤라는 치프의 권총과 권총집, 탄약을 돌려주었다.

치프는 나이프를 자신과 젝스 사이의 바닥에 던져 꽂은 뒤 권총집을 벨트에 장착하고 권총의 상태를 점검했다.

"포프를 죽이지 않은 이유가 뭐야?"

치프가 물었다.

"그 꼬마를 죽였다면 내가 너랑 이렇게 이야기를 할 수 있었을까?"

"하긴, 포프를 죽였다면 넌 지금쯤 팔다리가 잘린 채 드럼세탁기 속에서 들어가서 빙빙 돌고 있었을 거야."

"드럼세탁기?"

로젤라가 집중하고 냄새를 맡아봤다.

"…세제가 가열된 냄새가 나는군. 아, 그래. 근처에 무인세탁소가 있었어. 역시 감각이 좋네, 치프."

"덕분에 이 나이가 될 때까지 살아남을 수 있었지."

치프는 단말기를 툭툭 두드려 조작한 뒤 바지 주머니에 넣었다.

"네 단말기도 내놔, 로젤라."

"단말기? 어째서?"

"넌 내가 만든 '대응 매뉴얼'에 따라서 포프와 탈리케이아를 상대했어. 드래곤들이 심리적 공격에 약하다는 것도 그 매뉴얼에 들어 있지. 네가 루할트에게 무슨 말을 했는지 모르겠지만 그 친구에게서 무사히 벗어나서 나를 여기에 데려왔으니 심리전이 먹힌 게 분명해."

"……."

"얘기해, 로젤라. 누구의 계정으로 UNSMC 데이터베이스에 접속했지?"

"모르는 게 나을걸."

그러면서도 그녀는 자신의 단말기를 치프에게 내밀었다.

"…관두지."

치프가 돌아섰다.

"난 갈 테니 시체나 잘 처리해. 난 메타휴먼들의 시체 따위는 보고 싶지도 않아."

"그럼 이거나 갖고 가."

로젤라가 뭔가를 획 던졌다.

왼손으로 그 물건을 받은 치프는 눈썹을 으쓱였다.

"지갑."

"그래, 지갑. 여전히 돈에 대한 개념이 없네."

"그러게? 배도 고픈데 큰일 날 뻔했네."

치프는 젝스에게 가까이 다가가 그녀를 묶고 있는 금속 구속구를 맨손으로 풀어냈다.

힘으로 뜯거나 그러는 게 아니라 손에 쥐고 몇 번 철컥철컥 흔드니 구속구가 완전히 풀려 바닥에 떨어졌다.

젝스의 양 어깨를 붙잡고 일으켜 준 치프는 고개를 갸우뚱하며 그녀를 살폈다.

"뭔가 좀 허전해 보이는데?"

"……."

묵묵히 고개를 숙이고 있던 젝스는 치프가 자신의 시선을 좇듯 허리를 굽히고 고개를 돌리자 인상을 쓰고 눈을 돌렸다.

"모자."

"모자? 아, 모자를 안 썼군. 젝스의 모자는 어디 있어?"

치프는 젝스의 검은색 쇼트 컷 머리를 쓰다듬으며 로젤라에게 물었다.

"공항에 있지 않을까? 난 데스디아 브라토레나 셀레스티아라는 년이 오기 전에 튀느라고 정신이 없었거든."

"넷디한테 은근히 신경 쓰네?"

"네가 낀 상태에서 그년이랑 싸우긴 싫거든. 그 캐러멜 같은 계집은 나 혼자 상대할 거야. 이긴 자가 널 차지하겠지."

"내가 무슨 14박 15일 하와이 여행 티켓쯤으로 보여?"

"저렴한 비유네, 치프. 그리고 난 하와이 싫어해. 진주만 기지에 나쁜 기억이 있거든."

"아, 그래! 네가 거기서 싼 X을 내가 수습하느라 얼마나 고생했는지 알아? 갑자기 불쾌해지는군!"

투덜거린 치프는 젝스의 등을 두드려 주었다.

"집에 가자, 젝스. 이제 무서워할 것 없어."

"…응, 사장."

치프는 젝스를 데리고 조용히 방을 나갔다.

혼자가 된 로젤라는 시체가 잔뜩 있는 방에서 탄산수를 마시며 치프가 남기고 간 도구들을 만지작거렸다.

"전기충격기 두 개에 해킹용 툴. 만능열쇠, 광학 분석기, 지향성 EMP에… 탄산음료 한 팩? 최근 탄산음료 같은 걸 많이 마시던데, 혹시 당뇨라도 걸렸나?"

그녀가 고개를 갸웃거렸다.

로젤라는 치프가 왜 당분을 자주 섭취하는지에 대해 아직 모르고 있었다.

"평소에 갖고 다니던 것보다 검소하네? 뭐, 이 정도면 어지간한 놈들은 다 소화시킬 수 있지만."

그녀는 단말기를 조작하여 음악을 틀었다. 단말기 스피커를 통해 음악을 듣는 것은 로젤라의 취미와 거리가 멀었지만 그녀가 소중히 사용하는 LP와 턴테이블은 다른 곳에 있기에 어쩔 수 없었다.

"여기서 무사히 빠져나가길 기원할게, 치프."

중얼거린 로젤라는 의자에서 일어나 침대에 누웠다. 방을 가득 채운 피의 비린내에도 불구하고 그녀의 표정은 온화하기만 했다.

73
새로운 손님들

젝스와 함께 건물을 나온 치프는 자신의 단말기를 뜯고 내부를 살펴봤다.

　"역시 GPS 관련 부품들을 망가뜨렸어. 연락은 가능하겠지만 찜찜하군."

　결국 그는 단말기를 조작하여 소각 모드에 맞춘 뒤 멀찌감치 던졌다. 몇 초가 지난 뒤 단말기 전체가 하얀 불꽃을 내며 타들어갔다. 이후 남은 것은 약간의 재와 전면 강화유리뿐이었다.

　"벌써 밤이야. 밤 10시 20분. 정말 오랫동안 잠들어 있었군. 젝스, 단말기 있어?"

　젝스는 고개를 저었다.

　"없어, 사장. 회사에 있을 거야."

　"그럼 뭐… 얘기나 하면서 가자."

"안 돼."

젝스가 손을 내밀어 치프의 셔츠를 잡았다.

"이 근처에 적의… 아니, 살의가 느껴져. 인간의 모습을 하고 있지만 모든 이의 체온이 40도에 가까워."

"메타휴먼이군."

"우리를 발견하진 못한 것 같아. 함부로 움직이면 안 돼, 사장."

"함부로 움직이고 싶어도 주변 지형을 모르는데 어쩌지?"

"그건 내가 해결해 줄 수 있어."

젝스의 두 손에서 일어난 전류가 빅시티 전체를 축소한 모형처럼 정교하게 만들어졌다.

젝스는 한 손으로 전류를 공급하며 반대편 손으로 그 모형을 확대, 지적하여 자신들의 위치와 주변 지형을 알려주었다.

"우린 여기 있어, 사장."

"음……."

치프는 권총과 탄약을 점검한 뒤 젝스가 만든 지도를 자세히 살피고 외웠다.

"사장, 메타휴먼들은 얼마나 강해?"

"대처 방법을 모르면 끝이고 알면 그놈들보다 쉬운 적수는 없어. 난 괜찮아, 젝스. 그보다 네가 문제지."

"……."

"이봐, 젝스. 우린 아주 간편한 방법을 놔두고 고민하는 중이라고. 네가 본래의 모습으로 돌아가서 날 태우고 회사로 날아가면 돼. 이 슬럼가에서 액션 영화를 찍을 필요 자체가 없어."

치프의 지적에도 젝스는 그 어떤 말도, 행동도 하지 않았다.

"원래 모습으로 돌아가지 못하겠지? 그때 생각이 나서 말이야."

치프는 덤덤하게 핵심을 찔렀다.

"……."

"그럼 넌 저쪽 거리를 통해서 빠져나가도록 해. 난 중심 거리로 가지. 날 못 잡아먹어서 안달인 녀석들이니 너에게 신경을 쓰진 않을 거야."

"그건 싫어!"

젝스가 외쳤다.

"이봐, 젝스. 아까 공항에서도 얘기했잖아? 네가 받은 상처는 천천히 회복해야만 해. 여기서 이렇게 시간을 끈다고 될 일이 아니야."

"이 모습으로라도 끝까지 사장을 따라가겠어. 함께 살아서 이곳을 빠져나갈 거야."

젝스의 두 주먹에 노란색의 전류가 흘렀다.

"포프도 해냈는데 내가 못할 건 없다고!"

"흠, 그렇구나."

치프는 그녀에게 손을 내밀었다.

"내 손을 잡아봐, 젝스."

"손?"

"손이 따뜻해지면 마음까지 따뜻해지거든. 긴장도 확 풀리지."

젝스는 그의 손을 악수하듯 잡았다.

"말고, 반대편 손."

치프의 왼손과 젝스의 오른손이 단단히 맞물렸다.

그리고 둘은 나란히 생명력이 느껴지지 않는 거리를 걸어갔다. 가로등만이 찬란하게 빛날 뿐이다.

"메타휴먼들은 나를 엄청나게 증오하고 있어. 물론 나도 놈들을 인간 취급하지 않지만 말이야."

치프가 말했다.

"메타휴먼에 대한 이야기는 사람들에게 들었어. 그들이 지구에서 끔찍한 짓을 저질렀다고 하던데?"

젝스는 치프와 잡은 자신의 손을 흘끔 봤다.

"응, 많은 사람이 죽었지. 그래서 나도 녀석들을 많이 죽였어. 분명히 말하지만 그리 즐거운 일은 아니었지. 내가 녀석들에게 저지른 일들 가운데 몇 가지는 사람으로서 해선 안 될 짓이기도 했고 말이야."

"예를 들면?"

"총알 한 발로 끝내면 될 일을 질질 끌어버린 거야. 놈들을 힘 좋은 세탁기에 넣어서 돌리거나, 종이를 말아서 어딘가에 꽂아놓고 죽을 때까지 기다린다거나, 몸에 칼집을 내서 소금을 가득 채운 트럭 화물칸에 묻어버린다거나… 그렇게 고문해서 죽인 거지. 메타휴먼들은 지진으로 인해 방황하던 이재민들을 사로잡아서 그런 일들을 저질렀어. 그걸 우리가 그대로 되갚아준 거야. 사람을 정육점의 고기 취급하는 놈들 따위는 절대로 용서할 수 없었거든."

젝스가 발을 멈추더니 치프의 손을 놓으려 했다. 해적들에게 몸이 잘릴 때가 떠올라서였다.

하지만 치프는 젝스의 손을 더욱 세게 잡았다.

"후회도, 모욕감도 느끼지 못하고 깨끗하게 살아간다는 건

어찌 보면 큰 욕심일지도 몰라, 젝스. 적어도 난 그렇게 생각해."

그들이 있는 거리에 사람들이 한둘씩 나타났다.

검은색의 타이트한 특수 복장을 입은 메타휴먼들이었다.

치프는 젝스의 손을 놓았다. 젝스는 아직 남아 있는 그의 온기를 꽉 쥐며 메타휴먼들을 살폈다.

"언젠가는 '네가 뭔데?' 라고 무례하게 묻는 자가 한 명쯤은 네 앞에 나타날 거야. 그럴 경우… 믿기 힘들겠지만 네 마음에 난 수많은 흉터가 놀랍게도 너를 지지해 주는 힘이 될 거야. 믿어봐. 진짜니까."

"그런 일을 겪기 위해서라도 여길 나가야겠네."

"맞아, 젝스."

젝스의 두 주먹에 전류가 흘렀다.

"함께 살아남자, 사장."

젝스는 문득 옆을 봤다. 방금 전까지만 해도 옆에 있던 치프가 갑자기 사라진 것이다.

젝스가 당황할 틈도 없이 거리의 전등이 모조리 꺼졌다.

완전한 어둠 속에서 발소리가 들렸다.

"여어, 저녁은 든든하게들 먹었나?"

"A—1730!"

가장 먼저 소리를 지른 자가 풀썩 쓰러졌다.

밤에도 세상을 밝게 볼 수 있는 메타휴먼들이 눈을 빛내며 치프를 찾으려 했으나 그들은 좋은 표적일 뿐이었다.

그러나 그들은 총에서 터지는 소리는 물론 탄피가 떨어지는 소리조차 듣지 못했다. 권총에 붙은 노이즈 캔슬러가 주는 실제적 공포였다.

"인간을 우습게 봤지? 나한테 전부 사냥당한 주제에 또 기어 나와서 덤비는 꼴을 보니 아직도 우릴 우습게 보는 것 같군."

치프의 목소리가 아까와는 다른 방향에서 들려옴과 동시에 두어 명이 더 쓰러졌다.

거리에 나온 모든 메타휴먼은 자신들 가운데 유일하게 리펄시브 포스, 즉 척력장을 사용할 수 있던 친구를 그리워했다.

만약 그가 있었다면 그들은 치프가 어둠의 어느 곳에서 총을 쏘든 일단 안심할 수 있었을 것이다.

그러나 그 척력장 사용자는 이 행성에서 치프와 만난 첫날에 즉각 총을 맞아 죽고 말았다. 그가 그때 발휘한 조심성 때문에 메타휴먼들은 초인적인 능력과 숫자의 우위를 살리지 못하고 있었다.

몇몇이 치프의 목소리를 따라 약간 다른 움직임을 보이자 그들의 머리에도 탄환이 박혔다. 그들은 음파로 물체의 위치를 포착할 수 있는 자들이었는데, 그들까지 죽어나가자 메타휴먼들의 공포는 증폭되고 말았다.

"인간은 원시시대부터 뭔가를 던져서 목표를 맞추는 것에 대해 집착을 보였어. 돌, 화살, 투척용 무기 등등. 그리고 그 정점에 달한 게 총이야. 총은 너희들의 특수능력보다 그 위력이 못할지 몰라도 너희들의 순발력만큼은 확실히 초월하고 있지. 총은 인류 역사 그 자체이며 지금도 우리와 함께 진화하고 있는 무기야. 총의 유일한 문제는 좀 무례하다는 건데, 너희들에게는 무례함조차도 아깝군."

치프의 목소리가 다시 어둠 속으로 사라졌다.

"내일 아침 식사는 지옥에서 먹도록 만들어주지."

그 말이 메아리처럼 희미해졌다.

메타휴먼들은 당황했다. 그것은 젝스도 마찬가지였다.

메타휴먼들과의 처절한 싸움을 각오하고 있던 그녀는 어둠 속을 마음껏 돌아다니며 메타휴먼들을 사냥하는 치프의 모습을 직접 보고도 믿기가 힘들었다.

그녀는 꽉 쥔 주먹을 풀지 않고 치프를 자세히 봤다.

그는 소지품에 존재하지 않던 고글을 눈에 쓰고 있었다.

'저런 거 사장한테 없었는데?'

그녀는 메타휴먼과의 싸움을 너무 처절히 각오한 나머지 치프가 특별한 장치 없이 뭔가를 프린팅할 수 있다는 사실을 잊고 있었다.

치프가 프린팅하여 눈에 쓴 고글은 군용 야간투시경이었다. 그가 상대방에게 위험 순위를 매겨 순서대로 처리하는 모습에는 일종의 즐거움까지 섞여 있었다.

"모두 건물로 들어가!"

고함을 지른 메타휴먼의 뒤통수에 총알이 박혔다.

치프가 뒤섞인 밤의 어둠에 질려가던 메타휴먼들은 산산이 흩어져 건물 안으로 뛰어들어 갔다.

도망치는 와중에도 적잖은 수의 메타휴먼이 전부 머리에 총을 맞아 숨을 거뒀다. 권총의 탄환을 튕겨낼 만큼 강력한 피부의 소유자들이 동료들의 뒤를 봐주면서 일방적인 학살이 잠시 멈췄다.

탄창을 갈아 끼운 치프는 젝스의 곁으로 다가갔다.

그는 젝스에게 수신호를 보내어 자신이 보이냐고 질문했다. 젝스는 말로 대답할까 하다가 죠니에게 배운 것을 떠올리고는 역시 수신호로 대답했다.

빙긋 웃은 치프는 왼쪽 건물과 오른쪽 건물을 차례로 지적한 뒤 각 건물에 숨어든 메타휴먼의 숫자가 몇이냐는 질문을 수신호로 대신했다.

왼쪽에 하나, 오른쪽에 셋.

고개를 끄덕인 치프는 잠깐 있다가 진지한 표정으로 수신호를 보냈다.

그는 그들을 죽일 수 있냐는 질문, 그리고 가급적이면 여기에 있어달라는 뜻을 전했다.

젝스는 잠깐 멈칫했다가 손을 움직였다.

어느 쪽이 당신을 위한 일이냐?

그 질문에 치프는 어느 쪽이든 너를 위한 일이라고 수신호로 대답했다.

젝스는 팔을 쭉 뻗어 치프의 어깨에 손을 얹었다. 치프의 뼈를 타고 올라온 미세한 진동이 치프의 고막에 전해졌다.

"이것이 내가 살면서 첫 번째로 후회할 일이 된다면 망설이지 않고 저질러 버릴 거야. 사장을 위해서가 아니라 나를 위해서."

고개를 끄덕인 치프는 그녀를 가볍게 포옹하고 등을 소리 없이 두드려 주었다.

오른쪽 셋을 가리킨 치프는 왼쪽 건물로 향했다.

젝스는 건물 안에서 움직이는 자들의 모습을 투시로 꿰뚫어

보며 날렵하게 움직였다.

치프는 왼쪽 건물로 들어가기 전에 집에 불이 켜진 것을 확인한 뒤 호흡을 조절했다.

'이 건물에 한 명이라고 말하긴 했는데… 이 건물과 옆 건물이 완전히 붙어 있으니 분명 변수가 있을 거야.'

야간투시경을 만져서 열 감지 상태로 바꾼 치프는 상대의 위치를 정확히 잡아냈다.

집 내부의 메타휴먼은 몸을 바짝 숙인 상태였다.

'몸을 숨길 만한 구조물이 안에 있나? 흠, 부엌 가구 정도겠지.'

2층의 창문을 열고 들어간 치프는 발소리를 죽인 채 이동하여 1층으로 가는 계단에 섰다.

상대는 그가 예상한 것처럼 조리대 뒤에 몸을 숙이고 호흡을 조절하고 있었다. 일반인이 호흡을 가쁘게 쉬는 것보다 몇 배의 속도로 헐떡이는 그 메타휴먼 남성의 모습에 치프는 눈썹을 으쓱했다.

'초음파 방사 능력자로군. 네가 발산하는 초음파는 방탄차 안에 있는 인간도 액화시킬 수 있지. 저 친구 이름이 뭐였더라? 존 잭슨이었나, 존슨 잭이었나?'

치프는 그의 귓바퀴 위쪽에 탄환을 꽂아 넣었다.

거기까진 좋았다.

메타휴먼이 너무 요란하게 쓰러지면서 제법 큰 소리가 나버린 것이다.

순간 옆집 벽이 뚫리면서 근육질의 여성이 나타났다. 동료가 쓰러지는 소리를 듣고 곧장 돌진해 온 그녀는 계단 위에 있는 치프를 어렵지 않게 발견했다.

"A—1730!"

그녀가 소리치자 치프는 급히 계단 아래로 내려가면서 전등 스위치를 내렸다.

그 메타휴먼 여성은 어둠 속에서 치프가 움직이는 모습을 가까스로 인식하고는 그곳을 향해 마구잡이로 몸을 움직였다.

콘크리트와 나무로 다져진 계단이 깨지고 전기가 끊겨 방치된 냉장고가 농구공처럼 방 안을 굴러다녔다. 조리대 역시 창밖으로 날려갔다.

"내 피부에 총알 따위는 통하지 않는다!"

입을 벌리고 소리를 지르던 그녀의 입안에 권총이 들어왔다.

"알아."

발사된 탄환이 입천장을 긁고 안으로 파고들어 가더니 그녀의 숨골을 엉망으로 헤집어놓았다.

사망한 여성이 앞으로 쓰러졌다.

그녀가 뚫은 벽으로부터 온몸에 화염을 두른 자가 나타났다. 그의 불꽃이 방을 환히 밝혔다.

그는 쓰러진 메타휴먼들을 보고 분노하여 눈을 질끈 감았다.

"A—1730 이 녀석……!"

쓰러진 여성의 밑에 가만히 깔려 있던 치프는 그 틈을 노리고 손을 들어 총을 쐈다. 탄환은 상대의 불꽃 머리를 관통했고, 남자의 불꽃은 피식 식었다.

여성을 밀어내고 일어난 치프는 아까 그녀가 부순 계단을 살짝 넘어 위층으로 다시 올라갔다.

다른 메타휴먼들이 소음을 듣고 다시 거리로 나오려는 한편, 젝스가 향한 오른쪽 건물에서도 일이 벌어졌다.

힘으로 벽을 뚫고 들어와 상대를 붙잡은 젝스는 훈련받은 그대로 상대의 목을 비틀었다.

그녀의 엄청난 완력에 목이 돌아가 버린 메타휴먼 여성은 능력을 미처 발휘하지도 못하고 즉사했다.

주변에 있던 두 명의 메타휴먼 중의 한 명이 문어처럼 물컹하게 변했다. 다른 이는 피부를 돌처럼 단단하게 다졌다.

젝스는 물컹하게 변한 메타휴먼이 자신의 피부 일부를 촉수처럼 늘려 자신의 오른팔을 휘감아오자 고압전류를 일으켜 그를 구워 버렸다.

몸을 다진 자가 돌진해 오자 왼쪽 주먹을 있는 힘껏 휘둘러 맞섰다.

설계를 변경하여 강화된 젝스의 육체는 그를 산산조각 내고도 남을 만큼 강력한 힘을 발휘할 수 있었다.

'할 수 있어!'

그녀는 팔다리와 날개, 꼬리가 잘린 자신의 진짜 육체를 떠올렸다.

'이들은 다른 이들을 그런 식으로 만들어 괴롭히고 즐긴 자들이야.'

젝스는 자신을 노리고 몰려오는 자들의 기억을 읽어봤다.

그 기억 속에는 치프가 말한 끔찍한 광경을 만드는 과정까지도 담겨 있었다.

메타휴먼들은 겁에 질린 사람들을 하등동물이라 외치며 도끼와 전기톱, 혹은 능력을 이용하여 멋대로 훼손하고 그들의 괴로움을 즐겼다.

즐기지 않거나 말리는 자들은 반동으로 몰아 처형하기까지 했다.

'난 이런 자들에게 당했어!'

그녀는 집으로 몰려오는 자들에게 본격적으로 주먹과 발을 뻗었다.

뻣뻣하던 그녀의 몸동작이 점점 빨라지더니 급기야 가속 능력을 가진 메타휴먼과도 속도를 맞춰 맞상대를 할 만큼 활발해졌다.

'내가 이들을 놓아주면 또 다른 누군가가 그런 식으로 당하고 말 거야!'

그녀의 주먹에 맺힌 번개가 더욱 커지더니 주변의 메타휴먼들을 튀겨 즉사시킬 만큼의 대규모 방전으로 변했다.

'내 마음의 상처가 다른 이들을 지켜줄 수 있어! 사장이 자신의 상처로 다른 이들을 지키고 이끌던 것처럼!'

메타휴먼 하나가 공중으로 치솟아 폭풍을 일으키려 했다.

건물 옥상의 그늘 속에 숨어 있던 치프가 권총으로 그를 저격하기 직전, 등에서 날개를 펼친 젝스가 날아올라 그를 주먹으로 후려쳤다.

등이 엉덩이에 닿을 정도로 몸이 꺾여 버린 메타휴먼은 그대로 지면에 꽂혔다.

'오, 너무 분노하지 마, 젝스.'

착지한 젝스를 향해 온몸을 바위처럼 굳힌 거대한 남자가 달려왔다. 그의 어깨 근육에서 뼈가 뾰족하게 솟아나 흉기처럼 변했다.

치프는 권총으로 젝스를 지원해 줄까 했지만 젝스가 먼저 왼손으로 상대의 뼈를 자르고는 오른쪽 주먹을 겨드랑이 아래 늑골에 찔러 넣었다.

메타휴먼의 강화된 피부가 박살 나고 늑골이 부서졌다. 그 안쪽의 기관들도 뭉그러지면서 남자가 피를 뿜었다.

그를 옆으로 쓰러뜨린 젝스는 발로 그의 머리를 밟아 으깨려고 하다가 꾹 참고는 가슴을 세게 내려쳐 숨을 끊었다.

'그 정도면 됐어, 젝스.'

치프는 건물을 이동하며 메타휴먼들을 사살했다. 위로 올라가려 하는 자가 있으면 젝스가 붙잡고 격퇴했다.

"날 어쩔 수는 없을 거다! A—1730!"

누군가가 거리 한가운데에서 푸른색의 빛을 발하며 외치자 치프가 움찔했다.

'핵분열? 저 녀석, 설마?'

치프는 탄창을 갈아 끼운 권총을 그의 머리에 겨눴다.

"A—1729도 얼이 빠졌더군! 배터리를 슬쩍할 수 있을 줄은 몰랐어!"

치프는 눈에 낀 고글을 조절하여 그의 허리에 있는 벨트를 살폈다.

다른 메타휴먼들의 벨트에는 존재하지 않는 배터리 박스가 그의 벨트에는 단단히 장착되어 있었다.

"아직 많은 수의 동포가 이 행성에 있다! 그들과 함께 이곳에서 우리만의 세상을 만들고 싶었지만 나에겐 기회가 없겠군! 대신 너만은 나와 함께 간다, A—1730!"

치프는 권총으로 그 남자의 머리를 노렸으나 탄환들이 그에게 닿기도 전에 증발하여 사라졌다.

"하하! 5메가톤 정도의 폭발은 보장하마!"

환히 웃는 그를 향해 젝스가 오른팔을 뻗었다.

"너희만의 세상? 여긴 원래 우리의 땅이야."

그녀의 어깨 이하 팔뚝을 향해 검은색 기운이 몰려들었다.

그 기운이 만들어낸 것은 거대한 드래곤의 머리였다. 젝스가 눈을 감자 드래곤의 머리가 눈을 떴다.

"얌전히 사라지도록 해."

드래곤의 머리에 존재하는 발성기관에서 젝스의 목소리가 흘러나왔다.

크게 꿈틀거린 드래곤의 머리는 어둠 속에서 크게 꿈틀거리더니 메타휴먼을 통째로 깨물고는 하늘을 향해 턱을 들었다.

이윽고, 노란색의 초고압전류로 이뤄진 드래곤 브레스가 하늘을 향해 솟구쳤다. 이미 몸이 으깨진 메타휴먼은 드래곤 브레스 속에서 털끝 하나 남지 않고 사라졌다.

드래곤의 머리가 사라지고 젝스의 팔이 본래대로 돌아왔다. 다시 눈을 뜬 젝스는 자신의 손을 쥐었다 폈다 해본 뒤 주변을 살폈다.

나머지 메타휴먼들은 이미 멀찌감치 도망친 상태였다.

젝스는 치프를 향해 팔을 흔들어 안전하다는 수신호를 보냈다.

건물에서 내려온 치프는 눈에 쓰고 있던 고글의 프린팅을 해제한 뒤 활짝 웃으며 그녀에게 다가갔다.

"다친 데는 없지? 제발 무사하다고 말해줘."

"난 괜찮아."

젝스가 평소처럼 덤덤하게 대답했다.

"아, 포프가 저번에 나한테 자랑했어. 빅시티에서 사장과 단둘이 식사하고 왔다고 말이야."

"그래? 내 머릿속엔 없는 행복이로군. 껌을 준 기억밖에 없는데?"

"……."

젝스는 포프가 너무 불쌍하여 뭐라 말을 하지 못했다.

"아무튼 식사 얘기를 하니 배가 더 고파지네. 회사에 연락도 해야 하니 24시간 햄버거 가게나 가보자. 거기서 전화를 빌리면 되겠지."

"어디에 있는지 알아?"

"마침 그 질문을 너에게 할 생각이었어."

젝스는 머릿속에 넣어둔 도시의 지도를 세심하게 살폈다.

"날 따라와, 사장."

"응."

한 시간 정도 걸은 끝에 24시간 영업하는 햄버거 가게를 찾아낸 치프는 안에서 주문을 한 뒤 전화를 빌렸다.

"아아, 그래. 젝스는 무사하고 나도 괜찮아. 포프는 어때? 눈은 멀쩡해졌고 아직 자고 있다고? 좋아, 그럼 내 위치를 얘기해 줄 테니 타고 갈 것 좀 보내줘. 아, 너무 그러지 마. 젝스랑 여기서 자고 가란 말이야?"

그는 데스디아와 통화를 하고 있었다.

"그래, 삼십 분… 아니, 한 시간 뒤에 보는 걸로 하자고. 배가 너무 고파서 말이지. 그래, 그때 봐."

빌린 전화를 끊은 치프는 젝스가 기다리고 있는 자리에 앉았다.

테이블을 사이에 두고 치프와 마주 앉은 젝스는 상대를 흘끔 봤다.

"난 사장과 함께 빅시티에서 자고 가도 상관없어."

"미안. 난 내 베개가 아니면 잠을 못 자."

"……"

"아직 고기를 굽는 냄새가 안 나니까 주문한 것들이 나오면 깨워줘."

치프는 테이블 위에 엎드렸다.

"아무튼 수고했어, 젝스. 난 네가 자랑스러워."

"…응."

젝스가 평소의 딱딱한 표정을 풀고 소녀처럼 웃었다.

치프는 테이블에 바짝 엎드려 있었기에 그 모습을 전혀 볼 수 없었다.

이런저런 얘기를 하며 햄버거와 각종 음식을 먹은 치프와 젝스는 시간에 맞춰서 도착한 UNSMC 장갑차 두 대에 각각 몸을 실었다.

치프가 탄 장갑차에는 데스디아도 타고 있었다.

"놀랍군. 그년에게 직접 붙잡혔는데도 무사하다니 말이야."

데스디아의 말에 치프가 의아해했다.

"내가 다치기를 바란 건 아니겠지?"

"아니, 당신에 대한 그년의 소유욕이 보통은 아니잖아?"

"그래?"

"……."

그가 역으로 물어오자 데스디아는 눈을 가늘게 뜨며 짜증을 냈다. 같이 타고 있던 대원들은 웃음을 참느라 미칠 지경까지 몰렸다.

"아무튼… 젝스의 얼굴이 좋아 보이더군."

"방금 전에 햄버거를 먹어서 그럴 거야."

"나랑 말장난할 생각이라면 거기까지 하는 게 좋아. 난 지금 대단히 화가 나 있어."

데스디아의 경고에 맞춰 장갑차 내의 공기가 싸늘해졌다.

"음, 젝스는 생각보다 강한 아이니까 괜찮을 거야."

치프가 진지하게 말했다.

"그 일을 벌써 극복했단 말인가?"

"드래곤의 정신세계는 우리와 다르잖아? 극복도 쉬울지 모르지."

"흠……. 모든 드래곤이 젝스나 셀리처럼 강해지면 좋겠군."

"글쎄? 육체적으로, 그리고 정신적으로 험한 일을 겪어서 강해지는 게 과연 의미가 있을까? 손에 굳은살이 박이는 것과 뭐가 다른 거지?"

"……."

데스디아는 뜬금없이 무슨 소리냐는 표정으로 치프를 봤다.

치프는 허리에 차고 있던 권총을 풀어서 옆자리에 앉은 대원에게 건네준 뒤 편하게 앉았다.

"음, 아냐. 잊어줘. 걱정하게 해서 미안해, 뎃디. 나 아무래도 피곤한가 봐."

"…쉬도록 해."

"응."

치프는 장갑차 좌석의 안전벨트로 자신을 꽉 조인 뒤 그냥 눈을 감았다.

데스디아는 사람이 그런 상태에서 잠을 잔다는 게 믿어지지 않았지만 익숙해지면 가능할 것 같기도 했기에 겉으로는 가만히 있었다.

*   *   *

점심 무렵에 잠에서 깨어난 치프는 물로 얼굴을 대강 씻은 후 회사의 식당으로 갔다.

시간이 오후 3시에 가까웠기 때문에 식당에는 사람이 많지 않았다.

그가 조리대 바로 앞에 앉자 알케온과 켐리가 그를 물끄러미 바라봤다.

"알케온, 인도식 커리가 먹고 싶어."

"…안에 넣을 닭의 양은?"

"아주 많이."

"그리하지."

알케온은 기본 조리를 켐리에게 맡긴 뒤 치프의 건너편에 앉았다.

"젝스가 멀쩡해져서 돌아왔더군."

"응. 젝스는 강한 아이야."

대답한 치프는 고개를 갸웃했다.

"오늘 새벽에도 똑같은 질문을 들은 것 같은데?"

"부사장이 그랬겠지. 대체 무슨 수를 쓴 건가?"

"아픔을 극복하는 건 자기 자신에게 달린 일이잖아? 젝스는 훌륭히 해냈어. 그 인내심과 의지에 박수라도 치고 싶을 정도지."

"그런데 자네는 매우 피곤해 보이는군."

"대충 씻어서 그래."

"흠……."

알케온이 팔짱을 꼈다.

"이제부터 어떻게 할 건가? 해적들은 자네가 손을 썼으니 잠시 미뤄둔다고 치고, A—1729는 언제 잡을 생각이지?"

"로젤라는… 내버려 둬야지."

"뭐?"

알케온이 깜짝 놀랐다.

"자네를 기습해서 쓰러뜨릴 정도의 실력자란 말일세! 게다가 알타이르 전사들이 돌아다니고 있어! 우리에게 의미 있는 타격을 줄 수 있는 상대를 그냥 내버려 두다니, 무슨 소린가?"

"그럼 묻겠는데, 어제 내가 납치된 이후에 우리 회사에서 발생한 사상자가 몇 명이지?"

치프가 묻자 알케온이 움찔했다.

"아, 아무도 없네."

"그렇다면 로젤라의 목적은 나와 우리 회사의 멸망이라는 산뜻한 욕망과는 거리가 멀다는 뜻이야. 그리고 알타이르 전사들이 공격해 오지 않은 것은 그들이 로젤라와 연락이 잘 안 되고 있다는 뜻과도 같아."

"사실인가?"

"아니면 우리가 끝내주게 운이 좋았던가."

"……."

"아무튼 좋은 기회를 잡았어. 저번에 나포한 해적선들이 일주일 뒤면 정비를 마치고 이곳으로 올 거야. 우리는 그때까지 헌터들을 모아야만 해. 최대한 많이 말이야."

중얼거리는 치프의 옆에 켐리가 다가와 차가운 물 한 컵을 곱게 놓았다.

치프가 그걸 마시려는 찰나, 흥분한 알케온이 컵을 낚아채 자신이 마셔 버렸다.

켐리와 치프가 당황하는 가운데, 알케온이 뜨거운 숨을 씩씩 내뱉으며 치프를 쏘아봤다.

"헌터들을 모으겠다고? 정말 해적선들을 이용해서 이 땅의 브리치들을 모조리 떨어뜨리겠다는 말은 아니겠지?"

"너희 동족이 이 땅에 다시 돌아오면 로젤라가 됐든 알타이르 전사들이 됐든 쉽게 움직이진 못할걸."

"그래도!"

알케온이 주먹으로 테이블을 살짝 쳤다.

"만약 이번 일이 성공하여 동족들이 돌아온다고 해도 그들이 왕녀 전하를 따른다는 보장이 없네! 게다가 그들 가운데에는 엠페라투스에게 충성을 바치려 한 반역자들도 있단 말일세!"

"그래, 반역자. 이봐, 알케온. 여태껏 별의별 꼴을 다 봤을 뿐만 아니라 저지르기까지 한 주제에 그들과 싸우는 게 싫어? 본보기로 몇 놈 잡아서 날려 버리면 되잖아? 왕녀 전하를 우습게 본 놈들은 이렇게 된다면서 말이야."

알케온이 뜨끔했다.

"그렇게 치자면 내가 가장 먼저 벌을 받아야 하네! 자네 말대로 일을 저질렀으니까! 아무튼 지금은 동족들을 설득하여 하나로 만들 무엇인가가 부족하단 말일세! 통합의 수단이 피에 의한 공포라면 엠페라투스가 저지르려 한 짓과 뭐가 다르단 말인가?"

"너희들은 전제군주제라서 그런 짓을 해도 상관없어."

켐리가 새로운 컵을 치프 앞에 놓았다.

치프는 컵을 얼른 손으로 잡아 소중히 확보한 후 빠르게 물을 마셨다.

"사실 안정성만 놓고 따졌을 때 아주 좋은 방법이 있어."

"뭔가?"

"신탁통치야."

"신탁통치라면… 설마 종족의 통치를 다른 이에게 맡긴단 말인가?"

"지구의 UN에선 여러 가지 문제로 인해 혼란스러운 국가가 있을 경우 자체적인 통치 능력이 갖춰질 때까지 대신 통치해 주는 제도를 갖고 있어. 너희의 경우에는 지구, 혹은 알타이르에서 도움을 주겠지. 듀베리아는 그럴 여유가 없으니 그냥 응원만 해줄 거야."

"그건 우리 종족의 자존심을……!"

"식민지화하겠다는 게 아니잖아? 괜히 자존심 세우다가 내전이라도 벌어지면 그땐 어쩌려고?"

"신탁통치 역시 반대에 부딪칠 게 뻔하지 않은가? 우리가 그동안 누려온 삶의 방식 자체가 달라지는 거란 말일세! 자네들이 보기엔 멍청하고 원시적으로 보일지 몰라도 우린 아무 문제 없이 여태껏 살아왔다고! 법 없이도 말일세!"

"흠, 가수라도 초대해서 노래를 들려주면 문화적인 통일을 이룰 수 있지 않을까?"

"……"

"그래, 농담이야. 미안. 하지만 셸리와 너희들에게 모든 걸 맡기고 집에 돌아가자니 걱정돼서 말이야."

"돌아가다니?"

알케온이 화들짝 놀랐다.

"드래곤이 이 땅으로 돌아오면 내 공식적인 임무는 거기서 끝이야. 우리는 곧바로 다음 임무에 따라 움직여야 해. 사장은… 아, 루할트가 내일 이곳으로 온다고 했나? 사장 자리는 루할트가 맡으면 되겠군."

"데, 뎃디 부사장은? 헤이파 여사님은?"

"다들 집에 가겠지?"

"……"

"아, 나랑 뎃디는 우주연합 군부의 아르마다 아저씨에게 볼일이 있으니 당장 헤어지진 못하겠네."

"포프는? 요르엘은?"

"포프는 저번에 보니까 어엿한 헌터로서 잘하겠더라고. 요르엘은 잘 모르겠네. 친하질 않아서 말이지."

"켐리는?"

"루할트가 월급을 챙겨주면 되지 않을까?"

"…그, 그런가? 그렇군."

정신없이 일어난 알케온은 앞치마를 대강 두른 뒤 커리 소스를 만들 준비를 했다.

켐리는 도구를 막 떨어뜨리는 등 집중을 못하는 알케온을 보고 인상을 살짝 구겼다.

'꼭 남편이 바람피운다는 말을 들은 주부 같네.'

커리에 들어갈 탄두리 치킨을 열심히 조리하던 켐리가 치프를 슬쩍 돌아봤다.

"사장님, 정말 그처럼 쌀쌀맞게 떠나실 건가요?"

"당연히 농담이지."

치프가 껄껄 웃었다.

그 순간 주물로 된 프라이팬이 치프의 머리를 강타했다.

알케온이었다.

"이 못된 놈 같으니! 농담을 할 게 따로 있지!"

"아, 잠깐! 진짜 아파!"

"아픈 건 내 마음이다! 못된 놈! 나쁜 놈! 무책임한 놈!"

알케온의 폭행은 켐리가 급히 몸을 던져 말리면서 가까스로 진정되었다.

＊　　　　　＊　　　　　＊

사장석 대신 소파에 앉아 단말기로 게임을 하던 헤이파는 머리를 만지며 사장실로 들어오는 치프의 모습을 보고 움찔했다.

"자네… 얼굴이 왜 그런가?"

"치킨 커리를 먹어서 그래요."

"……."

퉁퉁 부은 얼굴로 사장석에 앉은 치프는 서랍에서 해열 패치를 꺼내 얼굴 이곳저곳에 붙였다.

"여사님은 괜찮으세요?"

"난 딱히."

"어제 셸리의 볼기… 아니, 엉덩이를 치다가 손목이 삐끗하셨다고 들었거든요."

"셸리가 곧바로 치료해 줘서 지금은 괜찮네. 나도 정말 나이가 들었나 봐."

치프가 헤이파를 흘끔 봤다.

"나이라기보다는… 어제 정말 놀라셨나 보네요."

헤이파는 그와 한참을 마주 보다가 이내 씩 웃었다.

"내 인생에서 내가 속한 집단의 가장이 남자인 것도 처음이고, 또 그 가장이 다치는 것도 부족하여 납치까지 당하는 것도 처음이었거든. 내가 어떻게 제정신으로 움직였는지 모를 정도였네."

그녀가 솔직하게 대답했다.

"그게 가능한 분이니 다들 여사님을 믿고 따르는 거죠. 저도 안심할 수 있고요."

"하지만 엠페라투스와 결판을 내야 하는 자는 자네일세. 자네부터가 다른 이에게 그 싸움을 양보하고 싶은 생각이 없지 않나?"

"……."

치프는 부정하지 않았다.

"첫째에게 들었다네. 나포한 해적선들을 이용해서 빅시티의 헌터들과 함께 브리치들을 모두 거둘 생각이라지?"

"예, 여사님."

"그게 끝나면 어찌할 생각인가?"

"엠페라투스랑 결판을 내고 나서… 우주연합 수도를 박살 내야죠."

"…그것도 끝나면?"

"지금까지 그런 것처럼 윗분들의 지시에 따라 나쁜 놈들을 잡으러 다니겠죠."

치프가 체념한 듯 웃었다.

"첫째와 함께 살고 싶은 생각은 없나?"

"……."

"상상을 해보게. 첫째와 똑같이 생긴 큰 딸과 조금은 자네를 닮았을지도 모르는 둘째, 셋째가 자네들 곁에서 재잘대는 모습을 말일세. 첫째는 자네에게 잔소리를 할 거고, 자네는 그 아이들을 데리고 산책을 나가겠지. 첫째는 조용한 걸 지나치게 좋아하니까."

"그거 엄청 행복하게 들리네요."

치프는 웃으며 이야기했다.

헤이파는 치프의 눈에 가득 찬 실망감을 보고는 팔짱을 끼고 한숨을 쉬었다.

"흠, 아무래도 총을 들고 싸우는 것 외의 현실은 자네에게 존재하지 않나 보군."

"그냥 익숙하지 않은 것뿐이에요."

"응?"

"이 행성이 평화로웠다면 저는 대체 뭐였을까요? 알타이르 행성에서 그 웃기는 일이 벌어지지 않았으면 제가 방송을 타거나 영웅이라고 불릴 일이 있었을까요?"

"……."

"불행하게도 이 행성은 제가 배운 모든 것을 마음껏 쏟아낼 수 있는 곳이었죠. 그러다 보니 포프도, 젝스도, 그리고 켐리도 저에게 싸우는 법을… 아니, 남을 죽이는 법을 가르쳐 달라고 하더군요. 그럴 때마다 전 구역질이 나올 거 같았죠. 그 애들 모두 저에게 어려운 수학 공식 따위를 물어보기는커녕 바느질하는 법조차 물어보질 않아요. 그게 저예요, 여사님. 저를 덮고 있는 현실이라고요."

알케온에게 얻어맞은 부위가 가라앉았기에 치프는 얼굴에 붙이고 있던 해열 패치를 떼어냈다.

헤이파는 괜한 것을 건드렸다는 생각이 들어 너무 미안했다.

"자네가 그러한 것들로부터 해방될 방법은 정녕 없는 건가?"

치프가 한숨을 쉬며 고개를 저었다.

"전역을 해야죠."

"…뭐?"

"군복 벗고 민간인이 되면 결혼이든 뭐든 뭘 못하겠어요? 군인연금도 두둑할 텐데요."

"그렇군."

헤이파의 마음에서 미안함이 싹 사라졌다.

"뭐, 좋네. 자네가 한 모든 이야기를 녹음해 놨으니 나중에 일 다 끝나고 나서 딴소리하지 말게. 내가 고향의 외교 라인을 써서라도 자네 군복을 벗길 것이야."

"여사님?"

치프가 당황했다. 헤이파는 그를 향해 자신의 단말기를 흔들더니 자신의 가슴골 사이로 단말기를 쑥 넣었다.

"다른 계집애들에게 자네를 빼앗길 순 없지!"

"대체 무슨 말씀이세요?"

치프가 달려들어 그녀의 단말기를 빼앗으려 했다.

그들의 몸이 뒤섞이는 가운데 데스디아와 셀레스티아가 마침 사장실의 문을 열고 들어왔다.

사장실의 공기가 멎었다.

데스디아는 헤이파의 가슴에 손을 대기 직전인 치프의 모습을 뚫어지게 봤고, 셀레스티아는 두 손으로 얼굴을 가리며 당혹감을 드러냈다.

치프에게 '깔린' 상태인 헤이파는 이제 어�쩔 거냐는 식의 미소를 치프에게 보냈다.

이윽고 데스디아가 쓴웃음을 지었다.

"당신, 대담한데? 여태껏 억제해 온 수컷의 본능을 이 자리에서 내 어머님께 분출할 줄은 몰랐군."

"난 내 동의를 얻지 않은 녹취에 대한 항의를 하고 있었을 뿐이야."

"녹취라니?"

"이거."

치프는 헤이파의 가슴골 사이에 손을 푹 넣고는 단말기를 꺼냈다. 그가 그렇게 나올 줄은 모르고 있던 헤이파는 자신도 모르게 다리를 바짝 모았다.

소파에서 일어난 치프는 다행히 화면이 아직 꺼지지 않은 단말기를 조작하여 헤이파가 녹음한 것을 깔끔하게 지워 버렸다.

그가 신체 접촉에 망설일 것이라 생각한 헤이파의 계산이 한 방에 깨지는 순간이었다.

"대담하네, 치프."

셀레스티아가 홍조 가득한 얼굴로 감탄했다.

"내가 딱히 불순한 의도를 갖고 그런 것도 아니잖아?"

"으음……"

셀레스티아는 옷깃을 살짝 들추더니 자신의 손을 가슴골 사이에 넣었다가 빼봤다.

"내가 해보니 어쩐지 부끄러운데?"

"여자애가 그러면 못써, 셀리."

치프는 한숨을 쉬며 사장석으로 돌아가 앉았다.

이어서 젝스와 포프, 그리고 롸켓이 줄줄이 들어왔다.

치프는 모자를 쓰지 않은 젝스의 모습을 보고 밋밋하게 웃고는 포프에게 손짓했다.

"포프, 이리 와봐. 눈은 괜찮아?"

"왕녀 전하 덕분에 괜찮아요. 위스콘신의 의무병 아저씨들도 괜찮다고 했어요."

"그래도 가까이 와봐."

포프는 더벅머리를 긁으며 그에게 다가갔다.

치프는 두 손으로 그녀의 눈과 눈가를 자세히 살폈다.

"흉터는 없네. 시력은 괜찮아? 나랑 뎃디는 셸리에게 치료받은 다음에 시력이 안 맞아서 고생했거든."

"그, 그때 일 때문에 신경 썼다고!"

헤이파의 옆에 앉은 셀레스티아가 두 주먹을 꼭 쥐며 항의했다.

"시력 검사도 마쳤어요. 이젠 정말 괜찮아요, 사장님."

그와 얼굴을 가까이하는 게 부담스러운 포프는 얼른 고개를 빼려 했지만 치프의 손힘이 더 강했기에 꼼짝도 하지 못했다.

"질문 하나만 할게, 포프. 싸울 수 있겠어?"

"네?"

"극도로 훈련된 군인의 의도적인 공격에 눈이 베여서 실명하는 경험은 흔한 게 아니야. 그런 웃기지도 않은 경험을 했음에도 불구하고 네가 다른 이와 목숨을 걸고 싸울 수 있다면 난 너를 존경할 거야. 못하겠다고 해도 이상하게 생각지 않을 거고 말이야."

"하, 할 수 있어요."

포프가 용기를 내어 눈을 크게 떴다.

"오히려 그때 A—1729에게 배웠어요."

"배웠다고? 뭘?"

치프는 포프의 눈가에서 손을 떼고 그녀의 말을 듣기로 했다.

"그때 A—1729는 필사적이었어요. 그런데도 무서울 정도로 냉정했죠. 제가 아무리 훈련을 한다고 해도 단 1, 2년 만에 그 여자가 평생 해온 것들을 따라잡을 수는 없을 거예요."

"넌 진 플레커를 이겼잖아?"

"그건 엄마에게 물려받은 제 능력과 변수 덕분이었어요. 그리고 진 플레커는 제정신이 아니었죠. 앞으로 제가 동생들을 위해 헌터 일을 계속하려면 A—1729와 같은 마음가짐이 필요하다고 생각했어요."

"마음가짐이라……."

치프는 포프의 양 어깨를 툭툭 두드렸다.

"당시 로젤라를 움직이게 한 것은 그냥 집념이야. 뭐, 냉정함과 필사의 각오는 기본이지만."

"아……."

"그리고 그 정도 집념으로 공부하면 넌 대단히 좋은 학교에 갈 수 있어."

포프는 치프의 말을 듣고 울컥했다. 날붙이를 이용하는 흉흉한 일보다 좀 더 평범한 일을 하라는 그의 충고가 지겨웠기 때문이다.

하지만 로젤라가 눈에 새겨준 공포가 그녀의 그러한 반항심을 깔끔하게 억눌렀다.

"그래도… 열심히 해볼게요."

"너무 무리하지는 마. 아무튼 건강해 보이니 다행이네."

"네, 사장님."

대답은 힘차게 했지만 사실 포프는 오늘 새벽까지만 해도 두려움에 짓눌려 잠을 이루지 못했다.

자신의 눈을 향해 서슴없이 나이프를 휘두르는 로젤라의 모습, 눈알 전부를 불태우는 듯한 고통, 그리고 벗어날 수 없는 암흑이 잊히지 않아서였다.

새벽까지 불을 켜놓고 끙끙대던 그녀를 진정시켜 준 것은 치프와 함께 회사로 돌아온 젝스였다.

포프는 아무 일도 없었다는 듯 방에 들어와 옷을 갈아입는 젝스의 모습을 믿을 수 없었다. 하지만 젝스는 그러한 포프를 따뜻하게 안아주며 울지 말라고 위로해 주었다.

그때의 안도감, 그리고 부끄러움이 포프에게 힘을 주었다.

젝스와 함께 스낵바에 앉은 포프는 치프 앞에서 자신의 뒷목을 주무르는 롸켓에게 시선을 보냈다.

치프가 사장실에 올라온 이유는 헤이파와 가벼운 이벤트를 즐기기 위해서가 아니었다. 바로 롸켓과 이야기를 나누는 것이 목적이었다.

"아저씨, 혹시 해적선의 지휘를 맡을 수 있겠어?"

"해적선 말이오? 차라리 포프의 스카이보드를 완벽히 수리하라고 말하시구려. 나 역시 군 출신이지만 주로 조종사였고 함선의 지휘는 요만큼도 모른다오."

"음, 그럼 어디서 괜찮은 인력을 좀 구할 수 없을라나?"

"허허, 날 너무 과대평가하는구려. 내가 개인적으로 모을 수 있는 사람은 과거에 나와 함께 전폭기를 몰던 전우뿐이오."

"그래?"

치프가 턱을 만지며 잠깐 생각을 해봤다.

"그 사람들은 지금 어디서 뭐 하는데?"

"나처럼 여기저기 떠돌아다니는 친구는 두어 명뿐이고, 대부분 고향에서 농사를 짓고 있다오."

"실력들은 어떤데?"

"하!"

롸켓이 웃음소리를 크게 냈다.

"들었는지 모르겠소만, 내가 군에서 일할 때 달고 다닌 별명이 뭔지 아시오?"

"사기꾼?"

"후후, 돈 한번 떼어먹었다고 너무 그러지 마시오. 듀베리아 서부사막의 녹색 독수리가 바로 나였소! 그리고 우리는 공포의 녹색중대였지!"

"……."

치프는 그를 가만히 보다가 헤이파와 데스디아 쪽으로 눈을 돌렸다. 그런 거창한 별명을 어디선가 들은 적이 있느냐는 뜻이다.

헤이파는 잠자코 단말기 게임만 했고 데스디아는 고개를 설레설레 저었다.

"흠, 듀베리아 내전 시절에 휘날리던 별명이라서 위대한 파병에만 신경 쓰신 저분들은 모를 수밖에 없을 거요. 하지만 자존심은 매우매우 상하는구려."

롸켓이 두꺼운 가죽 혁대에 두 손을 대고 배를 불쑥 내밀며 불쾌감을 드러냈다.

"아아, 너무 그러지 마. 아저씨의 조종 기술은 내 대원들도 감탄하고 있으니까 말이야. 그럼 5일 내로 아저씨의 전우들을 모을 수 있을 만큼 모아줘. 단기 계약직이지만 생명보험을 포함해서 일당만큼은 두둑하게 쳐줄게."

"최소 열두 명은 모아오리다."

"좋아, 접수."

치프가 그렇게 나오자 롸켓이 고개를 갸웃했다.

"전폭기 조종사가 필요한 일이오?"

"음, 이제 본격적으로 브리치들을 없애 버리려고."

"전폭기로 말이오?"

"물론 전폭기의 화력으로는 열핵반응 무기를 쓰지 않는 한 무리지. 하지만 지금까지 모은 정보를 따졌을 때 사람이 필요하긴 해."

치프는 어제 새벽에 새로 지급 받은 자신의 단말기를 자신의 PC 앞에 내려놓았다.

사장실의 대형 TV가 켜지고 단말기 내의 자료가 화면에 떠올랐다.

"아저씨는 작년에 돈을 먹고 튀어서 잘 모르겠지만 그때 우리가 상대한 브리치는 키퍼라는 존재가 꽤 중요한 역할을 하고 있었어."

치프는 그때 나타난 브리치와 키퍼의 사진 및 당시 측정된 각종 수치를 화면에 추가했다.

"키퍼가 존재하는 브리치는 거의 무한정의 에너지를 방출했지. 환상종을 아무리 쏟아내도 브리치가 가진 동력은 꾸준히 유지됐어. 게다가 재생까지 됐다고."

"으흠?"

"반면 키퍼가 없는 브리치의 경우에는 환상종을 지나치게 많이 내놓거나 다른 이에게 에너지를 공급하면 뭔가 좀 불안정해졌지. 예를 들어 신수에 의해 과부하가 걸리면 폭발해 버리기도 했고 말이야."

치프의 이야기를 들으며 TV에 떠오른 자료들을 살피던 롸켓은 수염을 슬슬 긁었다.

"단정을 짓기에는 표본이 너무 적은데 말이오."

"말 나온 김에 당장 시험해 볼까?"

치프가 자리에서 일어나 롸켓의 어깨를 두드렸다.

"당장? 괜찮겠소? 실버로드와 A—1729, 알타이르 전사들이라는 문제가 남은 상태로 이걸 밀어붙였다가 뒤통수를 맞으면 그야말로 대박일 텐데?"

"어라, 우리 롸켓 아저씨가 평소보다 걱정을 많이 하네? 혹시 특별한 이유라도 있어?"

치프가 능글능글하게 웃으며 물었다.

"기분 탓일 것이오."

롸켓은 피식 웃었다. 하지만 치프에게 의심을 샀다는 것을 직감한 그의 심장은 공포에 쫓겨 가쁘게 뛰고 있었다.

"내일이나 모레 정도에 루할트가 우리 회사에 올 테니까 그때까지 푹 쉬자고. 그 친구가 있으면 일이 한결 편해지겠지."

푹 쉬자는 치프의 말에 롸켓이 쓴웃음을 지었다.

"모르는 모양이오만, 포프와 관련된 징크스만큼이나 위협적인 징크스가 뭔지 아시오?"

"우리 회사에 그런 게 있었어?"

치프가 깜짝 놀랐다.

"당연히 있지. 바로 사장이 푹 쉬자고 말할 때라오."

"응?"

"나 혼자서만 그 말을 들을 때마다 뭔가 뻥뻥 터진다고 느꼈나 했는데 UNSMC 친구들도 그러더이다. 원사님이 휴가 가자는 말만 하면 일이 터진다고 말이오."

"……."

그 말을 듣고 당황한 치프는 젝스와 포프, 헤이파, 데스디아, 셀레스티아를 슥 둘러봤다.

"진짜야?"

"듣고 보니 그런 것 같네."

데스디아가 피식 웃었다.

"당신이 푹 쉬자, 혹은 기분 전환을 하자는 말을 할 때마다 일이 터졌지. 그냥 닥치고 있는 날이면 아무 일도 없었고."

데스디아의 말을 들은 포프가 문득 인상을 쓰고 뭔가를 생각하더니 스낵바의 의자에서 벌떡 일어났다.

"맞아요! 작년에 사장님께서 기분 전환하자면서 절 수송기에 태우신 게 저주의 시작이었다고요!"

"응, 어제도 그런 흐름이었지. 기분 풀러 공항에 갔다가 일이 뻥 터졌잖아?"

젝스가 동의했다.

"어… 음."

할 말을 잃은 치프는 주변 사람들의 눈치를 봤다.

"그럼 가만히 있자고. 난 내 방에서 만화책이나 볼게."

"그러시던가."

데스디아는 뭐가 그리 재밌는지 계속 웃었다.

반면 헤이파의 표정은 별로 좋지 않았다.

'푹 쉬자는 말을 이미 입 밖으로 내놨는데 괜찮을까?'

다시 사장석에 앉은 치프는 사장실의 분위기가 영 아니자 자신의 단말기를 손에 들었다.

"포프, 혹시 뭐 갖고 싶은 거라도 있어? 아무리 비싼 거라도 다 들어줄게."

"음, 좀 비싼 스카이보드를 갖고 싶긴 해요."

"스카이보드?"

치프가 의아해했다. 그 모습을 본 롸켓이 껄껄 웃었다.

"하하, 포프가 물려받은 스카이보드가 좀 문제라오."

"아, 그거? 그게 왜?"

"라이트스톤이 수작업으로 만든 녀석이라서 내 능력으로는 고칠 수가 없소. 혹시나 해서 위스콘신의 기술진에게 그걸 보여 줬는데 그 친구들도 무슨 예술품을 보듯 감상만 하더이다."

포프의 모친 스위트 베르자르가 현역 시절에 쓰던 스카이보드가 실은 라이트스톤의 작품이라는 사실을 오늘 처음 알게 된 치프는 대단히 놀랐다.

"잠깐, 롸켓. 그걸 왜 여태껏 보고하지 않은 거야?"

"응? 기껏해야 아주 좋은 스카이보드일 뿐이지 않소? 폭탄이 설치된 것도 아니고 말이오."

"폭탄 따위 문제가 아니야. 스위트 베르자르 씨와 라이트스톤 사이에 연결고리가 존재한다는 사실 자체가 아주 큰 문제일 수 있다고!"

"어… 사장이랑 라이트스톤은 친한 사이 아니었소?"

"설마!"

치프는 단호하게 말했다.

"아, 뭔가 복잡해지는데? 이 타이밍에 레투가가 도와달라고 전화하면 정말 환상적이겠군."

그리고 어딘가에서 진동음이 들렸다.

데스디아가 실례하겠다는 손짓을 한 뒤 벨트에 달린 파우치에서 단말기를 뽑아 들었다.

"하, 진짜 레투가네?"

데스디아는 모두의 시선을 받으며 단말기를 조작했다.

"나야, 레투가. 치프에게 전화할 줄 알았는데? 아, 치프에게 전화가 안 된다고? 오늘 새벽에 단말기를 새로 지급받아서 그럴 거야. 아무튼 무슨 일이지?"

데스디아의 단말기에서 매우 다급한 목소리가 흘러나왔다. 그러자 그녀의 표정이 서서히 일그러졌다.

"오크? 워스컬이 낀 오크 군대가 나타났다고? 사실인가?"

오크라는 말에 치프는 고개를 갸우뚱했다. 그게 종족의 이름인지, 범죄 집단의 이름인지 알 수가 없었기 때문이다.

젝스와 포프는 살짝 긴장했고, 롸켓은 이마를 부여잡으며 한숨을 터뜨렸다. 헤이파는 반가움과 전의가 섞인 미소를 지었다.

데스디아는 대단히 심각한 표정을 지은 채 단말기를 고쳐 잡았다.

"놈들이 나타난 장소가 어디지? 빅시티 동부 경계선? 브리치가 그렇게 가까이 접근했다는 얘기는 들은 적이 없는데? 혹시 위성에 문제가 생긴 건가? 음, 아무튼 바로 가도록 하지."

통화를 마친 데스디아가 자리에서 일어났다.

"치프, 편히 쉬자는 얘기를 또 한 번 입 밖으로 꺼내면 용서하지 않겠어."

"흠, 그보다 오크가 뭐야? 환상종인가?"

그가 오크를 모른다는 사실에 사장실에 있는 모든 이가 경악했다.

74
일자리 소개

"정말 모르나?"

데스디아가 묻자 치프는 어깨를 으쓱했다.

"실은 저번에 나타난 오우거라는 놈들도 좀 낯설었어."

치프가 말한 '저번'이라는 것은 빅시티에 숨어 있던 신과 싸울 때다.

"음, 미안하지만 가면서 설명하는 게 낫겠군. 워스컬이 껴 있다면 전투경찰들만으로는 놈들을 막을 수가 없어."

워스컬은 또 뭐냐고 치프가 물으려는 순간 그의 단말기가 진동했다.

화면을 본 치프는 그것이 안드레이로부터 들어온 통신임을 확인했다.

"여기는 알파. 문제가 있나, 델타 리더?"

—델타 리더가 알파에게 보고합니다. 경계 임무 수행 도중 빅 시티 인근에서 적대적인 종족을 발견. 현재 그들을 격파 후 추적 중입니다.

"…혹시 오크?"

—그건 잘 모르겠습니다만 아무튼 인간은 아닙니다. 몸의 털을 모조리 밀어버린 고릴라처럼 생겼군요. 관련 자료를 보내겠습니다.

치프는 단말기에 델타 리더 안드레이가 보낸 자료가 전송되어 들어왔다. 치프는 광자전송을 통하여 그것을 TV에 보냈다.

TV에는 UNSMC 델타 스쿼드와 '적대적인 종족' 사이의 전투 영상 및 그 종족의 모습, 그리고 그들이 사용한 무기들이 떠올랐다.

"저게 오크들이야, 치프."

데스디아가 화면을 가리키며 말했다.

그들은 두꺼운 철을 이어붙인 것처럼 생긴 갑옷을 입고 있었다.

갑옷은 치프가 예전에 만난 고블린들이 쓰던 것과 달리 꽤 근사했다. 머리에는 고대에 쓰이던 강철 투구 같은 것을 썼다.

키는 일반 지구인의 약 1.5배, 몸집은 평균 세 배에 가까웠다. 피부는 대체로 탁한 회색이었으며 팔다리에 잡힌 근육은 꼭 들소의 허벅지처럼 묵직했다.

손에 쥔 총은 중형 기관총에 가까울 만큼 거대했다.

그 '오크'들 가운데에서도 특히 큰 개체가 존재했다.

빈틈이 보이지 않을 정도의 전신갑옷을 입은 그 오크는 다른 오크들과 달리 다른 짐승의 해골을 투구 대신 뒤집어쓰고 있었다.

키는 못해도 지구인의 두 배였고 덩치는 말할 것도 없었다.

총이라기보다 대포에 가까운 물건을 든 채 지휘를 하던 그 해골 투구의 오크 앞에 뭔가가 휙 나타났다.

전투용 도끼를 양손에 든 안드레이였다.

안드레이와 마주한 그 해골 투구의 오크는 등에 장비하고 있던 도끼와 곤봉을 꺼내 안드레이를 상대하려 했다.

다른 오크들은 지휘관끼리의 일 대 일 대결이라 생각했는지 환호성을 지르며 사방으로 물러났다.

하지만 현대전만 알고 있는 델타 스쿼드의 입장에서는 그저 엄폐물에서 뛰쳐나와 죽어 달라는 꼴로밖에 보이지 않았다.

델타 스쿼드들이 편하게 정조준하여 그들을 죽이는 한편, 안드레이는 해골 투구의 오크에게 돌진하여 그를 상대했다.

특별히 싸움이랄 것도 없었다. 상대와 서너 번 정도 공격을 주고받은 안드레이는 적의 공격 패턴을 파악하자마자 상대의 양팔을 자르고 무릎을 깨부순 후 목을 날려 버리는 것으로 일을 끝냈다.

해골 투구의 오크가 죽어버리자 델타 스쿼드의 사격에 당황하고 있던 오크들이 모조리 도망쳤다.

─뭐 하는 놈들이야? 엄폐물에서 왜 뛰쳐나온 거지?

─중세 대하드라마를 너무 많이 봤나 보지. 쫓자고.

영상 기록을 맡은 대원들의 대화를 끝으로 전투 영상이 마무리됐다.

헤이파는 김이 샜다는 표정으로 한숨을 쉬었다.

"하긴, 안드레이 정도라면 워스컬 정도는 아무것도 아니겠지."

"…혹시 저놈들이 오크인가요?"

치프가 실망감을 섞어 물었다.

"그렇다네. 고블린이나 오우거처럼 우주연합에 가입하지 않은 야만종족이지."

"환상종이라고 봐도 돼, 치프. 그들 역시 신들의 창조물 중의 하나야. 당시엔 '오르카'라고 불렸어."

헤이파의 설명에 셀레스티아가 말을 덧붙였다.

"흠, 아무튼 오크들은 다른 야만종족들과 달리 뛰어난 문명을 자랑한다네. 총을 쓸 뿐만 아니라 행성 사이를 이동할 수 있는 우주선도 갖고 있지."

"말씀을 들어보니 몇 번 상대해 보신 것 같네요?"

치프가 물었다.

"몇 번 정도가 아니지. 놈들은 불규칙적으로 게이트에서 튀어나와 행성에 강하한 뒤 그 행성의 여성들을 납치하고 식량과 금속, 에너지 자원 등을 강탈한다네. 해적에 가깝긴 한데 규모가 다르지. 항상 군단 규모로 오거든."

"알타이르 행성에서 워치프를 핵심으로 한 알타이르 군대의 파병을 받아들인 것도 해적들 때문이 아니야, 치프. 바로 오크들 때문이지. 알타이르에 있어서 그들은 숙적이나 마찬가지야."

데스디아가 헤이파에 이어 설명했다.

"그런 놈들이 왜 여태껏 지구에 나타나지 않았을까요?"

치프의 의문에 헤이파는 어깨를 으쓱했다.

"지구는 비교적 최근에 우주연합에 가입한 젊은 행성이라네. 게이트 역시 얼마 전에 설치됐지. 게이트가 설치된 이상 오크들 역시 언젠가 그곳에 나타나겠지만… 글쎄? 내가 오크의 군주라면 지구만은 피해가겠지. 지구는 우주함대부터 대기권 내의 군대까지 강력하니까."

"그렇군요."

치프는 다시 단말기에 귀를 댔다.

"델타 리더, 말씀 들었지?"

─접수했습니다. 델타가 접촉한 종족은 지금 이 시간부터 오크로 부르겠습니다. 현재 오크 잔당을 조용히 추격 중. 지시를 내려주십시오.

"계속 추적하도록 해. 놈들은 탄약과 도끼 같은 무기 외에 특별한 보급품을 챙겨오지 않았어. 아마 인근에 캠프가 있을 거야."

─알겠습니다.

"좋아, 통신 종료."

─델타 리더, 통신 종료.

단말기를 내려놓은 치프는 인상을 쓰고 어깨를 주물렀다.

"여사님, 놈들이 물자만 강탈하는 게 아니라 여성들까지 납치한다고 말씀하셨죠?"

"그렇다네."

"그럼 여성들은 왜 납치하는 거죠? 인신매매가 목적인가요?"

"번식이 목적일세."

"…예?"

"오크는 암컷이 없다네. 대신 사람의 모습에 가까운 종족들을 가리지 않고 임신시켜서 인구를 불릴 수 있지."

"인종을 가리지 않고 잉태시킬 수 있단 말씀이시죠?"

"그렇다네. 난생 종족만 아니라면 무조건 순수한 오크만을 낳게 되지. 죽을 때까지, 혹은 임신이 불가능해질 때까지 말일세."

치프는 여성들이 무조건 오크만을 낳게 된다는 헤이파의 이야기로부터 알타이르 왕족 여성들의 특성, 즉 첫째 딸이 '무조건' 어머니를 닮는 것과 강력한 유사점을 떠올렸다.

하지만 그 생각을 입 밖으로 내놓지는 않았다. 그랬다가는 헤이파나 데스디아에게 불벼락을 맞을 것이 뻔하기 때문이다.

"그렇다면 놈들이 이곳에 나타난 조건이 좀 이상하네요."

치프가 지금껏 들은 이야기를 종합하여 의문을 드러냈다.

"무엇이 말인가?"

"빅시티를 노린 이유 말이에요. 일단 인구가 적잖아요? 그리고 오늘 나타난 놈들은 델타 스쿼드 하나로 몰살시킬 수 있을 만큼 소수였죠."

"그건 그렇지. 일리가 있군. 놈들은 항상 군단 규모로 움직였으니까 말이야."

헤이파는 생각에 잠겼다.

"그렇다면 어떤 대가를 노린 용병으로서 이곳에 왔을 가능성도 있겠지만⋯ 아무튼 자세히 알아봐야 할 것 같군."

"일단 위성부터 점검해 봐야겠네요. 게이트를 통해서 왔는지 브리치를 통해서 왔는지 파악이 안 되고 있으니까요."

치프는 다시 단말기를 들었다.

"여기는 알파 리더. 위스콘신, 들리나?"

―위스콘신입니다. 말씀하십시오, 알파 리더.

"방금 전에 이 그라니트 행성에 존재하지 않는 외부 적대 세력이 발견됐다. 델타 스쿼드와 교전 후 쫓기고 있는데, 혹시 요 며칠간 특이 사항이 있었나?"

―위스콘신이 회사 상공에 배치된 이후 게이트를 통해 진입하는 우주선들 외에 특별한 낙하 물체가 감지된 적은 없습니다.

"브리치의 움직임은?"

―역시 특별한 것 없습니다.

"그럼 위성들을 좀 점검해 주겠나? 우선 빅시티 위에 있는 위성부터."

―그럼 드론들을 보낸 후 한 시간 이내로 점검반을 올려 보내겠습니다.

"좋아. 알파 리더, 통신 종료."

―위스콘신, 통신 종료.

그로부터 약 1분 뒤, 치프는 위스콘신에서 발진하여 대기권 밖으로 날아가는 드론 셔틀을 목격했다.

다시 사장석에 앉은 치프는 레투가에게 연락하려 했으나 단말기가 아직 전화로서는 개통이 되지 않은 터라 한숨을 터뜨렸다.

"유선 전화를 쓰는 건 오랜만이네."

그는 사장석에 있는 전화기를 들었다.

"나야, 레투가. 오크들이 나타났다고 들었는데?"

―그렇다네. 워스컬이 낀 군대인데…….

"그쪽은 정리했어."

―정리했다고? 벌써?

"마침 델타 스쿼드가 로젤라와 알타이르 전사들 때문에 경계 임무를 수행 중이었거든. 워스컬이라는 녀석은 안드레이가 목을 쳤지."

─하아, 다행이군. 빅시티 상공의 위성이 오크들에 대한 경고 신호를 보내서 내가 얼마나 놀랐는지 자넨 모를 걸세.

"그래? 워스컬이라는 특수 개체에 대한 것도 위성에서 감지할 수 있나?"

─물론일세. 오크들은 한번 나타나면 정말 큰일이거든. 최우선 감지 대상이지.

레투가의 이야기를 들은 치프는 고개를 갸우뚱했다.

"그럼 위성이 정상적으로 작동하고 있다는 뜻인데, 오크들이 대체 어떻게 이곳으로 온 거지?"

─나도 그게 궁금하다네. 오크들은 본래 게이트를 통해 침공하거든. 그런데 뜬금없이 나타나서 내가 기겁했지.

"놈들이 브리치를 통해 침공할 수 있을까?"

─고블린이나 오우거도 브리치를 통해 나타나니 오크라고 못할 것은 없겠지. 하지만 브리치가 빅시티 동부 경계선에 근접한 기록은 없네.

"음, 그럼 이쪽에서 한번 알아볼게."

─부탁하네. 만약 오크들이 이 행성에 나타났다는 소문이 빅시티에 퍼지면 정말 난리가 날 것이네.

"너무 걱정하지 마. 잘 되겠지. 그럼 나중에 다시 연락할게."

─알았네, 친구.

전화를 끊은 치프는 의자 등받이에 몸을 깊숙이 기대었다.

"게이트가 아니라면 브리치를 통해서 들어왔다는 건데… 대체 뭐지?"

답답하여 중얼거리는 치프에게 도움이 될 말을 건네는 사람은 없었다.

이윽고, 치프의 단말기가 다시 진동했다.

"여기는 알파 리더. 델타, 뭔가 발견했나?"

―수송기에서 촬영 중인 영상을 그쪽으로 중계하겠습니다. 일단 보십시오.

안드레이의 목소리에는 비장함이 섞여 있었다.

치프는 영상 신호를 전달 받자마자 TV로 옮겼다.

소파에 앉아 있던 헤이파는 그것을 보자마자 자신도 모르게 자리에서 일어났다.

"이런, 세상에……."

헤이파뿐만 아니라 사장실 내의 사람들 모두가 경악했다.

영상 속에는 치프의 회사보다 더 큰 규모의 오크 기지가 자리 잡고 있었다.

커다란 바위에 둘러싸인 그 기지 안에서는 수많은 오크들이 기지 시설을 증축하느라 여념이 없었다.

―놈들은 인근 숲의 나무들을 이용해서 기지를 건설한 것 같습니다. 하지만 그보다 더 심각한 문제가 있습니다.

"문제?"

수송기의 카메라가 기지의 오른쪽을 향해 이동했다.

그곳에는 절반으로 부러진 채 지면에 박힌 브리치가 있었다. 오크들은 그 브리치의 파편을 통해 속속 들어오고 있었고, 그 브리치의 옆에는 탁한 은색의 드래곤 실버로드가 날개로 몸을 감싼 채 오크들을 주시하고 있었다.

"어디서 많이 보던 분이 저기 있군. 뭐 하고 지내나 궁금했는데 말이지."

치프가 쓴웃음을 지었다.

"이젠 정말 별짓을 다 하는군."

데스디아가 혀를 찼다.

그녀는 부서진 브리치와 실버로드 사이에 붉은색의 전류가 흐르는 것을 유심히 살펴봤다.

"아무리 봐도 실버로드가 저 반쪽짜리 브리치를 제어하는 것 같은데?"

"그러게."

치프가 데스디아의 의견에 동의했다.

"셸리, 어떻게 생각해?"

그가 셸레스티아에게 물었다. 정확히는 엠페라투스도 아니고 우주연합에게 쫓기고 있는 드래곤이 브리치를 제어할 수가 있느냐는 뜻이었다.

"제어 권한을 빼앗겼다고 해도 브리치의 작동 방법에 대해 고도로 해석했다면 가능할 거야."

"그래도 저렇게 간단히?"

치프가 믿을 수 없다는 표정으로 다시 물었다.

"저 브리치는 망가진 물건이야. 실제로도 절반만 남은 채 땅에 추락한 상태잖아? 오르카… 아니, 오크들도 저 큰 구조물로부터 고작 한 명씩만 나오고 있어."

"과연."

옆에 앉은 데스디아가 고개를 끄덕거렸다.

"정리하자면 실버로드가 망가진 브리치를 억지로 가동시키고 있다고 보면 될 거야, 그러니 델타 스쿼드의 접근을 알아차리지 못하고 있는 거겠지."

"그래?"

"수송기가 아무리 능동위장장치를 작동시킨 상태라 해도 2세대 날개 달린 자의 감지 능력까지 초월할 수는 없어. 장로님께서도 지구의 능동위장 정도는 간단하게 감지하시거든."

"다행이군. 그런데 브리치가 왜 저기에 추락한 걸까? 난 빅시티로부터 저렇게 가까운 곳에 브리치가 떨어졌다는 말은 들은 적이 없는데?"

"음……."

셀레스티아는 TV를 향해 손짓하여 브리치와 땅의 접촉 부분을 확대했다.

"실버로드가 브리치를 망가뜨린 뒤 저곳에 가져다 놓은 게 아닐까?"

"응?"

"브리치의 무게, 그리고 예상되는 추락 속도를 생각하면 땅이 저렇게까지 살짝 파이진 않았을 거야."

"오호라!"

그녀의 분석에 감탄한 치프는 결심한 듯 팔짱을 꼈다.

"좋아, 그럼 저 오크들의 기지를 날려 버리자고."

"좋은 생각일세."

헤이파가 자리에서 일어났다. 데스디아도 손의 관절을 풀며 전의를 다졌고, 젝스와 포프도 진지한 표정으로 정신을 집중했다. 가만히 TV를 보고 있던 셀레스티아는 엉겁결에 그들을 따라 일어났다.

치프는 당황했다.

"여사님, 어디 가시게요?"

"전진기지를 날리자며?"

"그렇죠. 설마 저기까지 직접 가실 생각인가요?"

"놈들의 목을 따야지! 저놈들은 그저 병균이나 다름없다네!"

헤이파의 강경한 태도는 그녀가 현역 시절 거친 오크들과의 전투가 원인이었다.

그녀뿐만 아니라 데스디아도 오크들을 썰어버릴 생각에 사로잡혀 있었다.

치프는 펄펄 끓고 있는 그녀들의 눈빛을 그냥 두고 볼 수가 없었다.

"여사님, 죄송하지만 오늘은 그냥 지켜봐 주세요."

"뭐라고?"

"병균은 불로 소독해야죠. 몽둥이로 때려잡으면 옮아요."

치프는 농담처럼 이야기했으나 표정과 목소리는 진중했다.

"…찬물을 좀 마셔야겠군."

헤이파는 스낵바로 걸어갔다. 마침 스낵바에서 무알콜 맥주를 마시던 롸켓이 급히 얼음과 냉수를 유리잔에 담아 그녀에게 바쳤다.

헤이파가 냉수를 쭉 들이켜는 한편, 치프는 영상 신호 전달을 위해 책상에 내려놓은 단말기를 다시 들었다.

"델타는 좌표 전송 후 고도를 높여서 이탈하도록. 구경하기 좋은 곳까지 물러나도록 해."

―지시대로 하겠습니다.

"좋아, 통신 종료."

델타 스쿼드가 탑승한 수송기는 오크 기지의 좌표 및 주변 지형 정보 코드를 치프의 단말기로 전송한 후 고도를 높였다.

치프는 델타 스쿼드가 전송한 코드를 어딘가로 보낸 뒤 다시 통신을 시도했다.

"위스콘신, 여기는 알파 리더. 방금 적 기지와 관련된 코드를 전송했다."

―접수했습니다. 하지만 위성에는 적들의 모습이 잡히지 않는군요.

"음, 이유가 뭘까?"

―위스콘신의 기술팀에서는 위성의 촬상소자… 이미지 센서가 직접적인 방해를 받고 있을 가능성이 높다고 판단하고 있습니다.

"수송기의 카메라에는 멀쩡하게 찍혔는데? 그리고 이미지 센서가 들어가지 않는 촬영 기구가 요즘 어디 있어?"

―실체 렌즈가 있느냐 없느냐의 차이일 수도 있습니다. 현재 사용되는 위성의 카메라에는 중력굴절장치가 렌즈를 대신하고 있습니다, 원사님.

"오, 그렇지. 흠, 아무튼 지정된 좌표에 순항 미사일을 선물해 주도록 해."

―어떤 물건을 쓰면 되겠습니까?

"빅시티의 지진계 정도는 살짝 건드려 줘야 할 것 같은데 말이지."

―예? 원사님, 적의 기지가 대체 얼마나 큰 겁니까?

"됐으니까 조금 큰 걸로 하나 꽂아봐."

―타이런트 순항 미사일을 목표 지점에 배달하겠습니다.

"즉시 날려. 델타 스쿼드에도 알려주고."

―알겠습니다, 원사님.

치프의 지시에 따라 위스콘신 갑판의 대형 미사일 발사관이 열렸다.

차례로 솟구쳐 오른 세 발의 순항 미사일은 적정 고도에 도달하자마자 공기를 꿰뚫으며 날아갔다.

발사된 미사일이 타이런트라는 것을 안내받은 델타 스쿼드의 수송기는 고도를 24km 이상으로 높였다. 그 숫자를 제대로 인식한 사람은 치프뿐이었고, 다른 이들은 순항 미사일에서 사장실 TV를 향해 전송해 주는 영상을 구경하느라 정신이 없었다.

그들 가운데에서 순항 미사일이 전해주는 영상을 본 경험을 갖고 있는 사람은 치프뿐이었고, 셀레스티아도 직접 보는 건 처음이었기에 숨을 죽였다.

빅시티 상공을 순식간에 지나친 타이런트는 거대 농장과 광산을 지난 뒤 황무지에 들어섰다. 그리고 어느 위치에 도달하는 순간 그 끝을 지면 쪽으로 돌렸다.

오크들의 기지가 잡히자마자 마지막으로 급가속한 타이런트로부터 신호가 끊겼다.

모두의 시선이 델타 스쿼드의 수송기가 보내주는 영상 쪽으로 옮겨갔다.

지면으로부터 터진 빛과 화염은 엄청난 높이의 버섯구름을 만들었다.

구름의 뿌리 부분, 즉 지상은 꽤 오랫동안 열을 뿜으며 빨갛게 불탔다. 이어서 닥쳐온 충격파에 수송기 영상이 심하게 흔들리자 포프와 젝스가 움찔했다.

그 지옥으로부터 탁한 은색의 드래곤이 날개를 접은 채 솟아올랐다.

폭발의 중심부 근처에 있었음에도 불구하고 실버로드는 상처 하나 없었다.

날개를 펼치고 하늘에 자리 잡은 실버로드는 델타 스쿼드의 수송기를 돌아봤다. 치프는 안드레이에게 전속력으로 이탈할 것을 명하려 했지만 실버로드는 즉각 방향을 바꿔 어디론가 사라졌다.

"찜찜한데?"

치프가 중얼거렸다.

가만히 있을 것만 같던 셀레스티아가 그를 돌아봤다.

"지상에 브리치의 파편이 남아 있다면 실버로드가 왜 저랬는지 알 수 있을지도 몰라, 치프."

"그래? 음, 그냥 토마호크를 쓸 걸 그랬나?"

치프는 단말기를 들었다.

"델타, 들리나?"

―여기는 델타 리더. 말씀하십시오, 원사님.

"지상의 상황이 진정되면 내려가서 브리치를 찾아봐."

—브리치 말씀이십니까?

"셀리가 뭔가 아는 눈치로군."

—알겠습니다, 원사님.

5분 정도 흐른 뒤, 열폭풍이 사라진 장소로 내려간 수송기는 폭심지의 주변을 촬영했다.

살아 있는 생명체는 존재하지 않았다. 바위에 찍혀 있는 오크 모양의 흔적과 열에 녹아버린 갑옷의 파편이 전부였다.

브리치는 약간 닳아빠져 있을 뿐 그 형태를 대강은 유지하고 있었다.

"브리치의 단면을 보고 싶어, 치프."

셀레스티아가 TV에 가까이 다가가며 말했다.

"단면?"

"실버로드의 특기는 그 독특한 날개 외골격을 이용한 절단 공격이야. 반달리온은 그 공격에 외골격이 잘리고 몸통까지 상했어."

치프는 그걸로 브리치가 잘릴까 생각하면서도 단말기를 들어 안드레이에게 지시했다.

"델타 리더, 브리치의 하단부 단면을 살필 수 있겠나?"

—제가 직접 내려가겠습니다, 원사님. 카메라 연결.

순항 미사일의 영상이 존재하던 부분에 안드레이의 눈과 연결된 영상이 새로 떠올랐다.

수송기에서 맨몸으로 강하한 안드레이는 브리치 인근에 안전하게 착지한 뒤 브리치와 땅의 접점 지점으로 다가갔다.

그는 도끼로 땅을 후려쳐 날리며 브리치의 단면을 확인했다.

그 거대한 브리치의 단면은 놀랍게도 칼로 잘린 것처럼 깔끔했다.

"하아, 저건……."

치프가 한숨을 쉬었다.

"브리치의 남은 절반이 아직 실버로드의 손에 있다는 뜻이야, 치프. 오늘 처리된 오크들은 아마도 실버로드가 시험 삼아 동원해 본 것일 수도 있어."

"어떻게든 자기 세력을 모아보려고 했나? 끈질긴 친구네. 셀리, 뭔가 또 없어?"

"응, 이제 괜찮아."

치프는 고개를 끄덕인 뒤 단말기를 다시 들었다.

"델타 스쿼드는 본래의 임무로 복귀. 수고했어, 델타 리더."

─맥주 한잔 사십시오, 원사님. 통신 종료.

"알파 리더, 통신 종료."

치프는 다시 사장석에 앉았고, 셀레스티아도 자신의 자리로 돌아가 앉았다.

스낵바에 기댄 채 냉수를 마시고 있던 헤이파는 순항 미사일 한 발에 가루조차 남지 않은 오크들의 기지를 떠올리고는 강하게 혀를 찼다.

"쯧, 허무하군."

"여사님?"

치프는 헤이파의 착잡한 표정을 보고 의아해했다.

헤이파는 한참 가만히 있다가 고개를 절레절레 흔들었다.

"파병 시절이 떠올라서 그렇다네. 대적할 상대가 오크들일 경우 알타이르 전사들에게는 자결용 수단을 지급했다네. 다행히도 사로잡혀 능욕을 당한 자는 없었지만 자결한 자의 수는 적지 않았지. 하지만 놈들은 자결한 자의 시신마저도 능욕했다네. 난 정예병을 뽑아서 시신을 수습하러 가기 일쑤였지."

"······."

적이 오크라는 것을 제외하면 자신의 과거와 겹치는 부분이기도 했기에 치프는 잠자코 있었다. 그의 눈빛이 변하는 것을 읽은 데스디아는 팔짱을 끼고 눈을 감았다.

헤이파의 이야기가 계속 이어졌다.

"그 전통 아닌 전통은 파병을 맡은 워치프들에게 대대로 이어졌네. 첫째 때까지도… 아니, 앞으로도 이어지겠지. 그런데 그 미치도록 질긴 놈들이 순항 미사일 한 방에 싹 사라졌어. 앞으로도 이처럼 편하게 싸움 구경을 할 수 있을까?"

헤이파가 오크에게 갖고 있는 감정은 원한이자 미약한 공포였다.

"미사일은 주변에 민간인 피해가 없을 것을 확인하고 날린 것일 뿐이에요. 우리가 브리치를 사냥하러 돌아다녀야 하는 이상 또 만날 겁니다, 여사님."

치프가 말했다.

"오크만 나오지는 않을 것 아닌가?"

"모르죠, 아무도. 하지만 대비는 해놔야겠죠. 오크들에 대한 정보를 정리해서 저에게 줄 수 있으신가요? 놈들의 전술적 특징과 장비 특성 같은 것들 말이죠."

"후후, 몸도 섞은 사이인데 뭘 못 해주겠나?"

"저기요."

치프가 정색했다.

"농담일세. 되도록 빨리 정리해서 건네주겠네. 회의실을 빌려도 되겠나? 사만다도 부르고 싶네만."

"사만다요?"

"그렇다네. 키보드에 아직 익숙지 않아서 말이지."

"옙."

헤이파는 식기세척기에 자신이 사용한 컵을 넣었다. 치프는 치프대로 단말기를 이용해 사만다에게 연락했다.

잠시 후, 서류 작성을 위한 대형 단말기를 들고 사장실로 들어온 사만다는 냉장고에서 간식을 열심히 챙기고 있는 헤이파의 모습을 보고는 쓴웃음을 지었다.

"오늘은 퇴근이 없겠군요."

"네 타자 속도에 달린 일이니 걱정 말고 어서 들어가자꾸나."

"예, 여사님."

헤이파가 먼저 회의실에 들어가고 사만다가 뒤를 따랐다.

회의실의 문이 잠기는 소리를 들은 치프는 뒷머리를 만졌다.

'사만다가 좋아하는 간식은 하나도 안 챙기셨네?'

치프는 사만다가 걱정됐는지 냉장고로 가서 사만다가 좋아하는 간식 및 즉석요리를 앞쪽으로 당겨놓았다.

그 과정에서 치프의 표정이 이상해졌다.

'애가 요즘 다이어트를 하나? 그렇게 좋아하는 생크림 푸딩을 하나도 안 먹었잖아?'

그는 유통기한이 지난 푸딩을 꺼내 만지작거리며 고개를 갸웃거렸다.

한편, 헤이파는 자신이 방금 꺼낸 이야기를 그대로 입력 중인 사만다에게 조금 다른 말을 건넸다.

"생수 말고 푸딩 정도는 먹는 게 어때? 의심받을 텐데?"

"괜찮습니다."

사만다가 빙긋 웃었다.

"다이어트를 하고 있다고 말씀드리면 되니까요."

"흠, 그럼 워스컬에 대한 이야기를 계속하마."

"예, 여사님."

사만다의 손가락이 키보드 위에서 아주 빠르게 움직였다.

*   *   *

오크들의 기지를 박살 낸 다음 날.

치프는 아침 식사 자리에, 정확하게는 헤이파가 구입한 그 고급 테이블의 한쪽에 앉아 있는 루할트를 가만히 바라보고 있었다.

치프뿐만 아니라 자리에 있는 모든 이가 루할트를 보느라 여념이 없었다.

"데뷔 무대가 너무 화려했던 거 아냐?"

치프가 한마디 하자 루할트가 부끄러움을 이기지 못하고 고개를 푹 숙였다.

"의도한 건 아닐세."

"위스콘신에서 분명 안내를 해줬을 텐데 말이지."

"건강하게 운동하는 동생의 모습이 너무나도 감개무량해서 그만……."

결국 루할트는 안경을 벗고 두 손으로 얼굴을 감쌌다.

그의 옆자리에 앉은 젝스는 한숨을 쉰 뒤 오라버니의 어깨를 두드려 주었다.

자신의 회사를 다른 이들에게 양도하고 그라니트 용역에 들어온 루할트는 오늘 새벽 6시 무렵에 대형 사고를 저질렀다.

드래곤의 모습으로 회사에 접근하다가 전함 위스콘신에게 경고를 들은 것은 일도 아니었다.

그가 언제 어떻게 온다는 사실 정도는 위스콘신에서도 알고 있었다. 이미 약속된 사항이기 때문이다.

그러나 루할트는 포프와 함께 훈련장에서 뛰는 젝스의 모습을 보자마자 정신없이 급강하했다.

위스콘신의 관제사는 그를 급히 말렸으나 감격에 물든 그의 의식을 자극하진 못했다.

결국 루할트는 회사 전체를 반구형으로 감싼 척력식 방어막을 제대로 들이받고 기절했다.

훈련장에 있던 모든 이가 방어막 위에 뻗어버린 루할트의 모습을 보고 당황했다. 그리고 그 거대한 몸집의 영주가 우산에 닿은 빗물처럼 척력장 위를 미끄러져 회사 밖으로 떨어지는 모습을 보고 한 번 더 놀랐다.

셀레스티아의 치료를 받고 깨어나 회사로 들어온 루할트는 사람들의 시선을 한 몸에 받았다. 그리고 그 시선은 지금까지 그의 몸에 달라붙어 있었다.

켐리가 커다란 쟁반에 담아온 수프들을 테이블 위에 올려놓았다. 흰색의 작은 그릇에 든 옥수수 수프의 뜨끈한 김과 풍성한 냄새가 사람들의 식욕을 광적으로 자극했다.

능숙하고 깔끔한 몸짓으로 그릇들을 놓은 켐리는 아직도 얼굴에서 손을 못 떼고 있는 루할트의 모습을 보고 한숨을 내쉬었다.

"하인케스 사장님, 수프 식어요."

"나에게 수저를 들라고? 부끄러워서 얼굴도 들 수 없는데?"

"동생 걱정에 그러신 거 다들 알고 있으니 너무 그러지 마세요. 아무도 하인케스 사장님을 비웃지 못할 거예요."

"그러한가?"

루할트가 얼굴에서 손을 뗐다.

그는 쟁반으로 얼굴을 가린 채 웃음을 참는 켐리의 모습을 보자마자 억장이 무너지는 것을 느꼈다.

켐리가 도망치듯 조리대로 향하는 한편, 치프는 특별히 스테인리스 컵에 담겨온 자신의 수프를 마시며 켐리의 뒷모습을 봤다.

"우리 켐리가 많이 컸네. 감히 그 루할트 영주님을 놀리다니 말이야."

"…자네도 나를 놀리는 것 같네만?"

"흠, 아무튼 수프나 한 숟갈 떠봐. 알케온의 솜씨는 이제 환상에 가까워졌다고."

"그런가?"

다시 안경을 쓴 루할트는 그릇에 든 수프를 숟가락으로 떠먹었다.

"…호오, 과연. 하하, 식당을 맡아달라는 왕녀 전하의 명을 받고 비명을 지르던 친구가 이제는 정말 즐겁게 음식을 만들고 있군."

"즐겁게 만든다고?"

치프가 묻자 루할트가 안경을 만지며 웃었다.

"그렇다네. 하루하루의 귀중함이 담겨 있는 느낌이라고나 할까? 옥수수 수프에 이러한 느낌을 담다니, 알케온도 정말 많이 달라졌어."

"…자네가 식도락 전문가일 줄은 몰랐는데?"

"회사 대표로서 여기저기 오가며 음식들을 먹어봤지. 그래서 그럴지도 몰라."

조용히 식사를 하고 있는 헤이파와 달리 데스디아와 셀레스티아는 자연스럽게 대화하는 둘의 모습을 보고 상념에 잠겼다.

'작년에는 서로 눈만 마주쳐도 으르렁댔는데 말이지.'

데스디아가 그렇게 생각하는 한편, 셀레스티아는 자신들과 다른 종족들이 언젠가는 치프와 루할트처럼 허물없이 어울리며 살아갈 수 있을 거라는 확신을 더욱 뚜렷하게 다듬을 수 있었다.

그녀의 그 소원은 운캄타르로부터 중책을 이어받은 날을 시작으로 지금까지 이어져 왔다.

헤이파를 만난 이후 정치와 관련된 교육을 받고 있는 그녀는 자신의 소원이 너무나 큰 것이라는 사실을 깨닫고 미약한 절망감을 느낀 적이 있었다.

둥지의 아늑함, 그리고 창공의 개방감 속에서 자유롭게 살아가던 날개 달린 자들의 삶을 굳이 정치라는 수단을 통해 강제로 제어할 필요가 있느냐는 생각이 들었기 때문이다.

그녀가 자신의 절망을 토로하자 헤이파는 '네가 너무 급진적이고 고집스러워서 그런 것뿐이다'라는 답을 내놓았다.

그것은 터무니없을 정도로 긴 수명을 가진 자들이 어째서 고작 100년 내외로 살아가는 자들처럼 조급하게 행동하느냐는 질문이기도 했다.

켐리가 갓 구운 토스트와 샐러드를 식탁에 놓을 무렵, 셀레스티아가 치프에게 말했다.

"최근에 지구의 프랑스혁명에 대해서 공부하고 있어, 치프."

"응? 너무 위험한 걸 공부하려고 하네?"

"치프는 그 혁명이 위험하다고 생각해?"

셀레스티아는 그의 생각이 정말 궁금했다.

"사람이 너무 많이, 그리고 터무니없는 이유로 죽어버렸거든. 아주 짧은 시간 동안 말이야. 왕을 처형하지 않으면 자신들의 행동이 정당화되지 않는다는 이유를 들기도 했고, 결국 왕이 처형된 이후 사람들은 아주 빠르게, 극단적으로 변했지."

설명을 한 치프는 토스트를 씹었다.

"그땐 법이고 뭐고 없었어. 반대파는 물론 중립까지 무시하는 극단적 흑백논리가 미쳐 날뛰었지. 혁명은 사실상 극소수, 아니, 다수의 왕이 주도하는 광기로 변질된 거야. 귀족들에게 사랑을 받았다는 이유로 특정 품종의 강아지들까지 학살을 당할 정도였어. 종국에는 어이없게도 왕의 빈자리에 황제를 앉혔지. 아무튼 지구의 역사에 여러 가지로 영향을 끼친 사건임에는 분명해. 전 세계가 들썩거렸으니까 말이야."

"부정적으로 생각하는 거야?"

"글쎄? 군인 아저씨인 내가 어떻게 평가할 문제는 아니라고 봐. 하지만 너희 종족의 삶을 나름대로 바꾸려 하는 너에게 필요한 것이 뭔지는 말해줄 수 있어."

"응?"

셀레스티아가 눈을 크게 뜨고 그를 바라봤다.

"바로 인기야, 셀리. 넌 너희 종족의 아이돌이 될 필요가 있어."

"아이돌이라면… 예쁜 옷 입고 춤추며 노래하는?"

"…하아."

한숨은 치프가 내쉬고 싶었으나 헤이파가 좀 더 빨리 소리를 냈기에 치프는 그냥 가만히 있었다.

헤이파의 한숨 소리를 들은 셀레스티아는 안색이 바뀔 만큼 바짝 긴장했다.

"…네 뜻을 지지해 주는 사람들을 좀 더 많이 확보하라는 뜻이야."

치프가 설명해 주었다.

"아무튼 너희 종족의 특성상 모든 것이 한순간에 확 바뀔 일은 없을 거야. 아마도 막대한 시간과 인내심이 필요하겠지."

토스트를 다 먹은 치프는 샐러드에 키위소스를 뿌렸다.

"하지만 루할트 경과 알케온 경은……!"

"응? 이봐, 셀리. 두 친구는 워낙 웃기지도 않는 경험을 한 덕분에 큰 전환점을 가질 수 있었던 거야. 너희 종족 모두가 그런 일을 겪게끔 만들고 싶은 건 아니겠지?"

치프가 꾸중 비슷하게 말하자 마침 그의 곁에 스테이크를 가져다 놓던 알케온이 손날로 그의 머리를 쿡 찍었다.

"웃기지도 않는 경험이라니, 너무하지 않나?"

"어라, 소중한 기억이었어?"

"자신의 밑바닥을 볼 수 있는 기회는 쉽게 찾아오지 않지."

알케온은 그렇게만 대답한 뒤 루할트와 젝스에게도 스테이크를 내려놓고 자리를 이동했다.

치프는 싱긋 웃고는 스테이크에 포크와 나이프를 댔다.

*   *   *

오전 11시 경.

치프는 데스디아, 헤이파, 그리고 셀레스티아와 함께 회사를 떠나 빅시티로 향했다.

그라니트 헌터연맹 회장 갈라트 듀크 베리몬을 만나기 위해서였다.

회사의 관리는 죠니와 위스콘신의 함장, 그리고 루할트가 맡았는데, 원래 셀레스티아를 보좌하려 한 루할트는 회사의 재무 제표를 보자마자 펄쩍 뛰더니 회사에 남을 것을 피력했다.

이렇게 지출만을 막대하게 해대는 회사가 대체 어디 있냐는 것이 분노의 이유였다.

치프의 옆자리에 앉은 데스디아는 창문을 내리고 바람을 맞았다.

"루할트 말인데."

"응?"

치프가 전방에 시선을 둔 채 응답했다.

"의외로 꼼꼼한 성격이군."

"하, 그걸 꼼꼼하다고 표현할 줄은 몰랐네. 우리 회사의 지출이 왜 그런지는 네가 제일 잘 알잖아?"

"아니, 나도 그 정도로 지출이 심할 줄은 몰랐거든."

"……."

치프는 데스디아를 흘끔 본 뒤 다시 운전에 집중했다.

그들의 머리 위로 롸켓이 모는 수송기가 지나갔다. 수송기를 좌우로 흔들어 인사 비슷한 것을 한 롸켓은 그대로 속도를 올려 사라졌다.

"하는 짓을 보니 롸켓이 모는 것 같은데, 수송기에 뭐가 들어 있는 거지?"

"중장갑 전투복이랑 최신형 데토네이터 보행전차 두 대. 공항에 지원해 주려고."

"데토네이터는 당신네들 비밀병기가 아니었나?"

"실제 이름은 다른데, 우리는 그냥 통틀어서 데토네이터라고 불러. 프린팅으로 만들어내는 게 아니라 완성품이라는 것 빼고는 거의 모든 면에서 동일하지. 아, 대인용 미사일까지 장비된 건 좀 다르네."

"미사일?"

"프린팅으로는 미사일을 만들어낼 수 없으니까 말이야."

그의 말에 데스디아가 팔짱을 꼈다.

"아무튼 그 모델의 보행전차는 꽤 강력한 화력 지원병기로 기억하는데, 그처럼 과도한 병기를 공항에 배치할 필요가 있나?"

"그냥 억제력으로서 존재하는 거지. 여객선 이착륙장에서 잘 보이는 곳에 딱 세워놓으면 괜찮을 것 같아서 말이야."

"뭔가에 대비하는 게 아니라?"

데스디아는 '네가 괜히 일을 벌일 사람은 아니다'라는 의도로 물은 것인데 치프는 그냥 웃기만 할 뿐 정확한 대답은 하지 않았다.

조금 뒤, 셀레스티아와 함께 뒷좌석에 앉은 헤이파가 치프에게 질문했다.

"어제 롸켓에게 사람들을 모아오라고 부탁했지?"

"예. 그 자리에 여사님도 같이 계셨잖아요?"

"왜 우리에겐 인력에 대한 부탁을 하지 않는 건가?"

"알타이르 사람들을 용병으로 취급했다가는 불벼락을 내리실 거 같아서 말이죠."

치프의 불벼락 발언에 헤이파가 피식 웃었다.

"나를 너무 보수적인 인물로 보는군. 난 적당히 보수적인 사람일세."

"오, 그럼 알타이르에서도 인력을 좀 받을 수 있을까요?"

"너무 기대하진 말게."

"문제라도 있나요?"

"당연히 문제가 있지. 고향의 최대 전력이라 할 수 있는 세 명의 워치프 중에서 두 명이 이곳에 있지 않나?"

"그, 그렇죠."

어색하게 답한 치프는 인력이 어쩌고 하는 얘기를 먼저 꺼내놓고 너무 기대하지 말라고 하는 그녀의 행동을 이해하기가 어려웠다.

"그래서 말이네만, 아무래도 탈리를 고향에 돌려보내야 할 것 같네. 내일이라도 당장 말일세."

"내일이요?"

"그렇다네. 탈리가 맡은 군단의 전사들을 이곳에 데려오기 위해서는 탈리가 직접 여왕 폐하께 허락을 받는 것이 제대로 된 절차일세. 이것은 내가 끼어들 문제가 아니라서……."

"그럼 제가 탈리와 같이 알타이르로 가겠어요, 여사님!"

셀레스티아가 헤이파의 손을 잡으며 목소리를 높였다.

"…왜?"

"날개 달린 자들의 왕녀로서 알타이르의 여왕께 정식으로 부탁드릴 겁니다!"

"그렇구나. 네 말은 분명 일리가 있다만 그 문제는 연맹 회장과의 이야기가 끝나면 천천히 논하자꾸나."

헤이파는 조금 풀이 죽은 셀레스티아의 머리를 손으로 쓰다듬어 주었다.

"너무 조급하게 생각지 마렴. 넌 네 종족의 대표자란다."

"…예, 여사님."

셀레스티아가 고개를 숙였다. 헤이파는 그녀의 머리를 계속해서 쓰다듬어 주었다.

*   *   *

"연맹 사무실에 얼마 만에 오는지 모르겠네요, 회장님."

갈라트를 만난 치프가 반갑게 인사했다.

사무실의 왼쪽 벽을 흘끔 본 갈라트는 약간 어색하게 웃으며 그와 악수를 나눴다.

"하하, 반갑구려, 사장. 켐리는 어떻소? 일은 잘하고 있소?"

"회사의 귀염둥이가 됐죠."

"그렇구려. 자, 같이 온 분들과 함께 앉으시오."

갈라트는 손님들이 앉는 것을 보면서 사무실 안에 들어와 있는 헌터들에게 손짓했다.

왼쪽 벽에 처박힌 채 피를 흘리고 있는 자를 어서 옮기라는 뜻이다.

헤이파는 헌터들의 부축을 받아 회장실 밖으로 나가는 그 듀베리아 남성을 계속해서 쏘아봤다.

사건의 발단은 단순했다.

갈라트가 데스디아와 헤이파를 얼른 구별하지 못하자 그가 '젖이 큰 쪽이 모친이다'라고 조언한 것이다.

그 '조언자'는 결국 헤이파에게 붙잡혀 내던져지고 말았다.

"실례했습니다, 회장님."

헤이파가 고개를 아주 살짝 숙여 사과했다.

"아, 아닙니다. 제가 사과를 드려야지요. 노여움을 푸십시오, 여사님. 하하."

갈라트는 긴장감을 품은 채 자리에 앉았다.

갈라트가 앉은 소파의 맞은편 소파에는 데스디아, 헤이파, 셀레스티아가 나란히 앉았다. 그리고 치프는 그녀들이 앉은 소파 뒤쪽에 서 있었다.

혼자 3인용 소파 한가운데에 앉은 갈라트는 매우 난감해했다.

"옆에 와서 앉으시오, 사장."

"전 여자들의 시선이 두려워요."

"…회사에서 대체 무슨 일을 당하고 있는 거요?"

"농담이니까 너무 부담 갖지 마세요. 그냥 입장에 맞추려고 이쪽에 서 있는 것뿐이에요."

"보기가 불편해서 그러니 좀 앉으시오."

"근데 자리가 없어서… 하하."

치프도 난감해했다.

데스디아가 그 상황을 가만히 지켜보다가 자신의 허벅지 위를 손바닥으로 톡톡 두드렸다. 그 위에 앉아도 좋다는 신호였다.

하지만 그녀는 자신들이 앉은 소파 옆에 간이 의자를 가져다 놓는 갈라트의 친척과 눈이 마주치고 말았다.

"……."

"……."

흐뭇한 표정을 지은 갈라트의 친척은 치프에게 앉을 것을 권한 뒤 조용히 물러났다.

별생각 없이 간이 의자에 앉은 치프는 두 손으로 얼굴을 가리고 있는 데스디아를 의아하게 바라봤다.

"보안국장님도 오신다고 들었소만."

갈라트가 물었다.

레투가에 대한 얘기가 3분 정도 이어질 무렵, 레투가가 제복의 넥타이 위치를 매만지며 사무실 안으로 들어왔다.

"일이 있어서 조금 늦었습니다, 연맹 회장님. 죄송합니다."

레투가가 정중히 사과했다.

"오오, 아니오. 어서 오시오. 보안국장님."

갈라트가 자리에서 일어나 그를 반겨주었다.

치프도 일어나서 레투가 쪽으로 돌아섰다.

"일이라니? 내가 특별히 호위를 붙여줬는데?"

"아, 그래. 자네가 보내준 보행전차 두 대 때문에 길이 막혀서 말이지."

"어? 내가 보내준 데토네이터는 구형이라서 교통체증을 일으킬 정도로 크진 않을 텐데?"

"다들 그 데토네이터의 사진을 찍느라 난리였거든. 난 시민들을 안심시키느라 지붕을 열고 두 손을 흔들어야 했지!"

"카퍼레이드를 제대로 하셨네."

"흠. 아무튼 앉게."

레투가는 데스디아와 헤이파, 셀레스티아와도 인사를 나눈 뒤 갈라트 옆에 앉았다.

모여야 할 사람이 모두 모이자 갈라트가 몸을 치프 쪽으로 기울이며 이야기를 꺼냈다.

"일단… 아주 큰 판을 벌이겠다고 들었소, 사장."

그 늙은 사냥꾼의 눈이 흥미에 젖어 반짝반짝 빛났다.

"정말 큰 판이죠. 이 행성의 브리치들을 모조리 떨어뜨리려고요."

치프의 말에 갈라트는 기울였던 몸을 바짝 펴며 눈을 깜박거렸다.

놀란 사람은 갈라트만이 아니었다. 무슨 이야기가 나올지 궁금하여 사무실에 들어와 있거나 사무실 밖 복도에 모여 있던 헌터들 전부가 술렁거렸다.

"지구에서 오래전에 건조된 전함 하나를 회사 위에 띄워놨다고 듣긴 했소만, 설마 그거 하나 믿고 행성 전체의 브리치들을 어떻게 하겠다는 말이오?"

"어, 전함 얘기는 누구한테 들으셨어요?"

"저번에 롸켓이랑 한잔하다가……."

"그건 그냥 고철로 쓰려고 들여온 거예요. 그렇지, 레투가?"

치프가 레투가 쪽을 봤다.

"고철로서의 반입허가장을 써준 공범으로서 이렇게 말하긴 그렇지만… 사실 아무도 안 믿지. 타이런트급 순항 미사일을 쏘는 고철이 세상 어디에 있단 말인가?"

"그래도 그거 덕분에 오크들의 전진기지를 쓸어버렸잖아?"

오크라는 말에 갈라트가 움찔했다.

"오크? 오크의 군대가 이 행성에 나타났었단 말이오?"

"예. 지금은 가루조차 남지 않았지만 말이죠."

"허허."

갈라트는 손으로 이마를 짚으며 당혹감을 드러냈다.

헌터들이 대화하는 소리도 한층 더 커졌다.

오크들은 모든 헌터들에게 있어서 아주 큰 돈주머니이자 멋진 사냥 경력으로 유명하다.

하지만 군단 단위로 몰려다니는 그들을 잡는 것은 자살행위 그 자체이기 때문에 아주 유명한 대형 용역 회사들도 오크들의 출현 장소를 피하는 것이 보통이었다.

"전진기지를 세울 정도로 규모가 있는 오크 군단이 어찌 그렇게 간단히 사라질 수 있단 말이오? 그들이 행성에 낙하했다면 우린 대피를 하느라 바빴을 텐데?"

"아… 녀석들은 탈것을 타고 이 행성으로 오진 않았어요. 브리치를 통해 이곳으로 넘어왔죠."

치프의 말을 들은 헌터들이 한층 더 시끄러워졌다.

치프는 그러거나 말거나 대화를 계속 이어가려 했다. 하지만 그 소란스러움이 싫었던 헤이파는 데스디아의 어깨를 자신의 어깨로 살짝 밀쳤다.

결국 데스디아가 소파에서 스르륵 일어났다.

"회장과 조용히 이야기를 나누고 싶은데, 괜찮겠나?"

그녀를 중심으로 살기가 확 퍼졌다.

"젖 없는 여자가 우릴 쫓아낸다!"

헌터들은 대단히 위험한 말을 내뱉고는 즉각 사무실 밖으로 튀어나갔다. 물론 문을 닫는 것도 잊지 않았다.

불의의 일격을 당한 데스디아는 너무 어이가 없었던 나머지 사무실 천장을 올려다보며 화를 가라앉혔다.

"앉으렴, 첫째야."

"…예, 어머님."

격분을 가까스로 억누른 데스디아는 단말기를 꺼낸 뒤 누군가에게 메시지를 보냈다.

치프는 다음 이야기를 어떻게 이어나갈지 생각하는 와중이라 그녀가 메시지를 보낸다는 사실조차 몰랐지만 셀레스티아는 그녀가 보낸 메시지를 보고 자못 놀란 얼굴이 됐다.

'넷디가 이런 일로 남의 손을 빌릴 줄은 몰랐네.'

어쨌든 이야기는 계속되었다.

"브리치를 통해서 오크들이 넘어왔다고 했소?"

갈라트가 긴장한 표정으로 물었다.

"맞아요. 실버로드가 브리치를 조작해서 오크들을 차곡차곡 쌓고 있었죠. 워스컬 계급의 오크가 자기 부대를 거느리고 난동을 부리려 하지 않았다면 일이 더 커졌을 거예요."

치프의 대답을 들은 갈라트는 고민에 빠졌다.

"대형 환상종들은 항상 문제지만 어차피 짐승들이라 대응책은 간단하오. 하지만 오크들은 영리할뿐더러 군대로서의 체계가 잡혀 있고 무장도 좋으니 대단히 힘겨울 거요. 최악의 경우 고블린이나 오우거들이 합세할 수도 있고 말이오."

고블린과 오우거의 합세라는 말에 치프가 고개를 갸웃했다.

"녀석들이 한패가 된다고요?"

"그렇소. 녀석들이 함께 나타나서 행성을 약탈하는 사진과 영상들이 꽤 많다오."

갈라트의 그 말이 끝나자마자 헤이파가 말했다.

"오크들과 고블린들은 언어가 통한다네. 오우거들은 말을 하지 못할 뿐, 다른 종족의 말을 확실히 알아듣지. 세 종족이 동맹을 맺을 경우 오크들은 여자들만을 데려가고 고블린과 오우거들은 식량을 털어간다네. 그들은 오크들이 버리고 간 남자들을 소금에 절인 식량으로 만들기도 하지. 소규모 행성이 그 '삼족동맹'에 걸릴 경우에는 정말 순식간에 폐허가 된다네."

"무섭네요."

중얼거린 치프가 의자 등받이에 등을 댔다.

"그런데 그렇게 무서운 놈들이 왜 지금껏 이슈가 되지 못했을까요?"

"오크들이 그렇게 자주 나타나는 종족은 아니거든. 삼족동맹은 특히 희귀하지. 백 년에 한 번 나타날까 말까 하거든."

헤이파의 말을 들은 치프는 인상을 찡그렸다.

"우리 회사에 존재하는 부정적 징크스들을 모두 모은다면… 삼족동맹? 그런 것 따위는 언제든지 현실이 되겠죠."

"포프 현상과 휴가를 가면 안 되는 군인 말고 또 있었나?"

어제부터 쉬자는 말을 꺼내지도 못하게 된 군인, 치프는 헤이파의 질문을 듣고 어깨를 으쓱했다.

"죠니가 경마에 성공한 날, 안드레이가 일을 너무 완벽하게 처리한 날, 사만다가 아침부터 푸딩을 흘린 날, 젝스가 모자를 거꾸로 쓴 날, 롸켓이 면도를 한 날, 알케온이 머리핀을 잊어버린 날, 파울라 장로님이 일광욕하는 날, 포프네 동생들이 켐리의 발을 밟지 않은 날 등등. 꽤 많죠."

"…우리는 항상 위험에 노출되어 있는 것이군."

"여사님이 화를 내지 않으신 날도 포함되어 있어요."

치프의 입에서 자신의 이야기가 나오자 헤이파의 표정이 슬쩍 변했다.

"그러한가?"

"아까 누군가를 피떡으로 만드셨으니 오늘은 별일 없겠네요."

"난 없어?"

셀레스티아가 재미있다는 표정으로 물었다.

"네 경우는… 그냥 모르는 게 나을 거야."

"있긴 있다는 거네?"

"그래. 하지만 절대로 말하지 않을 거야. 그러니 묻지 말아줘."

치프가 그렇게 나온 것에는 이유가 있었다.

'바람에 치마가 뒤집어져서 속옷이 드러난 날이라고는 도저히 말 못하지.'

치프가 마음속으로 중얼거렸다.

"그럼 뎃디는?"

"시가를 안 피운 날."

그의 대답에 데스디아는 쓴웃음을 지었다.

"징크스치고는 참으로 어이가 없군."

"너 오늘 아직 안 피웠잖아? 지금은 네가 제일 위험해."

치프가 지적했다.

자존심이 상한 데스디아는 오늘 끝까지 시가를 피우지 않겠다고 맹세했다.

이윽고 레투가가 묵직하게 헛기침을 했다.

"얘기를 계속 하세."

"아, 미안."

치프가 헛기침을 했다.

"회장님. 일주일 내지는 열흘 안에 제가 마련한 함선들이 이곳으로 올 거예요."

"함선이라 하셨소?"

"예. 얼마 전에 해적들이 쓰던 함선을 나포했거든요. 총 여덟 척이고, 위스콘신보다는 작지만 못해도 1000명 이상의 인원이 편하게 먹고 지낼 수 있을 만큼 크죠. 무장도 확실하고요."

"…그럼 내가 할 일은 무엇이오? 난 사장이 인원 확보와 관련해서 이야기를 하러 오겠다고 들었소만?"

"예, 지금 그 말씀을 드리고 있는 거예요. 8000명 정도의 헌터들을 모아주세요."

"허허, 차라리 나 혼자서 그 함선들의 갑판을 청소하다."

갈라트가 헛웃음을 터뜨렸다.

"안 될까요?"

치프가 묻자 갈라트는 소파 사이에 놓인 테이블에서 일반적인 디자인의 재떨이와 예전에 데스디아에게 선물 받은 시가를 꺼냈다.

"피워도 되겠소?"

치프는 대놓고 준비를 했으면서 무슨 소리를 하느냐는 표정으로 갈라트를 쳐다봤다.

"회장님께 도움이 된다면 얼마든지요."

"고맙소."

갈라트는 시가를 손질한 뒤 불을 붙였다. 이어서 헤이파도 자신의 시가를 꺼내 손질하여 입에 물었다.

치프는 데스디아가 꼼짝도 하지 않자 불안한 표정을 지었다.

"그래, 징크스. 제길."

한탄한 데스디아는 결국 시가를 꺼내고 말았다.

대량의 연기가 환기구를 통해 빠져나가는 한편, 그들의 진지한 이야기가 계속됐다.

"이보시오, 사장. 빅시티에 있는 헌터들의 숫자는 1만이 조금

넘소. 사실 놀랄 만큼 많은 숫자지만 실제 헌터로서 제대로 사냥을 하며 돌아다니는 자들은 2000명이 안 되고 나머지 8000명은 일용직으로 살아가고 있다오. 뎃다나 켐리에게 듣지 못했소?"

치프는 고개를 돌려서 데스디아를 봤다.

자신의 어머니와 똑같은 자세로 시가를 피우고 있던 그녀는 피식 웃었다.

"개인적으로 장비를 꾸려서 빅시티의 영역 밖으로 나가면 죽을 확률이 100%에 가까운데 어쩔 수 없지. 용역 회사나 사냥그룹에 들어간 자들 말고는 안정적인 수입을 올리는 자들이 없어."

"그들을 구제하기 위해서 그라니트 용역 2호점이라도 내야겠군."

"농담하지 마. 그들이 용역 회사나 헌터 그룹에 들어가지 못하는 이유가 뭔지 알아?"

"글쎄? 실력 문제인가?"

"실력도 실력이지만 그들 대다수가 거의 사기를 당하듯 건하운드 하나만 믿고 온 자들이라고. 포프가 작년에 어떤 꼴이었는지 떠올려보라고 하면 설명이 쉽겠군."

"음……."

치프는 팔짱을 끼고 한숨을 내쉬었다.

"그럼 제대로 돌아간다는 2000명 중에서 1000명을 모아보죠, 회장님. 그건 문제없을까요?"

갈라트가 밋밋하게 웃었다.

"어떻게든 해보겠다는 뜻이구려. 그렇다면 각 용역 회사의 사장들 및 사냥 그룹의 책임자들을 불러보리다."

"며칠이나 걸릴까요?"

"나와 친한 자들은 한 시간 내로 불러낼 수 있소. 다들 연맹 사무소 근처에 자리를 잡고 있으니 걱정 마시오."

"흠, 그럼 그때까지 잠깐 쉬… 아니, 차라도 한잔 하죠."

쉬자는 말을 꺼낼 뻔했던 치프는 오른손으로 자신의 입을 가리고 징크스에 주의했다.

자리에서 일어난 데스디아는 창가로 가서 창밖을 봤다.

"역시 안드레이야. 저런 일 하나는 끝내주게 잘하는군."

아까 데스디아가 누구에게 무슨 메시지를 보냈는지 모르는 치프는 그녀의 혼잣말을 듣고 깜짝 놀랐다.

"안드레이라니?"

75

의심받는 자

치프는 급히 데스디아 옆에 서서 창밖을 봤다.

창밖, 정확히 연맹 사무소 앞에서는 안드레이가 어떤 듀베리아 남성 헌터의 멱살을 쥐고 들어 올린 채 그를 노려보고 있었다.

'숨어서 경호를 맡아달라고 부탁했더니 왜 행위 예술을 하고 있는 거야?'

그 도발적이고 강압적인 모습은 다른 헌터들의 항의, 혹은 공격적인 시비를 초래하기에 충분한 상황이었다.

하지만 밖에 있는 헌터들 중에서 안드레이에게 신경 쓰는 사람은 아무도 없었다.

오히려 딴청을 부리거나 다시 연맹 사무소 안으로 들어가려 하는 등 사건을 모른 척하느라 바빴다.

"저게 무슨 일이지? 혹시 아는 거 있어?"

치프가 그리 묻자 데스디아는 표정을 통해서 실망감을 노골적으로 드러냈다.

"당신, 듣지 못했나? 내가 같잖은 말을 들었다고!"

이윽고 전투경찰들이 순찰차를 몰고 달려와서는 안드레이에게 뭔가 말을 건넸다.

안 되겠다 생각한 치프는 상황을 정확히 파악하기 위해 창문을 열었다.

"이 남자가 우리 회사 부사장께 모욕적인 발언을 했소."

안드레이가 큰 소리로 말했다.

전투경찰은 난처한 표정으로 안드레이에게 붙잡힌 남자를 올려다봤다.

"선생님께선 대체 뭐라고 하신 겁니까?"

전투경찰이 묻자 그 남자가 인상을 쓴 채 소리쳤다.

"젖 없는 여자라고 했소! 제길, 사실이잖아!"

그 자리에 있는 전투경찰들은 입을 다물었다.

"귀하는 아직도 정신을 못 차렸군. 부사장님은 적어도 B컵이오."

"그거 참 거대한 알파벳이군!"

안드레이와 헌터가 다시 싸우려하자 치프는 오른손으로 얼굴을 누르며 한숨을 터뜨렸다.

"뎃디, 네가 안드레이를 불러냈지?"

"어차피 근처에 있었잖아? 나를 대신해서 얘기를 좀 해달라고 부탁했을 뿐이야."

"…내가 아는 뎃디는 자기 손으로 상대를 조져야 속이 풀리는 성격이었던 것 같은데?"

"……."

치프는 안드레이의 상냥함을 이용하지 말라고 충고할까 하다가 전투경찰이 그 '부적절한 발언'을 한 헌터에게 경고를 하고 안드레이를 말리는 모습을 보고는 그냥 모른 척하기로 했다.

"나중에 안드레이한테 고맙다고 해."

"탈모에 좋은 약초를 조합해서 선물할 생각이야."

"…안드레이가 사이보그라는 걸 잊었군. 그 친구는 머리털이 빠지면 수리를 하면 돼."

"……."

치프의 그 말에 데스디아의 눈동자가 좌우로 흔들렸다.

"아… 음. 부인에도 효과가 있을 거야. 아마도."

"딱히 그런 걸 바라고 일을 저지르는 친구는 아니니까 그냥 고맙다고만 해도 돼."

치프는 안드레이를 향해 휘파람을 불었다. 그 소리를 들은 안드레이는 선글라스를 다시 쓰며 치프 쪽을 올려다봤다.

어떻게 반응할까 잠시 고민한 안드레이는 오른팔을 들더니 엄지를 불쑥 폈다.

'뭐, 저렇게 어설퍼야 안드레이답지.'

치프는 엄지를 펴서 답례하는 것으로 인사를 대신했다.

그가 다시 창문을 닫으려는 찰나, 안드레이에게 풀려나서 목을 만지던 헌터가 다시 성질을 냈다.

"왜 가슴만은 자기 엄마를 닮지 못했는지 얘기 좀 해 보라고! 엄마는 미니멈 F란 말이야! 궁금해 죽겠어!"

"…죽어야만 정신을 차릴 모양이군."

안드레이가 다시 그에게 다가가려하자 전투경찰들이 온 힘을 다해 달려들어 그를 말렸다.

"하아."

한숨을 쉰 치프는 뒤를 돌아봤다.

셀레스티아가 헤이파를 껴안은 채 그녀를 일어나지도 못하도록 만들고 있었다.

"놓아라, 셀리. 나와 첫째에게 기어오르는 자들을 그냥 내버려 두란 말이냐?"

"제발 법으로 해결해주세요, 여사님!"

셀리가 외쳤다.

결국 치프가 데스디아를 끌고 와서 자리에 다시 앉았다.

그 과정을 처음부터 끝까지 지켜본 연맹 회장, 갈라트는 표정 변화 없이 단말기를 만지작거리는 레투가를 잠시 바라봤다.

"보안국장께선 이런 일에 익숙하신 것 같구려."

"어떠한 일에 익숙해지고 무감각해지는 것은 사실 무서운 일이기도 하지요."

"…그렇다고 세상 다 살았다는 느낌으로 말씀하지는 말아주시오."

갈라트의 걱정에 레투가는 잠깐 쓴웃음을 지은 뒤 다시 단말기를 만졌다.

"난 이 행성에서 있었던 일들을 평생 잊지 못할 것이네, 치프."

"그런 말은 일이 다 끝난 다음에 꺼내야 하는 법이야, 레투가."

"그런가?"

레투가가 묻자 치프는 고개를 끄덕끄덕했다.

"몇 년 전인지 기억은 안 나는데, 이 싸움이 끝나면 애인한테 청혼할 거라고 나한테 말했다가 안타까운 일을 당한 대원이 있었지."

"전사했나 보군."

"아니, 애인이라는 여자애가 다른 남자랑 결혼했어."

"……"

"일을 당한 대원이 죠니라고는 도저히 말 못하겠네."

"오, 세상에."

레투가는 진심으로 안타까워했다.

그 얘기를 오늘 처음 들은 데스디아와 헤이파는 가슴과 관련된 일을 싹 잊고서 레투가와 마찬가지로 안타까움을 드러냈다. 갈라트 역시 혀를 차며 한탄했다.

죠니의 과거 덕분에 혼란을 가라앉힐 수 있었던 치프는 마음속으로 그에게 사과를 한 뒤 갈라트가 부른 사람들이 오기를 기다렸다.

*   *   *

"그래서… 여러분들은 이번 일에 참여해 주신다는 거죠?"

치프는 앞에 모인 다섯 명의 남녀에게 물었다.

"물론이오. 안전요원들을 끼고 대형함선을 타며 즐기는 사냥이라니, 이 얼마나 사치스러운 상황이란 말이오? 그리고 개인적으로 당신에 대해 흥미를 갖고 있었소. 그라니트의 사장이여."

뱀 머리의 헌터가 어깨를 으쓱했다.

치프는 그를 알고 있었다.

신수와의 싸움 당시 그 뱀 머리의 헌터는 포프가 이끄는 정찰팀의 보좌로서 훌륭히 활약했고 상황을 살피는 눈도 좋았던 남자였다.

"성함을 들을 수 있을까요?"

"'앗세룬'이라 부르시오."

치프와 뱀 머리의 헌터, 앗세룬은 굳게 악수를 나눴다. 치프는 뒤이어 다른 사람들과도 악수 및 인사를 하는 것으로 감사의 마음을 표시했다.

"어찌어찌 500명을 모았구려."

갈라트가 말했다.

"내가 당장 동원할 수 있는 개인자격의 헌터들을 포함하면 700명까지는 채울 수 있을 거요. 300명이 부족하긴 한데, 괜찮겠소?"

"괜찮을 거예요. 맛을 보기 전에 간을 보는 것도 필요하니까요."

치프는 긍정적인 표정과 어조로 갈라트의 불안감을 달랬다.

"그럼 사흘 뒤 그라니트 공항에서 뵙도록 하죠. 아, 선금은 오늘 저녁 6시에 들어갈 거예요."

"알았소. 그럼 그때 봅시다."

앗세룬이 대표로 작별인사를 하고는 다른 이들과 함께 사무실을 나갔다.

"흠."

치프는 허리와 뒷목을 만지며 한숨을 쉬었다.

"용역 회사 대표 셋에 헌터그룹 둘. 그렇게 해서 500명이라……."

"실망했소?"

갈라트가 씩 웃었다.

"아뇨. 다들 규모가 크잖아요? 우리 회사에서 헌터 면허를 가진 사람은 열 명이 안 돼요."

"사장의 회사는 원래 그런 곳이 아니오? 정상적인 용역 회사의 규모는 원래 그래야 한다오. 개척행성처럼 위험요소가 많은 곳은 특히 그렇다오."

설명을 해준 갈라트는 시가를 입에 물었다.

"흠… 그보다 앗세룬이라는 아저씨 있잖아요? 용역 회사 사장이 아니라 헌터그룹의 리더인 것 같은데 인망이 꽤 있네요."

치프는 앗세룬이 아까 왔던 손님들의 대표자처럼 대화에 앞장선 것을 기초로 하여 물었다.

"앗세룬 보팔. 솔레이크 행성 출신의 헌터이며 숲의 전문가라오. 숲과 관련된 일로 따지자면 업계 전체에서 다섯 손가락 안에 들지. 40세를 겨우 넘긴 젊은 나이인데도 불구하고 말이오."

"저번에 보니까 앗세룬 아저씨가 포프를 엄청 챙겨주시더라고요."

"스위트 베르자르와의 인연 때문일 것이오."

"예?"

치프 일행이 그 말을 듣고 깜짝 놀랐다.

사무실 밖에 서서 안쪽의 이야기를 듣고 있던 안드레이는 곧장 UNSMC및 해군 정보부 서버에 자신의 의식을 연결하여 앗세룬 보팔이라는 이름을 검색했다.

"앗세룬은 한 4년 정도 스위트 베르자르가 이끄는 그룹에서 일을 했다오. 당시에는 그리 유명하진 않았지만 스위트의 그룹으로부터 독립한 이후부터는 아주 빠르게 명성을 올렸소."

"그렇군요. 그럼 회장님하고는 언제부터 친했나요?"

치프가 그렇게 묻자 갈라트는 단검이 급소를 파고드는 듯한 느낌을 받았다. 치프의 질문은 그만큼 공격적이었다.

"사실 나와는 그냥 술만 몇 번 마신 사이고, 내 조카인 카발리오가 그와 친하다오."

카발리오 베리몬. 그는 신수 사건 당시 선발대의 선임을 맡았으며 현장에서 치프와 친해진 사람이기도 했다.

"하하, 카발리오 아저씨와 사이가 안 좋은 사람이 있나요?"

"그건 그렇구려. 하하하."

치프의 농담 덕분에 갈라트의 경계심이 누그러들었다.

"말이 나와서 말씀드리는 건데요, 요즘 포프가 저에게 스카이보드를 사달라고 졸라대더군요."

포프가 그런 문제로 졸라댄 적이 없다는 것을 아는 데스디아와 셀레스티아, 헤이파는 그냥 태연히 차를 마셨다.

"하하, 그런 부분까지 스위트를 닮았구려."

"그런가요? 그럼 스위트 베르자르씨의 스카이보드 실력은 어느 정도였나요?"

"흐음……."

갈라트는 눈을 감고 과거를 떠올려봤다.

"스위트의 실력도 좋았지만 무엇보다 그 스카이보드의 성능이 대단했던 걸로 기억하오. 프로 선수들이 쓰는 스카이보드조차 스위트의 스카이보드를 따라갈 수 없었다오. 정숙성, 안정성, 기동능력 등등, 말 그대로 최고였소."

"제가 그거랑 똑같은 물건을 포프에게 구해다줄 수 있을까요?"

"음… 그건 모르겠구려. 내 주변의 스카이보드 애호가들도 사장과 똑같은 질문을 해 와서 스위트에게 직접 물어본 적이 있었소만 그 친구가 명확히 대답해 준 적은 없었다오."

"아쉽네요."

"하하하. 여자아이들이 원하는 선물이라는 건 항상 그런 법이라오. 그렇다고 현금을 줄 생각은 마시오. 실망할 테니까."

"경험이 있으신가보네요."

"어느 날 통장에 돈을 꽂아줬다가 내 마누라와 헤어질 뻔했다오. 지금은 영원히 헤어질 일도 없게 됐지만 말이오."

"아, 죄송해요."

"아니오. 저세상에서 그녀와 다시 만난다면 사장의 얘기를 쭉 해 줄 생각이오. 난 당신의 이야기가 내 가슴속에 차곡차곡 쌓이는 것이 너무도 즐겁소."

"……."

"꼭 성공하시오, 사장. 이번 원정이 성공하면 다른 겁쟁이들도 힘을 내게 될 거요."

"그럴게요."

치프와 갈라트는 굳게 포옹한 뒤 서로의 등을 두드려주었다.

＊ ＊ ＊

연맹 사무소를 나온 치프는 자신의 일행과 레투가를 데리고 근처 카페로 갔다.

그들은 조용하게 차를 마시며 이런저런 이야기를 나눴다.

"우주연합 수도는 어때, 레투가?"

"역류한 분뇨는 다 치운 것 같더군. 하지만 항구의 연료보급 장치가 아직 엉망이고 상수도에서는 여전히 냄새가 나서 다들 고생하는 중일세."

레투가는 자몽주스가 든 유리잔을 천천히 흔들었다.

"자네 계획대로 브리치들이 모두 처리되면… 그다음은 뭔가?"

"드래곤들이 다시 이곳으로 돌아오겠지?"

"…우리와 그들의 관계가 조금은 달라질까?"

"그건 셸리한테 듣도록 해. 난 임무가 끝나면 집에 가는 사람이니까 말이야."

"후후, 영원히 돌아오지 않을 사람처럼 얘기하는군."

"어딘가로 돌아가서 쉰다는 건 나의 영원한 희망사항이야. 난 나만의 보금자리를 가져본 적이 없어. 그런 건 사치지."

레투가는 물론 모든 일행들이 치프를 돌아봤다.

"이보게, 그건 좀……."

"아니, 진짜야."

치프는 다 마신 탄산음료를 테이블에 놓았다.

"부대 내의 숙소가 워낙 좋아서 딱히 집을 살 일이 없었거든."

"……."

뭔가 비장한 이야기를 들을 줄 알았던 일행은 일제히 한숨을 터뜨렸다. 특히 헤이파는 이번 일이 끝나면 반드시 치프의 군복을 벗겨 버리겠다고 맹세했다.

"아, 스카이보드 얘기는 뭐였나?"

"응. 그 스카이보드를 만든 사람이 실은……."

카페의 출입문에 달린 방울이 짤그랑 울렸다.

치프는 반사적으로 그쪽을 돌아봤다.

"그래, 저 아저씨야."

치프는 자리에서 일어나 반갑게 웃었다.

"여어, 라이트스톤 사장님. 오랜만이네요?"

"그렇구려. 그라니트의 사장이여."

검은색 헬멧, 그리고 망토처럼 넓고 시커먼 코트를 두른 라이트스톤이 그에게 다가갔다.

"아, 그럼 나가서 얘기할까요?"

치프는 자신의 지갑을 데스디아에게 건네며 일어났다.

"후후, 그럽시다."

그의 제안에 응한 라이트스톤이 먼저 밖으로 나갔다. 치프는 일행들에게 눈도 돌리지 않고 그를 쫓듯 카페의 문을 열어 젖혔다.

거리로 나온 치프는 라이트스톤이 걸어가는 모습을 주시했다.

"안드레이는 여기서 대기."

"알겠습니다, 원사님."

아무것도 보이지 않는 허공에서 안드레이의 목소리가 들려왔다.

두 블록 정도를 걸어 대형 차량 한 대 정도는 가볍게 지나갈 만큼 넓은 골목에 들어선 치프는 그 길의 한가운데에 서 있는 라이트스톤을 바라보며 그와 마주섰다.

둘 사이의 거리는 약 5미터 정도였다.

라이트스톤의 팔다리가 아무리 길어도, 심지어는 긴 날붙이를 쓴다고 해도 당장은 치프에게 닿을 수 없는 간격이었다.

"나를 너무 경계하는구려."

"아무런 통보도 없이 전화전호 바꾸는 사람을 엄청 싫어해서 말이죠."

"불쾌했다면 유감이구려. 내 직업을 알지 않소? 비밀유지를 위한 행동이었으니 이해해 주시오."

"난 정치가들이나 그런 식으로 말을 하는 줄 알았는데 말이죠."

"나에 대한 혐오감을 대놓고 드러내는구려."

라이트스톤이 팔짱을 꼈다. 윤기가 반짝반짝 흐르는 그의 검은색 헬멧은 평소보다 더 차가운 분위기를 흘리고 있었다.

"하고 싶은 얘기가 많은 눈빛이오만."

"잘 알아보시네요."

치프는 데스디아가 선물했던 '행운의 선글라스'를 눈에 꼈다.

"라이트스톤 사장님이야말로 급한 용건이 있는 것 같으니 먼저 말씀하시죠."

"그러리다."

라이트스톤이 팔짱을 풀었다.

"보렝이라는 해적을 아시오?"

"아, 미스터 보렝. 듀베리아 출신 해적이죠. 그 아저씨가 왜요?"

"내가 운영하는 무기거래소에 액화 에너지를 잔뜩 채운 해적선을 처박고는 배와 함께 폭사했소. 덕분에 거래소 항구를 관리하던 로봇들 대다수가 망가졌고 내가 쌓아놓은 무기들도 절반 이상 사라졌다오."

"손님들께는 피해가 없었나요?"

"보렝의 이야기를 믿은 자들은 한 시간 정도 늦게 왔고, 무시한 자들은 항구에서 먼지가 됐소."

"저런, 저런."

참사를 전해들은 치프는 고개를 설레설레 저었다. 하지만 얼굴에 활짝 핀 미소를 거두지는 않았다.

"그라니트의 사장이여. 나와 전쟁을 할 생각이오?"

"해적선과 해적들의 거래소에 설치된 드래곤 양식 시설과 각종 약품에 대해 먼저 설명해 주셔야 할 것 같은데요?"

"내가 판매한 것들이라 생각하는 근거가 무엇이오?"

"당신만큼 드래곤들에 대한 지식이 빠삭한 사람을 못 봤거든요."

"…후후, 그렇소. 난 많은 것을 알고 있다오. 하지만 장사꾼이 장사를 한 것뿐이오. 그리고 그들은 그에 맞는 요금을 지불했소. 무엇이 문제란 말이오?"

"흠."

이번에는 치프가 팔짱을 꼈다.

"드래곤… 아니, 날개 달린 자들은 얼마 전에 지구와 알타이르, 듀베리아의 대표들을 통해 종족으로 인정받았고 그에 대한 조사가 진행 중이죠."

"알고 있소."

"조사 중인 종족을 의도적으로 사냥하는 건 불법이잖아요?"

"그래서 아까 말했지 않소? 전화번호를 바꾸면서 살아야만 하는 참혹한 인생이라고 말이오."

"…어디까지나 장사꾼의 입장에서 돈을 받고 일하신 거란 말씀이신가요?"

"그렇소."

라이트스톤이 담백하게 대답했다.

치프는 팔짱을 풀고 바지주머니 안에 손을 넣었다.

"자기는 군인인 주제에 법이란 법은 다 무시하면서 나한테는 왜 이러는가? …라고 말씀하실 줄 알았는데 제가 좀 오해를 했네요. 그렇게 당당히 저에게 시비를 거시는 이유가 뭐죠?"

"후후."

라이트스톤의 헬멧 밖으로 짧은 웃음소리가 터졌다.

"시비라니, 그렇게 오해하는 근거가 대체 무엇이오?"

"롸켓이 오늘 새벽에 다 불었거든요."

"……."

그 말 이후 치프와 라이트스톤 모두가 침묵했다.

76
편하게 죄를 짓는 방법

치프는 오른손 검지와 중지를 펴서 자신의 팔뚝을 두드렸다.

"주사 두 방만 맞추면 자신이 언제, 어디서, 무슨 말을 어떻게 했는지도 모른 채 자백을 하도록 만들 수 있죠. 내가 그런 일 하나만큼은 신물 나게 해 온 사람이거든요. 롸켓은 '그날' 셀레스티아와 파울라 장로님, 알케온, 그리고 젝스가 회사에서 출발했다는 걸 당신에게 알렸어요. 그리고 그 넷은 타이밍에 맞춰서 깔끔하게 사로잡혔죠. 해적들에게 말이에요."

"…난 롸켓이 당신에게 신뢰를 받는 줄 알았는데?"

라이트스톤이 웃음소리를 섞어 말했다.

"롸켓이 당신 소개로 왔다는 사실만이 마음에 걸렸을 뿐이죠. 난 딱히 롸켓을 본인을 미워하거나 의심하진 않아요. 롸켓도 설마 그들이 그런 식으로 다뤄질 줄은 몰랐다고 하면서 펑 펑 울더군요."

치프가 어깨를 으쓱했다.

"그래서 서비스로 당신이 라켓의 머리에 심어놓은 리튬폭탄도 제거해 줬죠. 며칠 안 된 일이고, 라켓 본인은 자신이 그런 일을 당했는지도 모르고 있으니 라켓에겐 말하지 마세요."

"호오, 난 당신이 그 지저분한 듀베리아의 생쥐를 죽여 없앨 줄 알았는데 말이오."

"실력 좋고, 마음씨도 좋고, 무엇보다 제가 모르는 방법으로 당신에게 연락을 할 만큼 머리가 좋은 직원인데 제가 왜 죽이겠어요?"

"자신감이 넘치는구려."

라이트스톤이 껄껄 웃었다.

"난 얼마 전에 큰 상처를 입었소. 그라니트의 사장이여. 그래서인지 당신의 긍정적인 모습이 부럽구려."

"그런가요? 전 사장님께 상처를 입힌 기억이 없는데요?"

"흠… 그럼 말하리다."

라이트스톤의 헬멧 정면과 치프의 선글라스에 서로의 모습이 뚜렷이 잡혔다. 서로가 서로를 확실히 응시하고 있기에 가능한 그림이었다.

"난 말이오, 아주 오랫동안 단 하나의 목표를 위하여 살아왔소. 그 와중에 많은 손님들을 만났지. 단지 무기와 전함을 수집하고 싶은 순진한 부자들부터 보렝으로 대표할 수 있는 혐오스러운 족속들까지, 다양하게 말이오. 그게 얼마나 구역질나는 일인지는 당신도 잘 알 것이오. A—1730."

라이트스톤은 의도적으로 치프의 번호를 불렀다.

"글쎄요? 뭔가 원대한 야망을 품고 임무를 수행한 적은 없어서 말이죠."

"지금 나와 대면하는 것도 임무의 일종이오?"

"다행이 아주 개인적이죠."

"그렇구려."

라이트스톤의 헬멧 아래에 달린 배기장치 밖으로 그의 한숨이 흘러나왔다.

"A—1730이여. 당신은 겨울을 좋아하오?"

"예. 추운 곳에선 시체에 파리가 꼬이질 않으니 좀 낫거든요."

"……"

"현재 이 행성의 기온이 점점 떨어지고 있죠. 이대로 가다가는 토착 동식물들이 사멸할 거예요. 순식간에 말이죠. 그건 드래곤들이 이 땅에 다시 돌아와도 얼마 못 가 굶어 죽을 거라는 말과 같다고요. 이것도 당신 짓이에요?"

"…본론만 말하리다. 그날이었소. 나의 모든 노력과 집념, 그리고 희생이 엠페라투스 앞에서 무너졌다오. 그는 말 그대로 상식을 초월한 존재였소. 역시 신이 직접 만든 존재는 뭔가 다르더이다. 그에게 닥칠 최악의 최후를 최고의 기분으로 감상하고 싶었는데 말이오. 후후."

"하아, 쯧. 귀찮군."

덤덤하던 치프의 표정이 조금 사납게 바뀌었다.

"드래곤들을 건드리는 이유가 뭐냐고? 그냥 기분을 풀려고 이러는 거라면 나도 기분 따라 행동할 수밖에 없어."

말투 역시 공격적으로 바뀌었다.

"이유? 별거 아니오. 내가 무너졌으니 내가 만든 것들 역시 무너져야 하는 게 마땅치 않소?"

"…당신, 3세대 드래곤들과 무슨 관계지?"

치프의 질문에 라이트스톤은 왼손 검지를 펴고 하늘을 가리켰다.

"창조자라오."

"…약을 거하게 하셨군."

"내 말을 믿지 못하겠다는 것이오?"

"아니, 당신이 여태까지 한 짓만 따져보자면 창조자라고 말하는 게 무리는 아닌 것 같아. 그 누구도 밝혀내지 못했던 3세대 드래곤들의 생체정보를 지나칠 정도로 잘 알고 있었거든. 해적들은 당신이 써준 설명서만 보고 드래곤 하나를 시원하게 해체할 수 있었지. 당신, 혹시 날개달린 자인가?"

지구에서 톰에게 라이트스톤의 정체, 즉 그가 '날개 달린 자'라는 사실을 확인받았던 치프는 일부러 모른 척하고 질문을 던져봤다.

"그렇소. 난 운캄타르 님의 둘도 없는 친구이자 신하라오."

라이트스톤이 자랑스럽게 말했다.

거기서 치프는 괴리감을 느꼈다.

'저 친구, 뭔가 크게 착각을 하는 것 같은데?'

치프는 최대한 조심스럽게 말을 꺼낼 것을 결심했다.

"그렇다면 운캄타르의 허락은 받았나?"

"그분께선 나의 행동을 허락하실 것이오."

"사후 보고가 허용되는 관계라 이거지?"

"사후 보고라. 마음에 드는 말이구려."

라이트스톤이 고개를 끄덕였다.

'이 미친놈을 여기서 처리해야 할까, 아니면 다른 수를 써야 할까?'

치프는 고민했다.

'톰 아저씨의 말대로 레인메이커에게 연락을 해보면 도움을 받을 수 있을지도? 아니, 그 레인메이커라는 놈까지 미쳤으면 어쩌라고?'

라이트스톤을 왜 소개했냐며 톰에게 따졌었던 치프는 고민을 하지 않을 수가 없었다.

"이 행성에 깔린 브리치들을 전부 날려 버릴 계획을 짜고 있다고 들었소. 롸켓에게."

"방해할 건가?"

"그대의 쓸모없는 꿈이 워낙 호기로워서 실버로드에게 모든 것을 맡겼소."

"실버로드?"

치프는 여기서 그 이름이 나올 줄은 몰랐기에 헛웃음을 터뜨렸다.

"우주연합의 알타이르 전사들에게 쫓기는 신세인 줄 알았는데?"

"얼마 전까진 그랬소만 내가 거뒀소."

"…그래서 실버로드가 브리치를 이용해서 오크들을 불러내는 능력을 갖게 된 건가?"

"그렇소. 어떻게든 그대와 겨루고 싶어 하더구려."

"허, 좋아. 실버로드 다음에는 당신이야. 아니, 기후를 변조하는 장치부터 날려야겠군."

"할 수 있다면 해보시오."

라이트스톤의 몸에서 빛이 올라왔다.

"건투를 빌겠소. A─1730이여. 멸망의 시계 안에서 발버둥을 쳐보시오."

빛을 내는 라이트스톤의 주변에 전류가 일어나더니 그가 하늘로 솟구쳤다.

치프는 그가 올라간 하늘을 올려다보며 선글라스를 벗었다.

'대기권 밖에 함선이 있나보군. 도착장소가 그보다 더 멀었다면 좀 더 막대한 에너지가 필요했을 거야. 혹시 그 함선으로 위성에 장난을 친 건가?'

골목 한 가운데에서 고민하는 그에게 네 명의 사내들이 접근해왔다.

"네가 그 A─1730인가?"

치프는 뒤로 돌아서서 그들을 살펴봤다. 네 명 모두 지구인이 아니었고 권총과 샷건, 기관단총 등을 꺼내는 폼이 제법 그럴싸했다. 치프는 감탄하듯 휘파람을 불었다.

"여어, 혹시 실버로드가 내건 현상금을 받으려고 이러는 거야? 그 친구 요즘 다른 사업을 하느라 정신이 없는데?"

"현상금 따위는 문제가 아니야! 네놈에게 죽은 현상금 사냥꾼 중에 우리의 형제가 끼어 있었다!"

"그럼 다른 날에 보자고. 난 지금 기분이 별로야."

치프는 선글라스를 다시 꼈다. 사내들은 그 모습을 보자마자 손에 든 무기들의 방아쇠를 당겼다.

지나치게 화가 치밀어서였을까.

그들은 자신들의 뒤쪽에서 도끼 두 자루를 뽑아드는 안드레이의 기척을 전혀 느끼지 못했다.

조금 뒤, 치프는 안드레이와 함께 골목 밖으로 나왔다.

치프의 휘파람소리에 반응하여 달려왔던 안드레이는 도끼날에 묻은 핏물을 뺀 뒤 자신의 검은색 전투코트 안에 도끼들을 넣어 감췄다.

"라이트스톤과의 대화는 어땠습니까?"

"음… 미친 연놈들이 내 앞에 꾸준히 나타나고 있어. 이것도 일종의 징크스일까?"

"징크스라기보다는 일상에 가깝지 않습니까?"

"아, 당분이 필요해."

고개를 설레설레 저은 치프는 카페로 다시 들어갔다.

"피 냄새? 당신, 괜찮나?"

데스디아가 벌떡 일어나 물었다.

"음. 그보다 라이트스톤 말인데."

"응?"

"자기가 날개 달린 자라고 당당히 밝히더군."

유리컵 안의 얼음을 오독오독 씹고 있던 셀레스티아가 깜짝 놀라 그를 돌아봤다.

"진짜?"

"음. 그렇다네."

대담한 치프는 카페 점원에게 레모네이드 제일 큰 것 하나를 주문한 뒤 주머니에서 현금을 꺼내 지불했다. 그가 자신의 자리로 돌아오자 데스디아가 걱정 및 분노를 섞어 물었다.

"그럼 당신 몸에서 나는 피 냄새는 뭐지?"

"나에게 복수심을 불태우는 자들이 여럿 있더라고. 탈리케이아가 공항을 지키기 전에 들어왔던 이상한 놈들의 잔당이 아직 좀 남아 있나 봐."

"그들이 이 타이밍에 당신을 습격한 거라고?"

"위치 정보만 흘리면 되는 문제니까 너무 어렵게 생각할 필요는 없겠지. 포프 현상에 대해서 다시 생각해 봐야 할 것 같아."

치프는 데스디아에게 손을 내밀었다.

"그보다 지갑 좀……."

"아."

데스디아는 치프가 맡기고 갔던 지갑을 꺼내 그에게 돌려주었다. 치프는 자신의 셔츠에 피가 묻었는지 살피며 말했다.

"라이트스톤이 그러는데, 자신이 3세대 날개 달린 자들의 창조주라고 하더군."

"…창조주?"

데스디아가 당황했다. 셀레스티아는 더더욱 당황했다.

"그럴 리가 없어, 치프! 3세대 드래곤은 아빠… 아니, 아바마마께서……!"

"진정해, 셀리. 라이트스톤이 3세대 드래곤들에 대해서 굉장한 정보를 갖고 있다는 사실은 수차례 확인됐어. 포획용 도구와 각종 기술, 화학약품들을 가볍게 제공했지. 뿐만 아니라 메이건을 빈 깡통으로 만든 것도 라이트스톤일 거야."

"……"

"그런데 그 아저씨의 이름이 정말 라이트스톤일까?"

"응?"

질문을 받은 셀레스티아가 의아해했다.

"2세대의 날개 달린 자 중에서 라이트스톤이라는 이름이 있었어? 라이트스톤은 아무리 생각해 봐도 지구식의 이름인데?"

"음……"

셀레스티아는 눈을 감은 뒤 자신의 기억을 더듬어봤다.

그녀의 기억 속에는 운캄타르와 파울라 등에게 물려받은 2세대 드래곤들의 이름까지 들어 있었다.

"라이트스톤이라는 이름은 없어."

"그럼 3세대의 창조자라고 할 만한 존재는?"

"한 분 계셔."

"누군데?"

"아르마게일이라는 분이야."

치프는 과거에 메이건에게서, 그리고 파울라에게서 들었던 이름이 결국 다시 나오자 평온하게 고개를 끄덕였다.

"그럼 네 아빠 친구 분들 가운데에서 아르마게일을 제압할 수 있는 사람이 있을까?"

"제압 자체는 장로님도 가능하셔. 아르마게일 님은 몸이 그렇게 강건하신 분은 아니었다고 기록되어 있거든."

"그래?"

치프는 톰이 말한 레인메이커가 대체 자신을 어떤 방식으로 도울지 머릿속에서 그려지지 않았기에 조금 답답했다.

"외부 인력에게 물어볼까?"

"누구?"

"우리의 친절한 반달리온 선생님이지."

치프는 단말기를 들고는 어딘가에 전화를 했다.

"여어, 반달리온. 바로 받네?"

―용건을 말해라.

"아르마게일이라는 자, 알지? 아저씨처럼 2세대라던데."

―2세대 중에서 그를 모르는 자는 없지. 무슨 일인가?

"아무래도 그 아저씨가 실버로드를 꼬셔서 이상한 힘을 일깨 워준 것 같더라고. 오크들을 이 땅에 불러들이고 있어. 선발대 비슷한 놈들은 내가 날렸지만."

―실버로드가 오크들을 불러들인다고? 그렇다면 브리치를 이용하고 있겠군.

"맞아. 잘 아네?"

―오크들을 몇 번 본 일이 있지. 군단 단위로 움직이는 종족 이고 반드시 게이트를 통해 대규모 강습을 하기 때문에 오크들 이 나타났다는 통신을 감청했을 때는 이상하다고 생각했었지. 게이트와 대기권 사이에 특별한 움직임이 없었거든. 하지만 아 르마게일이 실버로드를 이용하여 브리치를 조작하고 있다니… 역시 제정신이 아니군.

반달리온이 한탄했다.

"내가 그를 쉽게 처리할 수 있을까?"

치프가 묻자 코웃음소리가 먼저 나왔다.

―흥, 놈을 우습게보지 마라. 난 녀석과 정면승부를 했지만 상대가 되지 않았고 결국 다르토리오 행성에 쓰레기처럼 갇히고 말았지. 놈은 신들의 기술까지 응용하여 자신의 육체를 강화한 상태였다. 모든 날개 달린 자들 가운데 가장 1세대에 가까운 자라고 할 수 있을 거야.

"신들의 기술이라고?"

―엠페라투스 님께서 직접 녀석을 가르치셨다고 말씀하시더군. 신수 정도는 아니겠지만… 아무튼 결코 쉽게 처리할 수는 없을 거다.

"음… 그럼 질문 하나 더."

―뭐지?

"누군가가 그 아르마게일을 제거하는데 도움을 줄 존재를 보내겠다고 했는데 말이지. 혹시 짚이는 자가 있나?"

―모르겠군. 난 그보다 네놈에게 아르마게일을 제거하라고 명령한 자가 누구인지 궁금한데?

"그냥 모른 척하는 게 나을 걸? 알고 싶으면 브리치 제거에 협력하던가."

―헛소리.

통화는 거기서 끊겼다.

"아, 참 까칠한 아저씨네."

치프가 씩 웃었다.

그의 정강이에 헤이파의 발끝이 툭 꽂혔다.

"아르마게일의 제거라니, 그건 또 무슨 소리인가?"

정강이에서 폭발한 격통은 치프로 하여금 깊은 심호흡을 하도록 만들었다.

"라이트스톤을 제거하라는 상부명령이 있었어요."

"하아?"

"라이트스톤이 영 이상하다고 하니까 제거에 도움을 줄 사람을 소개하겠다고 톰 아저씨께서 말씀하셨다고요."

"자네가 그렇게 술술 말하는 꼴을 보니 더욱 찜찜하군. 도움을 줄 사람은 또 뭐고?"

"저도 궁금해서 방금 반달리온에게 물어본 거잖아요? 답은 '모르겠다'였고요."

고통에 몸부림을 치는 치프의 앞에 아주 큰 잔에 담긴 레모네이드가 놓였다.

치프는 빨대를 이용하여 레모네이드를 쭉쭉 마셨다.

"미친놈이 하나 더 늘어나는 거 아닌가?"

"모르죠. 그게 걱정돼서 여태껏 그 사람에게 연락을 못했어요."

"누구인지 이름은 들었나?"

"레인메이커요."

그 이름이 나오자 헤이파와 데스디아의 표정이 바뀌었다.

"해적들에 의한 납치사건이 일어났을 때 자네에게 제보를 한 그 레인메이커 말인가?"

"예. 아마도 동일인물일 거예요."

"흠……. 그럼 면상이라도 볼 가치가 있겠군."

"괜찮을까요?"

"어차피 미친 연놈을 한두 번 보는 것도 아니지 않나? 영 아니다 싶으면 그 자리에서 쫓아내던가, 아니면 목을 날리던가."

"자신감이 넘치시네요."

치프의 농담 섞인 평에 헤이파는 또다시 그의 정강이를 걷어 찼다.

"크… 아무튼 회사에 돌아가자마자 레인메이커에게 연락해 볼게요."

"지금 여기서 하지 그러나?"

"톰 아저씨께서 특별한 장치를 주셨어요. 엄청 조심하시는 것 같더라고요."

헤이파는 데스디아와 셀레스티아를 번갈아 봤으나 둘 다 고개를 젓는 것으로 모른다는 답을 대신했다.

"할 일이 늘었군."

"그렇죠. 아, 그리고 탈리를 고향으로 보내서 응원요청을 하시겠다고 말씀하셨잖아요?"

"그렇지."

"그건 아무래도 다시 생각해 보셔야 할 거 같아요."

"어째서?"

헤이파가 팔짱을 꼈다.

"지구에서 여사님의 의식을 흐리게 만든 그 약도 라이트스톤이 만든 거잖아요? 알타이르의 전설적인 영웅도 간단히 당하는 판인데 일반 전사들이 라이트스톤의 수작에 걸려서 싹 돌아서는 경우가 아예 없다고 할 수는 없어요. 라이트스톤이 처리될 때까지 우리끼리 해결하는 게 더 안전할 거예요."

"뜻대로 되는 일이 없군."

"세상 일이 다 그렇죠."

"······."

헤이파는 치프의 말대답에 순간 짜증이 치밀어 오른 나머지 그를 독하게 노려봤다.

"첫째야. 할 말 없느냐?"

"그 온순하던 포프가 왜 반항적으로 변했는지 이제 알겠군. 당신을 닮아버린 거야."

데스디아의 말에 셀레스티아는 웃음을 터뜨릴 뻔했으나 웃을 상황이 아니었기에 가만히 있었다.

"잊었나 본데, 난 1년 동안 우주연합 수도에 갇혀 있었다고. 포프와 가까이 지낸 시간만 따지자면 너랑 사만다가 제일 길어."

"그럼 애를 잘못 키운 게 내 탓이란 말인가?"

"누가 들으면 우리가 낳은 애인 줄 알겠네."

거기서 데스디아의 말문이 딱 막혔다.

빈정댄 치프의 등판을 때린 사람은 의외로 셀레스티아였다.

"그렇게 말하면 못써, 치프."

"···그렇군요."

치프는 레모네이드의 달고 시큼한 맛으로 속을 달랬다.

*   *   *

자신이 며칠 전 최면유도제와 자백제를 통해 모든 것을 고백했다는 사실을 전혀 모르는 남자, 롸켓은 자신의 주된 일터인 정비창을 향해 터벅터벅 걸어갔다.

혼자 가는 것은 아니었다. 젝스와 포프가 그의 곁을 따라가

고 있었다.

"고백할 게 있단다, 포프."

롸켓이 말하자 포프가 의아해했다.

"예?"

"네 스카이보드를 고치려고 모든 수단을 다 동원해 보려고 했는데, 방금 전에 최후의 수단이 날아가 버렸어."

"최후의 수단이라뇨?"

"라이트스톤 사장이 전화번호를 바꿨는지 내 메시지를 안 받더구나."

"아쉽게 됐네요."

정황을 자세히 모르는 포프는 한숨을 내쉬었다.

반면 그가 그전까지 라이트스톤과 연락을 주고받았음을 직감한 젝스는 서늘한 눈으로 롸켓을 바라봤다.

'사장이라면 당연히 저 사실을 알고 있었겠지.'

치프의 판단을 절대 신뢰하고 있는 상태인 젝스는 롸켓에 대해 일단 아무 말도 하지 않기로 했다.

터벅터벅 걷던 롸켓이 정비창 앞에서 멈췄다.

정비창을 지키던 경비로봇들이 마치 잠든 듯 주저앉아 있었고 정비창의 문은 사람 한 명이 겨우 들어갈 정도로 살짝 열려 있었기 때문이었다.

"포프, 젝스. 혹시 무기 갖고 있니?"

"아, 아뇨."

포프는 주저앉은 경비로봇을 하염없이 바라봤다.

"둘 다 배터리가 나갔어."

경비로봇의 상태를 멀리서 살핀 끝에 결론을 말한 젝스가 양 손에 기운을 불어넣으며 잔뜩 경계했다.

"배터리가 나가다니? 저 로봇들에게 설치된 배터리는 앞으로 1년 정도는 거뜬히 버틸 수 있는 놈들이라고."

롸켓이 말하자 젝스가 고개를 저었다.

"정확히 말할게. 배터리들은 아저씨가 이해하지 못할 방법으로 방전됐어. 정비창의 경비시설도 마찬가지야."

젝스는 주머니에서 단말기를 꺼냈다.

"지상 정비창에서 상황 발생. 긴급지원을 요청한다."

하지만 단말기 역시 반응하지 않았다.

"할 수 없군."

그녀는 포프와 수신호를 주고받은 뒤 정비창을 향해 살금살 금 접근했다.

롸켓은 가족의 사진이 든 지갑을 꼭 쥔 뒤 그녀들을 따라갔다.

정비창 안으로 잠입한 둘은 스카이보드를 만지고 있는 어떤 노인을 목격했다.

그 노인은 즐거운 표정으로 스카이보드의 내부장치를 만지작 거렸는데, 그 옆에는 롸켓이 즐겨 사용하는 3D 프린터가 놓여 있었다.

'부품들을 전부 새로 깎았나? 저 스카이보드의 기계적 구조를 정확히 아는 건 라이트스톤뿐일 텐데?'

롸켓은 일단 지켜보다는 식으로 젝스와 포프의 어깨에 손을 댔다. 그 정체불명의 노인은 하얗게 센 곱슬머리의 소유자였으 며 군청색 로브를 겉에 두르고 있었다.

머리카락은 로브의 모자를 덮을 정도로 길었으며 키는 매우 크고 어깨도 넓었다.

무엇보다 미남이었다. 기본적인 얼굴선이 매우 좋았다.

콧노래를 흥얼거리며 부품들을 조립한 노인은 스카이보드에 추진제와 윤활유, 그리고 배터리를 채운 뒤 조종 장치에 붙은 시운전 버튼을 눌렀다.

스카이보드는 롸켓이 임시로 설치했던 부품들 위로 시원스러운 소리를 내며 떠올랐다.

"세상에……!"

롸켓은 넋이 나간 채 노인을 향해 걸어갔다.

스카이보드에 집중한 나머지 셋의 접근을 몰랐던 노인은 자신의 풍성한 수염을 만지며 그들을 돌아봤다.

"오, 이런. 들켰군."

그가 능청스레 중얼거리는 한편, 젝스는 그의 기억을 읽기 위해 두 눈에서 빛을 냈다.

그러나 그녀는 노인에게 다가가던 자신의 의식이 어떤 장벽에 가로막혀 튕겨나가는 것만 느꼈을 뿐, 아무런 소득도 얻지 못했다.

노인은 젝스를 보며 느긋하게 웃었다.

"시대에 잘 적응한 아이로구나."

말을 마친 노인은 머리가 덜컥 흔들리더니 앞으로 푹 쓰러졌다.

자신의 능력을 이용해 몸을 숨기고 다가간 포프가 스패너로 그의 뒤통수를 후려친 것이다.

"잡았어!"

포프가 주먹을 불끈 쥐며 통쾌해하는 한편, 젝스는 이래도 되는 것인지 판단하기 힘들었기에 그냥 어정쩡히 서 있었다.

"포프. 일단 구속하자."

젝스가 말했다.

"응? 아, 그래야지. 그런데 어떻게 구속하지?"

포프는 오른손에 쥔 대형 스패너를 선반 위에 놓으며 고민했다. 젝스는 포프의 팔뚝만큼이나 두꺼운 그 스패너를 봤다.

'저 스패너의 무게는 약 11킬로그램이야. 능숙한 사람이 사용할 경우 두개골 골절 정도는 가뿐하게 일으킬 수 있는 도구지만 포프는 저 물건의 무게와 위험성을 적절히 컨트롤했어. 1년 동안 훈련한 결과가 저렇다니, 역시 대단해.'

그녀가 내심 감탄하는 한편, 롸켓이 권총 비슷한 물건을 들고 방금 쓰러진 노인에게 다가갔다.

"케이블타이를 쓰면 되겠지."

롸켓이 대형 케이블타이 건을 이용해 노인의 팔과 다리 등을 단단히 묶었다.

"아무튼 보통사람은 아닌 것 같군. 자동경비시스템은 그렇다 쳐도 UNSMC 대원들의 직접적인 경비까지 뚫고 회사로 들어오다니 말이야."

"A—1729도 그러지 않았나요?"

포프가 묻자 롸켓이 씩 웃었다.

"그때와는 경비체계의 레벨 자체가 다르단다. 하지만 너무 간단히 뚫렸어. 일단 죠니 상사부터 불러주렴. 우리 셋이서 해결할 문제는 절대 아닌 것 같구나."

라켓의 말에 젝스는 아까 작동하지 않았던 자신의 단말기를 다시 들었다.

'신호 확인. 아까는 왜 안 됐지?'

그녀는 즉시 죠니에게 연락했다.

"죠니 상사님. 젝스입니다."

─오, 무슨 일이지?

"지상 정비창에서 상황이 발생했습니다. 신원불명의 노인이 정비창 내에 침입한 것을 발견했고 그를 포박한 상태입니다."

─노인이라고? 그 침입자는 대체 정비창에서 뭘 한 거야?

"음……."

젝스는 고요하게 공중에 떠있는 스카이보드를 올려다봤다.

"그게… 포프의 스카이보드를 고쳤습니다."

─뭐? 그거 라이트스톤이 수작업으로 만든 거라서 라이트스톤만이 제대로 고칠 수 있다고 들었는데 무슨 소리야?

"아무튼 보통사람이 아닌 것 같습니다. 지원을 부탁드립니다."

─내가 브라보 스쿼드와 함께 가도록 하지. 그때까지 침입자를 잘 감시하도록 해.

"알겠습니다."

통화를 마친 젝스는 단말기를 그대로 바지주머니 안에 넣었다.

그녀를 지켜보던 포프가 걱정스러운 표정을 지었다.

"사장님께도 연락을 드리는 편이 낫지 않을까?"

"상황판단은 죠니 상사님이 더 나을 거야."

"그래도 불안한데? 상대는 물리적 손상 없이 배터리를 방전시킬 정도의 초능력자라고."

"그렇긴 해. 하지만 나쁜 뜻을 갖고 이곳으로 온 사람이 아닌 것은 분명해."

젝스가 차분하게, 그리고 단호하게 말했다.

"단정 짓긴 좀 위험하지 않아?"

"음……."

젝스는 '자신의 능력으로 그의 기억을 읽지 못했고, 자신의 의식이 튕겨지는 느낌을 따졌을 때 이 노인이 2세대 이상의 날개 달린 자일 가능성이 높다'는 말을 하지 않았다. 포프가 걱정할까 봐 그런 것도 있지만 정확히는 롸켓에 대한 불신 때문이었다.

"이 사람이 정말 치명적인 상황을 일으킬 생각이었다면 아마 회사의 발전기를 노렸을 거야. 발전기에 과부하가 걸려서 폭발한다면 우리는 물론이고 회사 상공에 있는 위스콘신까지 날아갈 수 있거든."

젝스가 설명했지만 포프의 얼굴에 낀 의심에는 변함이 없었다.

"그렇다고 무단으로 침범할 필요는 없잖아?"

"…그러게."

젝스는 알케온이나 루할트, 파울라에게 상담을 해볼까 하는 생각도 해봤다.

롸켓은 정말 진지하게 현 상황을 논의하고 있는 두 소녀들을 가만히 바라봤다.

'환경이라는 게 정말 무섭군.'

그는 자신이 포프와 젝스의 대화를 듣고 있는 것인지, 아니면 죠니와 안드레이의 대화를 듣는 것인지 언뜻 구분하기가 힘들었다.

'젝스는 900년 이상 살아왔으니 그렇다고 해도 포프는… 하아, 사장. 아무래도 포프는 당신의 희망과는 다른 길을 갈 것 같소.'

이윽고 죠니를 비롯하여 경장갑 전투복 등으로 무장한 브라보 스쿼드가 정비창의 문을 열며 들어왔다.

"그 할아버지가 침입자라고?"

"예, 상사님."

젝스가 대답했다.

UNSMC 대원들이 온갖 장치로 정비창과 그 주변을 스캔하는 한편, 죠니는 케이블타이에 묶인 채 엎드려 있는 노인 대신 정비창에 떠있는 스카이보드를 바라봤다.

그는 자신의 두꺼운 턱을 만지며 인상을 구겼다.

"저 물건이 저렇게 조용했나? 난 포프가 저걸 들고 훈련장에 나올 때마다 공군기지 주변 주민들처럼 마음의 준비를 해야 했는데 말이지."

포프는 수리되기 전의 스카이보드가 매우 시끄러운 물건이었음을 인정하듯 자신의 더벅머리를 만졌다.

"터빈의 독특한 구조가 완벽히 재현된 것일세."

롸켓이 포프에게 조종 장치를 건네주며 말했다.

"프린터에 남은 자료로 봐서는 알루미늄 기반의 특수합금을 사용했는데, 사실 소재보다는 구조가 우선일세. 이 노인은 터빈 원본의 구조를 이해하고 있었던 것 같군."

"리버스 엔지니어링을 했단 말인가?"

"아닐세. 그냥 이런 구조인 게 당연하다고 여기고 실행한 것일세. 그런데 3D 프린터에 데이터를 어떻게 입력한 거지? 메모리는커녕 단말기도 안 보이는데?"

"흠……."

죠니는 헬멧을 쓴 뒤 노인의 모습을 봤다.

헬멧에 붙어 있는 스캔장치를 이용해 그의 몸을 수색한 죠니는 고개를 갸웃거렸다.

"단말기 같은 건 안 보이는군. 심지어는 지갑조차 없어."

그는 다시 헬멧을 벗고 목에 걸친 통신기를 눌렀다.

"브라보. 스캔 결과는?"

―침입루트를 알 수 없습니다. 발자국조차 보이지 않습니다, 상사님.

"유령이야, 무슨?"

―CCTV를 시작으로 모든 감지기가 약 5분 이상 먹통이 된 흔적은 존재합니다.

"계속 조사해 봐. 난 원사님께 보고하지."

―알겠습니다, 상사님.

통신기에서 손을 뗀 죠니는 자신의 단말기를 들었다.

"원사님, 죠니입니다. 회사에 이상한 문제가 발생했습니다."

―포프 현상인가?

"포프의 표정을 보니 그건 아닌 것 같습니다. 정확히는 침입자입니다."

―그럼 포프 현상이네.

조종 장치를 만지작거리던 포프가 인상을 확 구겼다. 젝스는 그녀를 진정시키기 위해 어깨를 토닥여주었다.

—농담이고, 침입자가 어떻게 생겼는지 좀 보여줘.

"잠시 기다리십시오."

죠니는 단말기의 카메라로 노인을 촬영했다.

"보이십니까?"

—음… 일단은 노인의 모습을 하고 있군. 대체 우리 회사까지 어떻게 온 거지? 걸어서?

"침입루트를 확인할 수가 없습니다. 발자국조차 보이지 않는다고 합니다."

—그럼 신발 밑창을 찍어봐.

죠니는 지시대로 위치를 이동하여 노인의 신발 밑창을 찍었다.

"어떻습니까?"

—이상하군. 밑창이 달아빠진 흔적을 봐, 죠니. 그 할아버지가 주로 쓰는 발이 오른발인지 왼발인지 모르겠어. 걸을 때의 자세도 파악이 안 돼. 아무래도 두 발로 걷는 법을 잘 모르거나 마찰 흔적을 인위적으로 만든 것 같군.

"지시를 내려주십시오, 원사님."

—본관 앞에 던져놓고 감시해. 나쁜 짓을 하러 온 할아버지 같진 않지만 무단침입자를 친절히 다룰 수는 없지. 아, 전자기기는 사용하지 마.

"알겠습니다. 지시대로 하겠습니다."

—있다가 보자고.

치프와의 통화를 마친 죠니는 정비창 밖에서 대기하고 있던 수송용 로봇을 부른 뒤 노인을 들어 정비창 밖으로 내보냈다.

　자동차로 무사히 회사에 귀환한 치프는 오랜 운전에 조금 지친 듯 차에서 나오자마자 몸을 이리저리 풀었다.

　데스디아와 셀레스티아, 헤이파도 목을 만지거나 어깨를 두드리는 등 피로감을 뚜렷이 드러냈다.

　그들을 향해 스카이보드를 탄 포프가 슬슬 다가왔다.

　"연맹 회장님과의 일은 어떠셨어요?"

　"괜찮았어. 하지만 맛보기 원정 정도로 만족해야 할 것 같아. 그보다 그 스카이보드, 굉장히 조용해졌는데?"

　"침입자 할아버지가 완전히 고쳐줬어요. 정말 조용하고 빨라요! 제 몸에 부담도 없고요!"

　"호오."

　치프가 기분 좋게 감탄했다.

　곁에 있던 데스디아가 그의 등판을 주먹으로 꾹 찔렀다.

　"감탄할 일이 아니야, 치프."

　그녀는 이어서 포프를 올려다봤다.

　"포프, 그 물건이 정말 안전한지 확인한 뒤에 타면 안 될까?"

　"롸켓 아저씨한테 점검받긴 했어요, 부사장님."

　"그래도 방심하지 마. 적어도 그 노인에 대한 취조가 끝나면 타도록 해. 이건 너에 대한 걱정이야."

　"예, 부사장님."

　스카이보드의 고도를 사람의 무릎 높이까지 낮춘 포프는 계단에서 내려오듯 안전하게 착지한 뒤 보드의 전원을 내렸다.

치프는 포프가 데스디아의 말을 고분고분 듣는 것을 보며 빙긋 웃었다.

"그럼 그 침입자를 보러 갈까? 저기 놓인 사람이지?"

치프가 본관 앞에 놓여 있는 노인을 가리켰다.

"맞아요."

"흠. 셀리, 저 노인의 기억을 읽을 수 있겠어?"

"시도해 볼게."

치프의 앞으로 나선 셀레스티아의 두 눈에서 백금색 빛이 터졌다. 하지만 셀레스티아는 밝은 빛을 갑자기 본 사람처럼 눈을 꼭 감으며 고개를 돌렸다.

"셀리?"

"내 의식이 튕겨나갔어. 치프, 저 사람은 인간이 아니야."

"그럼 뭘까?"

"날개 달린 자가 분명해. 적어도 3세대는 아니야."

"그렇군."

팔짱을 끼는 치프를 향해 금속가방을 든 죠니가 다가왔다. 그 가방은 치프가 톰에게 건네받은 그 물건이었다.

"말씀하신 물건을 가지고 왔습니다, 원사님."

"음."

가방을 전달받은 치프는 생체인식을 통해 가방의 잠금장치를 해제했다.

"그건 뭔가?"

헤이파가 묻자 치프는 가방에서 작은 물건을 꺼냈다. 그것은 일반 단말기의 절반 크기에도 못 미치는 소형 단말기였다.

"일회용 이리듐 단말기예요. 너무 구식이라서 지구에서는 로스트 테크놀로지로 분류되죠. 덕분에 역으로 추적하기가 힘들어요."

"흠… 그 로스트 어쩌고를 지금 왜?"

"이게 레인메이커와 연락할 수 있는 유일한 수단이거든요. 죠니, 사격 준비."

"예, 원사님."

본관 주변에 모여 있던 수십 명의 UNSMC 대원들이 죠니의 손짓에 맞춰 소총을 들고 노인을 조준했다.

"제 예상이지만 왠지 이 단말기의 신호에 저 할아버지가 반응할 것 같거든요?"

"저자가 레인메이커란 말인가?"

"레인메이커 역시 날개 달린 자라고 말씀드렸잖아요? 저 할아버지가 날개 달린 자라는 사실은 지금 셸리가 증명해 줬으니 들어맞을 거예요."

"…아니라면?"

"그냥 벌집이 하나 만들어지는 거죠."

치프는 소형 단말기의 전원스위치에 엄지를 댔다.

그 순간 바닥에 엎드려 있던 노인이 자신을 구속하고 있던 케이블타이를 끊어내면서 공중부양을 했다.

"하하하하! 내가 바로 레인메이커일세! 반갑군, A—1730!"

착지한 노인과 치프의 시선이 마주쳤다.

치프는 단말기의 스위치에 손만 대고 있을 뿐, 아직 켜진 않고 있는 상황이었다.

"쯧."

"아……."

혀를 찬 치프와 당황한 노인 사이에 아주 짙은 긴장감이 흘렀다.

"셀리."

"응, 치프!"

셀레스티아의 몸이 백금색으로 빛을 냈다.

그녀는 대각선으로 주먹을 휘둘렀다. 그동안 받은 훈련 덕분에 주먹을 휘두르는 자세가 마치 프로 격투기선수처럼 깔끔했다.

당황하고 있던 노인은 자신을 향해 대각선으로 들이닥친 백금색의 빛에 머리를 맞고 땅에 처박혔다.

치프는 바닥에 쓰러진 노인을 향해 다가갔다.

"나랑 장난을 치려다가 장난감 취급을 받은 사람이 좀 많아. 그러니 레인메이커인지 뭔지 다 집어치우고 본명부터 밝혀."

"끄응… 왕녀 전하께서 거칠어지셨군. 자네 때문인가?"

노인이 멀쩡히 일어나 자신의 머리를 정돈했다.

"내 본명은 당분간 비밀로 하고 싶네만?"

"……."

"후후, 알았네. 분위기를 보니 아무래도 라이트스톤을 만나고 온 것 같군."

노인은 바람을 일으켜 옷에 묻은 먼지를 깔끔히 털어냈다.

"아르마게일일세. 앞으로 잘 부탁하네."

그 노인이 자신의 본명을 밝히고 인사하자 치프는 실소를 터뜨렸다.

"환장하겠네."

노인, 아르마게일은 자신을 두고 킥킥 웃는 치프를 지그시 보고만 있었다.

이윽고 치프는 소총들을 거두라는 손짓을 한 뒤 그 노인을 향해 뚜벅뚜벅 걸어갔다.

"당신이 아르마게일이라면 아까 나랑 만났던 라이트스톤은 뭐지?"

"라이트스톤은 라이트스톤이고 나는 나일세. A—1730이여."

"반달리온이라는 2세대, 알고 있지?"

"물론 알고 있다네. 그는 2세대 중에서도 젊은 편이지. 요즘에 와서야 자신의 자아를 확립한 것 같더군. 자네들 말로는 철이 들었다고 하면 될까나?"

"아, 그런가? 그런데 그 반달리온 씨가 아르마게일에 대해서 이렇게 평하던데? 신들의 기술로 자기 자신까지 강화시킨 정신 나간 놈이라고 말이야."

"다르토리오 행성에서의 일을 말하는 건가? 그건 라이트스톤이 벌인 일일세. 물론 그 일의 근본적인 원인을 제공한 자는 나지만."

"근본적인 원인을 제공하셨다고? 그럼 말로 해도 되겠군."

노인의 코앞까지 다가간 치프는 오른손에 들었던 권총을 다시 권총집에 넣었다.

그가 권총을 뽑는 모습을 보지 못했던 대다수의 사람들은 크게 당황했다. 노인 역시 잠깐 동안 치프의 오른손을 쳐다볼 정도였다.

'내가 지금 뭘 본 거지?'

포프는 자신이 어째서 권총을 뽑는 치프의 행동을 인식하지 못했는지 이해가 가지 않아 멍한 표정을 지었다.

반면 죠니를 비롯한 UNSMC 대원들은 감각의 사각지대를 파고드는 치프의 손재주를 너무 잘 알기에 특별히 놀라지도, 감탄하지도 않았다.

"알기 쉽게 설명해 주실까? 여긴 법정이 아니니까 편히 얘기해도 돼."

치프가 노인에게 말했다.

아르마게일은 난감한 표정을 지었다.

"주변에 사람들이 너무 많군. 저 위의 사장실에서 주요 인물만 모아놓고 얘기하면 안 되겠나?"

"당신이 얼마나 많은 능력을 갖고 있는 인물인지는 잘 모르겠지만 적어도 인정머리가 없다는 건 분명한 것 같군."

"흠."

"지금 당신은 그 주요 인물들에게 둘러싸여 있어. 여기에 있는 UNSMC 대원들 가운데에서 날개 달린 자들에게 빚을 지거나 은혜를 입은 친구는 아무도 없다고. 그런데도 목숨 걸고 여기까지 와서 일을 해주고 있지. 그 사실만으로도 앞으로 닥쳐올 위험에 대한 정보를 들을 자격은 충분하다고 생각하는데?"

치프의 얘기에 아르마게일이 웃었다.

"저들은 단지 자네를 따르는 것 외에는 아무것도 할 줄 모르는 자들이 아닌가?"

"글쎄? 적어도 응원하는 야구팀은 다 달라. 굳이 야구만 좋아하는 것도 아니고."

"……"

뭐라 말을 못하고 치프를 가만히 바라보던 아르마게일이 조금 뒤 고개를 끄덕였다.

"말싸움에는 자신이 없으니 자네 말대로 이곳에서 편히 얘기하도록 하지."

"의자 가져다줄까?"

"괜찮네."

아르마게일은 몸의 힘을 뺐다.

뭔가 이야기를 꺼내려던 그가 회사 본관 쪽으로 고개를 돌렸다. 파울라가 루할트, 알케온과 함께 그를 향해 다가오고 있었다.

"진짜 아르마게일 대장로이십니까?"

"오, 파울라. 용맹한 바라쿠스의 딸이여. 건강해 보이는군. 자네와 내가 이와 같은 모습으로 만나는 건 처음이지?"

"미리 연락을 주셨다면 제가 마중을 했을 겁니다."

"괜찮다네. 그보다… 지금은 중요한 이야기를 해야만 하니 나중에 이야기하세."

"알겠습니다."

파울라는 그 자리에 멈췄다.

그녀의 좌우에 선 루할트와 알케온은 그 신비로운 분위기의 노인, 아르마게일의 모습을 보고 가슴이 두근거렸다.

'저분이 이야기로만 들어왔던 선구자, 아르마게일 님이란 말인가?'

알케온은 살아 있는 전설과 마주했다는 사실에 매우 흥분하고 있었다. 반면 루할트는 아르마게일과 마주한 치프의 분위기가 전에 없이 험악한 것에 주목하고 있었다.

'저 친구는 낯선 사람을 좋게 대하는 편인데 지금은 당장에라도 죽일 분위기로군. 대체 뭘 어떻게 느꼈기에 저런 것인가?'

루할트는 불안감을 느꼈다. 아르마게일이 뒷짐을 졌다.

"난 나의 장점을 탐구심으로 여긴다네."

"그래서 남의 회사 담장을 넘으셨군."

"음, 너무 그러지 말게. 아무튼 그러한 나에게 있어서 가장 큰 문제점은 바로 도덕성이었네."

"…그래서?"

치프는 아르마게일의 입에서 무슨 미친 소리가 나올지 오히려 기대하기로 했다.

"그래서… 나를 복제했지."

"그 복제품이 라이트스톤이다 이건가?"

"그렇다네."

복제인간에 대한 인권법까지 제정되어 있는 행성, 즉 지구 출신들은 그의 말을 듣고 별다른 반응을 보이지 않았으나, 그 외의 인물들은 아르마게일의 상쾌한 대답에 경악했다.

"라이트스톤은 정말 많은 일들을 해냈지. 길게는 3세대의 날개 달린 자들, 알타이르 왕족이고 짧게는 지구의 알파 프로젝트와 A프로젝트, 건하운드와 신체 재구축 치료기의 기본이론 등도 그가 정립했네. 아주 엄청난 숫자의 실험체들이 사용되었지. 도덕성의 틀을 벗은 나의 모습이 그럴 줄은 몰랐다네."

"……."

"자네가 알고 있는 알파 프로젝트의 희생자 숫자는 전체 계획을 따졌을 때 0.001%도 되지 않는다네. 자네가 들으면 좀 화가 나겠지만 난 생존자들이 돌연변이처럼 보이더군. 라이트스톤은 그 계획에 너무 큰 무리수를 뒀어."

"…계속해."

"하지만 알타이르 왕족의 경우만큼은 예외일세. 아무런 희생 없이 깔끔하게 완성됐더군. 번식의 문제는 있었지만 가장 중요한 부분인 상전이 기관은 훌륭히 작동했지. 알타이르 왕족은 긴 세월을 거치며 더욱 진화했고 결국에는 라이트스톤의 예상을 벗어날 만큼 강력해졌다네."

그 이야기에 헤이파와 데스디아가 서로를 쳐다봤다.

"어머님. 지금 우리 종족 전체가 모욕을 당한 것 아닙니까?"

"일단 들어보자꾸나."

헤이파의 목소리는 분노로 인해 낮게 깔려 있었다.

"하지만 라이트스톤이 추구한 그 모든 연구의 칼끝은 모조리 엠페라투스에게 맞춰져 있었네. 그는 엠페라투스를 너무 증오했거든. 나 역시 그랬지만."

"과거형이군."

치프가 묻자 아르마게일이 옅게 웃었다.

"일이 좀 커져서 말일세. 아무튼 라이트스톤은 엠페라투스의 시신을 완전히 분해한 뒤 실험용으로 사용했고, 그것도 부족하여 그 이상의 치욕을 주기로 결심했다네."

"그 이상의 치욕이라니?"

"엠페라투스의 추종자들은 엠페라투스의 시신이 이 땅에 온전히 묻혀 있을 것이라 확신했네. 하지만 그 시신은 사실 라이트스톤이 만들어낸 복제품이었지."

"잠깐."

치프가 인상을 쓰고 고개를 저었다.

"이해가 안 되는데? 작년에 내가 마주하고 싸웠던 엠페라투스가 복제품이었다고?"

"육체만은 그랬지. 떠올려보게. 엠페라투스는 자네에게 한 번 파괴된 이후 아주 작은 모습으로 돌아다녀야만 했다네. 라이트스톤이 복제한 육체에는 1세대 특유의 신성함이 없었기에 완전한 재생을 이룰 수 없었거든."

"하지만 지금은 본래 모습을 되찾은 것 같던데? 아니, 그 이상이었다고."

치프는 자신의 느낌뿐만 아니라 회사의 모든 이들이 자신에게 전해준 정보를 바탕으로 따져서 물었다.

"스스로 화를 부른 것이네."

"화라니?"

"엠페라투스는 하이시리스가 직접 낳아 기른 존재이며, 신성 도살자로서 수많은 신들을 도살하고 그 육체를 섭취하여 능력을 강탈한 존재일세. 그리고 나에게 신들의 기술을 가르친 존재이기도 하지. 그처럼 초월적인 존재가 라이트스톤의 복제품을 '자신의 것'으로 만드는 것은 문제도 아니었지."

아르마게일이 한숨을 쉬었다.

"라이트스톤은 오랜 세월을 성공해 왔고, 그 성공은 상식이라는 이름의 눈가리개가 되어 그의 눈을 멀게 만든 것일세. 그는 자신의 실패를 납득할 수 없었을 것이야."

아르마게일의 말에서, 치프는 라이트스톤이 자신에게 말했던 것을 아주 쉽게 떠올릴 수 있었다.

"자신이 무너졌으니 자신이 여태껏 이룬 모든 것들도 무너져
야 하는 게 마땅하다. 대강 이런 분위기란 말이지?"

"그렇다네. 이해해 주는군."

아르마게일이 안도하는 순간 뒷짐을 진 그의 팔이 풀리고 왼
쪽 어깨와 팔꿈치가 완전히 꺾이고 말았다.

접근하여 그의 팔을 부수다시피한 치프는 아르마게일의 다리
와 허리를 차례로 쳐서 그를 바닥에 눕혔다.

"권총 따위로는 죽지도 않겠지. 하지만 몸이 반응하는 걸로
봐서는 통증은 느끼나 본데, 그렇다면 줄줄 불게 만들어주겠어."

치프가 오른손을 들었다. 죠니가 자신의 단검을 칼집 째로
들어 그에게 던졌고, 치프는 그것을 받아 뽑은 뒤 아르마게일의
뒷목에 댔다.

"라이트스톤을 앞세운 변명은 이제 끝인가? 웅?"

"…그렇게 해석하다니, 유감이군. A—1730."

치프의 느낌대로 육체가 통증을 느끼도록 설계한 탓에 아르
마게일은 눈을 꽉 감은 채로 말했다.

"과거는 됐어! 당신이나 나나 시간을 되돌릴 방법 따윈 모르
잖아! 하지만 이제부터가 중요해! 헛소리를 했다가는 당신의 본
체가 어느 공간에 있든 상관없이 찾아내서 박살을 낼 거야!"

"무슨 답을 원하는가?"

"셀레스티아가 태어난 이유! 그리고 우리들이 이곳에서 개고
생을 하는 이유! 창세의 보석인가 하는 물건과 관계 있나? 그런
건가?"

"…자네, 아주 흥분했군."

"아, 정말 화가 났지! 단순하게 누군가를 죽여야 끝나는 문제라면 지금 얘기해! 3일 안으로 박살 내서 절반은 당신한테 먹이고 나머지 절반은 지구에 있는 어떤 분께 보내버리겠어!"

'지구에 있는 어떤 분'이 톰이라는 것을 아는 데스디아와 셀레스티아는 치프를 불안감 가득한 눈으로 지켜봤다.

"왜 화가 났는지 얘기해 주겠나? 내가 듣기로 자네는 온갖 꼴을 다 보고 살아온 덕에 어지간한 일에는 무감각하다고 들었는데?"

"…하아."

인상을 찡그린 치프는 이상한 각도로 꺾인 아르마게일의 왼팔을 쓰레기봉투 들듯 들어 올리고는 단검을 그의 검지 두 번째 마디에 댔다.

"우선 이건 젝스의 몫이야."

단검의 날이 연골을 정확히 갈랐다.

아르마게일은 눈을 부릅뜨며 고개를 들었으나 치프는 오른쪽 무릎으로 그의 머리를 땅에 짓눌러 확실히 고정시켰다.

치프는 그의 중지에 칼날을 댔다.

"차례로 알케온… 루할트… 파울라 장로님의 몫이야."

"잠깐, 무슨… 윽!"

아르마게일의 입에서 신음이 나오자 죠니가 다가오더니 그의 입을 쿡 걷어찼다. 부러진 치아가 피와 함께 아르마게일의 입 밖으로 우수수 쏟아졌다.

"이건 드래곤들의 특징인 거 같은데, 다들 너무 선량한 나머지 독하게 분노할 줄을 모르더군. 당연하겠지. 여긴 외부인의 손이 닿기 전까진 법조차 필요 없는 세계였거든. 그런데 상황이 바뀌었어. 종족의 대부분은 어디론가 날아가 버렸고 이 땅에 남겨진 자들은 마음의 상처를 입거나 절망하여 정신이 나갔지. 높으신 분의 원대한 계획 덕분에 말이야."

치프는 바닥에 떨어진 아르마게일의 손가락들을 본 뒤 마지막으로 그의 엄지에 칼날을 댔다.

"아까 내가 시작부터 좀 무례하게 나왔는데, 이유가 뭔지 알아? 당신은 셸리에게, 셸레스티아에게, 3세대의 왕녀로서 부담감을 잔뜩 떠안고 사는 애한테 제대로 된 인사조차 안 했어."

"……."

"브리치 너머로 날아간 드래곤들이 셸리를 웃기게 취급한 건 환경 탓이라 치자고. 그런데 모든 걸 다 안다는 듯 떠벌리는 당신이 그런 식으로 나온다는 건 특별한 까닭이 있어서겠지."

치프가 든 단검의 날이 아르마게일의 엄지를 향해, 그것도 뿌리 쪽으로 천천히 파고들어갔다.

"대답해. 셸리는 어느 시점에서 어떻게 가치를 잃는 거지? 어떤 방식으로 폐기할 건지 말해봐. 지금, 당장."

『그라니트 : 용들의 땅』 8권 끝